彼女が好きなものはホモであって僕ではない

浅原ナオ

角川文庫
22075

目　次

Track1 : Good Old Fashioned Lover Boy

うららかな陽気に包まれた春休み最終日、新宿の書店のレジ前で遭遇したクラスメイトの三浦さんは、制服姿の少年とスーツ姿の男が抱き合う絵が表紙の本を女性店員に差し出し、『時の止まった少女』とタイトルをつけて保存したくなるぐらい見事に固まっていた。

僕がグラビアアイドルの写真集でも持っていれば「こっちも似たようなものだよ」と慰めることもできたのだけれど、残念ながらミステリー小説の文庫本だった。生ける屍と化した三浦さんに向かって、女性店員が復活の呪文を唱える。

「カバーはお付けしますか？」

「あ、え、い、いいです」

三浦さんの本の帯には『先生。僕の処女、奪ってくれませんか？』と大文字で記してある。その表紙と帯を丸出しにして本当にいいのだろうか。まあ、本人がいいと言っているのだからいいのだろう。余計なお節介は焼かないことにしよう。

支払いを終えた三浦さんは、麻薬でも受け取ったかのような勢いで本をハンドバッグにしまった。そしてレジから少し離れたところで僕を上目使いに見つめる。僕は自分の買った文庫本を斜め掛けのボディバッグにしまい、三浦さんに歩み寄った。

「偶然だね」

「……うん」

「好きなの？」

よくもまあ、ここまで心を抉る四文字を咄嗟に出せたものだと思う。主語も目的語も省略した台詞を三浦さんは瞬時に理解し、肩甲骨の辺りまで伸びたポニーテールを首と一緒にぶんぶん振り回す。

「違う！　妹に頼まれたの！」

「そうなんだ。それじゃあ、また明日」

僕は三浦さんに背を向けて歩き出した。待っていたから話しかけただけで、別に用事はない。

だけど三浦さんは、そうではなかった。

「待って！」

三浦さんが小走りに僕に駆け寄り、Tシャツの裾をぐいと引っ張った。この一瞬だけを切り取れば普通のカップルに見えただろう。少なくとも、エロ本を買ったところをクラスメイトに目撃された女子高生と目撃した男子高校生には見えないはずだ。

「なに？」

「今日のこと、クラスのみんなには黙っててくれる？」

「妹のBL本買ってたこと？」

BLとはボーイズラブの略。男同士の恋愛というかまぐわいというか、とにかくそういうジャンル全般を指す用語だ。決してベーコンレタスのことではない。

「……実は、妹のじゃないの」

分かってる。変に引っ張ってごめん。

「三浦さん、腐女子だったんだ」

男同士の恋愛ものが好きな女性は、界隈では「婦女子」をもじって「腐女子」と呼ばれる。腐った女子。酷い呼称だ。

「腐女子っていうか……腐女子」

無駄に一回否定が入った。三浦さんはパンと両手を合わせ、僕を拝む。

「お願い！　他の人には絶対に言わないで！」

「別にいいけど……」

僕は右の手のひらを上に向けて、三浦さんにすっと差し出した。

「さっき買ったやつ、軽く読ませてくれる？」

三浦さんがパチパチと目を瞬かせた。あまり気にしたことはなかったけれど、大きな瞳と丸い輪郭がなかなか愛嬌のある顔をしている。

「興味あるの？」

「別に。ちょっとどういうものなのか、読んでみたいだけ」

三浦さんは腑に落ちない様子で僕に本を渡した。煩悩全開の表紙と帯を改めて確認し、やっぱりさっきカバーをして貰うよう促せばよかったと軽く後悔する。

本は漫画だった。とりあえず、濡れ場までパラパラと飛ばす。

顔から思考回路まで何もかもが小学生レベルに幼い男子高校生が、現実にいたら蛇蝎のごとく嫌われて物真似ネタ化不可避な物言いをする教師に放課後の教室で告白して、その場で本番突入。謎の潤滑性体液を発する男子生徒の不思議アナルに、教師がギンギンに勃起したペニスを正常位で生挿入。あっさりと性交は成功し、男子生徒は教師の背中に手を回して「先生、気持ち良いよぉ」と、お前そこ教室だぞと見ていて心配になるぐらいに喘いでいる。

「ファンタジーだなあ」

つい、感想を呟いてしまった。とりあえず奇跡の同時射精まで読んで、縮こまる三浦さんに本を返す。三浦さんはまたしても、外気に触れたら紙が溶けて猛毒が蔓延するかのように、本を凄まじい勢いでハンドバッグに叩き込んだ。

「本当に、絶対に、誰にも言わないでよ」

「分かってるよ」

三浦さんが恨めしそうに僕を見る。そんなに気にすることだろうか。少し探せば同好の士がいくらでもいそうだけど。

「三浦さんはどうしてホモが好きなの？」

何となく聞いてみる。生き方の参考になるかもしれない。——嘘。単なる嫌がらせ。

「どうしてって……なんか、こう、非日常感というか……」

「非日常かな」

「非日常でしょ。わたしの周りにはそういう人、いないもん」

——目の前にいるよ。

当然、言わない。勘違いしてはいけない。彼女が好きなものはホモであって、僕ではない。

「まあ、そうだね」

僕は話を打ち切り、「それじゃ」と三浦さんに別れを告げた。三浦さんはまだ何か言いたげに唇を歪ませていたけれど、あの不信感は何処までいっても拭いきれるものではない。付き合わないのが正解だ。

三浦さんが腐女子だったことは正直、そこまで意外ではない。

三浦さんとはクラスメイトとしてもう一年の付き合いになるけれど、僕が彼女と話したことは数えるほどしかない。それでも、どこか裏があるような感じはしていた。人づきあいが悪いわけでもないのに、彼女の人間臭さを感じる話をあまり聞かないからだろう。僕自身がそうだからなのか、軸足を学校に置いていない人間は何となく判別できる。

三浦紗枝。僕と同じC組に所属する女子。美術部。文化祭で出店の看板を描く係に選ばれるぐらいには絵が上手い。

ホモが好き。

クラスメイトの安藤純がホモであることは、知らない。

＊

本屋を出て、新宿二丁目に向かう。

新宿二丁目。同性愛者の聖地。もっとも僕は昼にしか訪れたことがないから、街に吸い寄せられた同性愛者たちが織り成す濃密な夜は知らない。とりあえず、一回五万円の男性モデルが表通りに堂々と看板募集されるぐらいには自由の国だ。

二丁目のメインストリートである仲通りを歩く。半裸男性のポスターを貼りつけたアダルトショップを横目に狭い路地を曲がると、黄色い背景に『39』という黒文字が記された看板が目に入る。昼はカフェ、夜はバーをやっている僕の目的地。

板チョコみたいな扉を開く。カランコロンと扉についているベルが鳴る。紺色のエプロンを身に着け、カウンター内のシンクで食器を洗っていたイギリス人オーナーのケイトさんが、ぼんやりとしたランプ照明に白い肌とブロンドの長髪を輝かせて笑った。

「純くん。いらっしゃい」

入り口近くのカウンターに座る。ケイトさんが寄ってきて僕に声をかけた。

「学校はまだ春休み？」

「今日まで休みで、明日から新学期です」

「Homework（ホームワーク）は終わったの？」

ケイトさんはお客さんと話す時、言葉の端々にやたら発音のいい英単語を挟む。商売人としてのキャラ付けだそうだ。

「休みに入ってすぐ終わらせました」

「えらいわねえ。いつものでいい？」

「はい。お願いします」

ケイトさんがコーヒーミルのところへ向かった。僕はゆったりと回る天井のシーリングファンを見上げながら、BGMとして流れている洋楽に耳を澄ます。明るい曲調に乗った意味深な歌詞を耳に取り込み、気分を高揚させる。

「お待たせ」

いつの間にか、ケイトさんが僕のカフェラテを持って傍まで来ていた。僕は「あ、どうも」と慌ててそれを受け取る。ケイトさんがくすくすとおかしそうに笑った。

「ぼけっとしちゃって。どうしたの？」

「すみません。好きな曲だったので」

「ああ。Good Old Fashioned Lover Boy ね」

イギリスの四人組ロックバンドQUEENの『グッド・オールド・ファッションド・

ラヴァー・ボーイ』。ファン外の知名度は低いけれど、ファン内の知名度は高い人気曲。QUEENの楽曲名を店名に使用し、昼はQUEENの曲をBGMとして店に流すぐらいのファンであるケイトさんも当然知っている。そもそも僕にQUEENを教えたのは、ケイトさんだ。

「この曲、Lyric(リリック)の解釈が二つあるじゃない」ケイトさんが、カウンターの向こうから少し身を乗り出した。「どっちが好き?」

二つの解釈。一つが、男性である「I」が同じく男性である「YOU」とのデートに臨む男同士の恋愛の歌だという解釈。素直に真っ直(す)ぐ歌詞を読めばこちらになる。もう一つが、デートに赴く男性の「I」を周囲が囃(はや)し立てる歌だという解釈。歌詞の「YOU」を男性と読める箇所がコーラスなので、そこを周囲から「I」への呼びかけだと理解すればこちらになる。

僕は、迷うことなく答えた。

「決まっているじゃないですか」

「そうね。ワタシもそっちが好き」

ケイトさんが音楽に合わせて小声で歌い出した。綺麗(きれい)な発音、綺麗な声、綺麗な肌、綺麗な髪、綺麗な瞳。僕がゲイでなければおよそ一回りの年齢差なんか軽く乗り越えて、あっという間に恋に落ちてしまったかもしれない。そしてケイトさんはレズビアンゆえにその望みは叶(かな)わず、毎日泣きながら暮らしていたかもしれない。ゲイでよかった。

カランコロン。

扉のベルが鳴った。弾かれたように僕は入り口を見る。スラッとした身体を糊のきいた襟シャツで包んだ中年男性が目に映る。切れ長の目元とくっきりした目鼻立ちが格好いい。僕にこの店を紹介した、いつも僕とこの店で待ち合わせをする、僕が今この店で待っている人。

僕は、彼の名前を呼んだ。

「マコトさん」

マコトさんが微笑んだ。そして僕の隣に座り、優しく声をかける。

「待ったかい？」

「ううん。今、来たとこ」

ケイトさんが「ぷ」と小さく噴き出した。マコトさんが怪訝な表情で尋ねる。

「どうした？」

「ごめんなさい。貴方が来た時の純くんがあまりにも Cute で、つい」

「どういうことかな」

「柴犬の耳と尻尾が見えたわ。耳をピンと立てて、尻尾をブンブン振っているやつ」

僕は縮こまった。マコトさんは「へえ」と愉快そうに呟き、僕の首の後ろを軽く摑む。

「首輪は見えなかったかな」大きな手が首筋を撫でる。「つけたつもりなんだけど」

ケイトさんが肩を竦めた。

「外しちゃったんじゃない？」

「そうか。それじゃあ、つけ直さないと」

マコトさんが僕の首をむにむにと揉む。ケイトさんが「American ね」と言って、その場を去った。すさかずマコトさんが僕の耳元に顔を寄せ、囁く。

「首輪、本当につけようか」

僕の肩が上がった。マコトさんが僕の首から手を離して、その手をジーンズの前に伸ばす。不敵に笑いながら、鉄みたいに硬くなっているそこを撫でる。

やがて、ケイトさんが戻ってきた。マコトさんにアメリカンのブラックコーヒーを差し出しながら、どこか呆れたように告げる。

「そういうことがしたいなら、夜に来てちょうだい」

マコトさんが僕の股間から手を離して、やれやれといった風に肩を竦めた。

「夜はビアンバーだろう」

「うちは Gay の入店を禁止した覚えはないわよ」

「なら、なおさら来られないな。他の客に取られてしまったら困る」

「若い男をとっかえひっかえして、あっちこっちで見せびらかしていた男の台詞とは思えないわね」

「本当の宝物は自分の中だけにしまっておきたくなるものなのさ。君は男性に興味がないから特別だ」

「あら。ワタシだって純くんなら、女の子みたいに抱けるけど？」

ケイトさんがカウンターからずいと身を乗り出し、僕に思いきり顔を近づけた。宝石みたいな青色の瞳が僕の目の前に来る。僕は、ごくりと唾を飲んだ。

白くて長いひとさし指が、僕の額をつんと押した。

「Joke よ」

＊

店を出た僕たちは、歌舞伎町のラブホテル街に向かった。

途中、『39』に行く前に立ち寄った本屋の前を通り、警戒心が高まる。神様が平等ならば、僕がたまたま本屋のレジでBL本を買う三浦さんを目撃したように、三浦さんに僕が男とラブホテルに入るところを目撃する機会を与えかねない。これでおあいこじゃろ、みたいな。

キョロキョロと周囲を見回しながら歩いているうちに、どうにか無事ホテルの部屋まで辿り着いた。ようやく二人きり。ボディバッグを小さなテーブルに置いてベッドに倒れ込み、大きな安堵の息を吐く。

うつ伏せになる僕の傍にマコトさんが座った。そして僕の右手に自分の右手を重ねる。右手だけが、別の生き物になったみたいに熱くなる。

「疲れてるね」

「うん。実は今日、マコトさんに会う前、本屋でクラスメイトに会っちゃってさ。見つかったらどうしようって、ずっとビクビクしてた」

マコトさんが驚いたように目を剝いた。僕の言葉にマコトさんが動揺している。そんなことが、無性に嬉しい。

「男の子？　女の子？」

「女の子。ＢＬ本買ってるところ目撃した」

マコトさんが「ああ」と苦笑いを浮かべた。ＢＬで問題なく通じたようだ。

「それは、すごいところを見たね」

「でしょ。絶対に内緒にしてくれって言われた」

「ああいう本、中身はどうなのかな」

「軽く読ませて貰ったけどファンタジーだったよ。初めてなのに簡単に入って、めちゃくちゃ感じてた」

「純くんは最初、大変だったからね」

マコトさんが、僕の腿裏から臀部をジーンズの上からさっと撫で上げた。マコトさんは僕の初めての彼氏だ。処女——というのかどうかは分からないけれどとにかくそういうもの——を捧げた相手でもある。

「純くんの学校は、クラス替えはないんだよね」

「うん」

「ならその女の子とはあと二年同じクラスなわけだ。そういう女の子なら純くんのこと、分かってくれるかもね」

「無理でしょ。それとこれとは話が違うよ」

「そうかな。もしかしたらこれを機に、その子と純くんが急接近するかもしれない」

マコトさんが僕の上に覆いかぶさった。耳の後ろに息を吹きかけ、低い声で囁く。

「嫉妬するな」

マコトさんが僕の臀部を揉み始めた。僕は「早いよ」と身を捩って逃れようとする。だけどマコトさんはそれを逃さず、声を悪戯っぽく弾ませる。

「準備はしてきたんだろう？」

「してきたけど……」

「なら大丈夫。呼びなさい」

行為開始の合図をマコトさんがせがむ。実のところ、僕のちんぽこもすっかり硬くなっている。僕は仰向けになり、細めた目をマコトさんと合わせた。

「――父さん」

マコトさんの唇と僕の唇が重なる。命を交換するように舌を絡ませる。ファンタジーではない、誰にも見せられない、リアルでシークレットなまぐわいの始まり。

もちろん、本当の親子ではない。

僕がセックスの時にマコトさんを父さんと呼ぶのは、そういう契約で出会ったからだ。出会い系サイトの掲示板でマコトさんがそういう相手を募集して、僕が応募した。通学電車で僕がマコトさんに一目惚れ、思いが募り告白して恋が実ったというような展開だと三浦さんみたいな人たちは大喜びなのだろうけど、現実はそうはいかない。掲示板を使っているだけまだ手間をかけている方で、今時はGPS機能を使用するスマホのアプリで身近にいる同性愛者を探し、もっと即物的で刹那的な出会いを実現することも可能だ。ただ周囲に同性愛者だとバレるリスクもあるから、僕は使っていない。

僕の本当の父さんは、今は多分、実家にいる。推測が入るのは十年ぐらい会っていなくて実態が分からないから。僕の父さんと母さんは大学生のうちに僕をこさえ、若さと勢いに任せて結婚し、そして僕が小学校に上がる前に若さと勢いが尽きて離婚した。それから僕はずっと、母さんと二人で暮らしている。

マコトさんの本当の息子は、今日は部活でテニスの試合に行っている。試合を観に行こうかと言ったら断られたそうだ。息子は僕と同じ年だけど、僕よりもだいぶとんがっているらしい。中学生の娘と奥さんもそれぞれ昼から出かけていて、フリーになった時間を僕が貰った。

お父さん借りちゃってごめんねと実の息子に勝ち誇りたくなる――ような感情は抑えなくてはならない。家族の前で良いお父さんをやっている時の佐々木誠と、僕の前で悪いお父さんをやっているマコトさんは別人なのだ。それを理解できないようでは、既婚の同性愛者と付き合う資格はない。

それに僕だってぼんやりと、将来は家庭を持ちたいと思っている。

「ジュン、気持ちいいか？」

僕のシャツの中に手を入れて、胸の突起を指の腹で撫(な)でながら、マコトさんが湿っぽく問いかける。僕はそこがとても弱いので、腰を浮かせてうんうんと頷(うなず)く。行為の最中、マコトさんは僕を呼び捨てにする。口調も強気になる。それが、たまらなく興奮する。

きっとマコトさんは、自分の息子に欲情している。そしてそれを僕で発散している。僕はそれで別に構わないと思う。心を止めることはできない。身体が止まればいい。殺したいと思うだけで殺人の罪に問われるならば、世界にはマンションより刑務所の方が多いはずだ。

三浦さんは、どう思うだろう。

サメとイルカが魚類と哺乳類(ほにゅうるい)であるように、バイセクシャルと女も抱けるホモセクシャルは似ているようで全然違う。僕の見立てでは、マコトさんはおそらく後者だ。奥さんに対する愛情がどうにも見えない。

マコトさんや僕のことを知ったら、三浦さんはきっと軽蔑(けいべつ)するだろう。世間体のために女性を騙(だま)すなんて現実のホモは汚いと、大好きなホモを嫌いになるかもしれない。世間体とは違うなんて言い訳しても、おそらく理解して貰えない。

世間体じゃない。世俗を気にしているわけじゃない。少なくとも僕は、僕と奥さんと子どもで築く平凡な家庭も、郊外の庭付き一戸建ても、孫たちに囲まれた幸せな老後も、全部欲しい。たくさんの家族に看取られて、「いい人生だった」なんて呟いて、眠るように息を引き取りたい。ただちんぽこが、ちんぽこがどうしても上手く勃ってくれない。

　本当に、ただそれだけの単純な話を、ほとんどの人は分かってくれていない。

*

　ホテルを出た後は真っ直ぐ駅に向かう。夕食は食べない。マコトさんには家族の団らんが待っている。東口の前で「じゃあ、また」と別れた。

　新宿始発の私鉄に乗って数駅進み、急行は通り過ぎる小さな駅で降りる。住宅街の狭い路地をしばらく歩くと、見るからにボロい二階建て安アパートに辿り着く。その二階の一部屋が、僕と母さんの住居だ。

　部屋のドアノブに手をかけて回す。当然のように回らないから、鍵を使って開ける。昼間はスーパーでパート社員として働き、夜は小さなスナックに出向いてホステスとして働く母さんと、僕の生活動線が重なる時間は少ない。

「ただいま」

　返事はない。キッチンで冷凍ピラフを温めて、テレビを見ながらリビングで食べる。テレビ番組は『この春、恋人や家族と行きたいお花見スポット』を紹介していた。カップルや家族連れの観光客が、幸せそうに笑いながら次々とインタビューに答える。カップルはすべて男と女。家族連れはすべて両親と子ども。僕は、テレビを消した。

その手の専門家に言わせれば、僕は「父親の愛情に飢えている」ことになるだろう。そして「父親の代わりを求めて年上好きの同性愛者になった」ことになるだろう。考えると腹が立つ。「違う」と言い切れないところが、特に。

ピラフを食べ終わった後は自分の部屋に行き、ノートパソコンを立ち上げる。しばらくネットで遊んでいると、常時起動しているメッセンジャーツールがポーンと軽快な音を鳴らし、僕にメッセージをよこした。

『やあ』

送信者は『ミスター・ファーレンハイト』。QUEENの楽曲、『ドント・ストップ・ミー・ナウ』の歌詞から取ったハンドルネームだ。その意味するところは、華氏温度の提唱者。

華氏温度とは、僕たち日本人が使用している摂氏温度とは異なる温度の表現方法だ。摂氏温度において水の融点が0度、沸点が100度になるのに対し、華氏温度では融点は32度、沸点は212度になる。

QUEENは『ドント・ストップ・ミー・ナウ』の中で、華氏200度の男という意味で『ミスター・ファーレンハイト』という言葉を使っている。沸騰温度212度に対して200度。メッセージを送ってきた彼はこれを「沸騰寸前野郎」と解釈した。そして、やや皮肉めいた意味でハンドルネームに使っている。

『どうしたの？』

『別に用なんかないよ。話しかけたくなっただけ』

『最近はどうなの？　そろそろ検診でしょ』

『ブログは見ていないのか？』

『君には悪いけれど、あまり見たくないんだ。開いた時に悪いニュースが飛び込んできたらどうしようって怖くなる。そういう大事なことは直接聞きたい』

『ジュンらしいね。そういうところ、好きだよ』

ミスター・ファーレンハイトの「好き」は軽くて重い。文字だけでこの矛盾を出せる人間を、僕は彼以外に知らない。

『何も変わってないよ。CD4値は前とほぼ一緒。もちろん発症もしていない』

CD4値とは血液1マイクロリットル中のCD4陽性Tリンパ球の数。HIV感染患者が免疫力を確認するのに用いられる指標だ。HIVの感染者——キャリアであるミスター・ファーレンハイトは病院に通い、定期的にその値をチェックしている。

HIVとは免疫力を低下させるウィルスの名前。性交によって粘膜から血液に侵入して感染するケースが多い。決して同性愛者限定で感染するウィルスではないけれど、腸粘膜は薄いのでそこを使う男の同性愛者は感染リスクが高い。

そしてHIVとよく混同されるAIDSは病気の名前。HIVウィルスに感染した状態で指定された二十三の疾患のうち一つ以上を発症した時、ＡＩＤＳを発症したということになる。つまりＨＩＶ感染とＡＩＤＳ発症はイコールではない。

ミスター・ファーレンハイトはＨＩＶには感染しているけれど、ＡＩＤＳは発症していない。彼がハンドルネームを「ミスター・ファーレンハイト」とした理由がそれだ。自分がいつＡＩＤＳを発症してもおかしくない「発症寸前」の状態だから「沸騰寸前野郎」の名を借りた。

僕は正直、その由来にはあまり納得できない。キャリアであることを自覚しているミスター・ファーレンハイトは、自分がＨＩＶに感染していることに気づいてすらいない人間より遥かにＡＩＤＳ発症から遠い。だけど煮えたぎった油に冷めた水の蓋をしたような、凪いだ表面に油断をして手を突っ込めば大火傷を負いそうな彼という人間に、そのハンドルネームはとてもよく似合っているとも思う。

『良かった。じゃあ、後でブログを見に行くよ』

『順番が滅茶苦茶だな』

『僕は君の闘病記録を見に行っているわけじゃないからね』

『それは光栄だ。どんな心配を受けるよりも嬉しいよ』

僕がミスター・ファーレンハイトの闘病ブログを読んだのは、マコトさんと初めて繋がった日の夜だ。

その頃、僕のＨＩＶに関する知識は「男同士のセックスで伝染しやすい死に至る不治の病」程度のものだった。だからゴムをしたからほぼ伝染する可能性はないのに、心配になってHIVに関する情報を漁った。そしてHIVとAIDSの違い、今の医学ならばHIVに感染しても十分に寿命を全うできること、HIVに感染してもHIV非感染の子どもを作ることすら可能なことなどを学んだ。

やがて、HIVやAIDSとの闘病日記を綴るブログへのリンク集を見つけた。数多くの闘病日記の中から僕がミスター・ファーレンハイトのブログに目を付けたのは、彼が『ミスター・ファーレンハイト』だからだ。QUEENのファンなのだろうかと思って読み始めたら案の定その通りで、中身は申し訳程度に定期検査結果が書いてあるだけの音楽ブログだった。

ミスター・ファーレンハイトは、ブログに顔や身体の写真はまったく載せていない。出身地や居住地や家族構成なども明かしていない。明かしているのは二十歳の同性愛者の男性で、僕と同じように一回り以上年上の恋人と付き合っていて、その恋人からHIVを伝染されてキャリアになったということだけ。

恋人は既にAIDSを発症している。そしてミスター・ファーレンハイトはその恋人とまだ別れていない。ブログ読者からコメントで「彼が憎くないのですか?」と尋ねられたミスター・ファーレンハイトは、こう返信している。

殺したいほど、愛しているよ。

ブログの随所に垣間見える彼の気取った性格を、僕は素直に格好いいと思った。ファンメールを送ったらウマが合い、パソコンのメッセンジャーツールでやり取りをする仲になった。スマホのSNSアプリは使いたくないらしい。会える時は会える。会えない時は会えない。そういう繋がりが好きなんだ。僕は、同意した。

『ジュンは今日、何をしていたんだ？』

『デート』

『僕と同じだね。一緒に桜を見てきたよ。綺麗（きれい）だった』

こっちはセックスして別れただけだ。比較して、軽く落ち込む。簡単に比較できるようなものじゃないことぐらい、頭では分かっているんだけど。

『そっちは何か面白いことはあったかい？』

面白いこと。レジの前で固まる三浦さんの姿が脳裏に浮かんだ。

『彼と会う前に、クラスメイトの女の子がBL本を買っているところに遭遇した』

『それは酷（ひど）いな。ちゃんと謝ったのか？』

『なんで僕が謝る必要があるのさ』

『悪いことをしたら謝る。基本だろう』

『別にわざとやったわけじゃないし』

『わざとじゃなくたってぶつかれば謝る。大事なのは結果さ。オナニーを見るような真似をした自覚を持った方がいいよ』

オナニーを見るような真似。そんな、大げさな。

『そこまでのことかな。腐女子ぐらい別にバレてもいいと思うんだけど』

『それは可哀想だろう。君がゲイぐらい別にバレてもいいと言われたらどうする』

『単なる趣味と人生の根幹を支える性指向を一緒にしないでよ』

『同じさ。男同士の恋愛ものが好きなんて確かに大した問題ではない。だけどそれは君も変わらない。同性愛なんてありとあらゆる生物に発現しうる、取るに足らない自然現象。真に恐れるべきは、人間を簡単にする肩書きが一つ増えることだ』

『人間を簡単にする肩書き？』

『ああ』

僕は首を捻った。ミスター・ファーレンハイトの話は、たまに概念的で難しい。

『どういうこと？』

『そうだな。その子に関して、腐女子以外に何か大きな特徴はあるか？』

『絵が上手いかな』

『そこにその子が腐女子であるという情報が加わると、さすが二次元好きの腐女子は絵が上手いな、となる』

ああ、なるほど。そういうことか。

『人間は、自分が理解できるように世界を簡単にしてしまうものなのさ。そして分かったことにする。だけど本当のことなんて、誰にも分かりはしない』

『物理の「ただし摩擦はゼロとする」みたいな？』

『そう。「空気抵抗は無視する」もだね。ジュンはいいセンスをしているよ』

褒められた。照れに口元が緩む。

『摩擦がゼロなわけはない。空気抵抗を無視して良いわけがない。だけどそうしないと理解できないから、世界を簡単にして事象を読み解こうとする。もしかすると今は当たり前のように通っている物理法則の数々だって、人間が自分に理解できるように世界を捻じ曲げた結果なのかもしれないよ』

スケールの大きな話になってきた。慣性の法則、運動の法則、作用反作用の法則。僕たちが当たり前のように学んでいる世界の法則は、すべて嘘かもしれない。

『君はHIVになる前は、誰にもカムアウトしていなかったんだよね?』

『ああ』

『自分を簡単にされたくないから?』

『理由の一つではある』

『やっぱり同性愛者の肩書きは人を簡単にするかな』

『するさ。例えば、フレディ・マーキュリーは男性とも性交していただろう』

QUEENのボーカル、フレディ・マーキュリー。老若男女問わない乱れた性生活を送った結果、HIVに感染し、AIDSを発症して死んだ伝説のロッカー。女を抱けるゲイなのかバイなのか分からないので、ミスター・ファーレンハイトは彼の性的指向を表現する時、どちらのスタンスも取らずにぼかす。

僕はフレディがゲイでもバイでも構わない。ただ、フレディをゲイ扱いされた時に「バイだ。一緒にするな」と怒り狂うファンも存在する。彼らは『グッド・オールド・ファッションド・ラヴァー・ボーイ』を男同士の恋愛歌と解釈することを絶対に許さず、その激昂を以てフレディへの愛を表現しているのだと言わんばかりに、声高に自らの主張を口にする。

不思議だ。そういう風に女を抱くことを無条件で偉いと思っている連中が、なぜフレディの理解者ぶれるのだろう。彼は死に至るまで七年もの間、ジム・ハットンという男性パートナーと共に過ごしているのに。

『フレディのレベルでさえ、同性愛傾向があったから書けたと言われる楽曲は山のようにある。フレディではなくブライアンやロジャーやジョンが書いた曲に同じことを言う輩すらいる』

『ブレイク・フリーとか？』

『そう。あれはPVのせいもあると思うけど』

『フレディでそれじゃあ、僕なんかひとたまりもないね』

『その通り。本当の自分なんてまったく見えなくなるほど、滅茶苦茶にされるぞ』

本当の自分。本当の僕。

そんなもの、そもそもあるのだろうか。本当のことは誰にも分からないならば、僕も僕自身のことを分からないのが当然なんじゃないだろうか。

『自分は、自分をちゃんと理解できるのかな』

返信が、少し長めに止まった。チャットウインドウに新しい文字列が浮かんだのは、タイプ音の余韻が完全に消えてから。

『難しい質問だね。とりあえず一つ、言えることがある』

ディスプレイがパッと短く点滅して、メッセージが現れた。

『自分だけは、自分を簡単にしても許される』

声は聞こえない。そもそも僕はミスター・ファーレンハイトの声を聞いたことがない。だけど芯の通った明瞭な若い男性の声が、僕の鼓膜を震わせた気がした。

『そうだね』

それから間もなく、僕たちの会話は終わった。風呂に入り、買った文庫本を読んでいるうちに夜中になる。明日から新学期。あまり夜更かしをするわけにはいかない。

電気を消して布団に潜りこむ。目を瞑り、今日のことを思い返す。本屋で三浦さんがＢＬ本を買う場面を目撃して、『’39』でケイトさんと会って、ラブホテルでマコトさんとセックスをして、メッセンジャーでミスター・ファーレンハイトと難しい話をした。なかなか濃くて楽しい一日だった。おかげで明日から始まる窮屈な学校生活も、どうにか乗り切れそうだ。

学校は苦手だ。学校には、あいつはああだからこういう奴だという「ただし摩擦はゼロとする」が満ち溢れている。まったく気が抜けない。

三浦さんも、そうなのかもしれない。

彼女も集団の中で自分を偽っている。毎日、気を張って生きているはずだ。さぞかし生きづらいことだろう。

――明日、話しかけてみようか。

前向きな決意をして、意識を闇に溶かす。朝起きた気怠さの前にその決意が消え失せることは、眠る前から分かっていた。

＊

案の定、次の日には三浦さんのことなんてすっかり忘れていた。

ブレザーの制服に着替え、眠る母さんを起こさないようにそろそろと家を出る。電車に乗り、学校の最寄り駅で降りて、桜舞う通学路を歩く。新一年の入学式より二年三年の始業式の方が先だから人通りが少なくて歩きやすい。のんびり歩いていたつもりなのに、いつもより早く学校に着いてしまった。

「おはよう」

挨拶と共に教室の扉を開け、自分の席に向かう。学生鞄を机に置いて椅子に座ろうとする。だけど座れなかった。

僕を抱くように背後から回された手が、僕の股間を揉みしだいたから。

「おはよー。ひさびさー」

驚かない。来ると思っていた。僕は振り返り、幼い顔立ちに無邪気な笑みを浮かべる、クラスメイト兼幼馴染の高岡亮平に告げた。

「もう高二なんだから、そういうの止めたら？」

「いいじゃん。純くんだって感じてるくせに」

五歳の時に出会ってからずっと、亮平は僕を「純くん」と呼ぶ。僕は成長に従って「くん」を外したのに亮平は外してくれない。「響きがジョンソンみたいでカッコいいだろ」とのことだ。ジョンソンって誰？

「純くんもオレの揉んでいいって言ってるじゃん」

「嫌だよ」

ゲイがやたら男の身体を触りまくると思ったら大間違いだ。そういうゲイも中にはいるだろうけど、僕はむしろ性的対象なだけに触れがたい。異性愛者の男だって彼女でもない女の胸を挨拶代わりに揉んだりはしないだろう。

「それよりさ、小野っちの話、聞いた？」

亮平が声を潜め、親指で教室の奥を示した。男連中の人だかりができている。その中心にいるのは、亮平と同じバスケ部に所属する男子、小野雄介。

「何かあったの？」

「春休みに彼女とヤっちゃったんだって」

こういう話が、一番反応に困る。

まず、興味はない。亮平と小野は仲が良いけれど、僕と小野はそうでもない。男と女のまぐわいについてもどうでもいいから、それを知りたがる出歯亀根性もない。

次に、驚愕もない。僕は昨日、インターネットで知り合った自分の親より年上の男に抱かれてきたばかりだ。合コンで知り合ったとかいう他校の女子高生と小野がセックスを済ませた話なんて、道徳の教科書に載せても問題ないほど健全な出来事としか思えない。

だから、僕は言った。

「マジで⁉」

「マジマジ。オレらも詳しく聞きに行こうぜ」

僕たちはいそいそと小野のところへ向かった。椅子に座って王様のようにふんぞり返る小野と、ひざまずいて小野を取り囲む家臣という構造。若い男のコミュニティにおいてセックスは生殖行為ではなく、自らの地位を高める社会活動だ。男性器を女性器に突っ込んだことのある男の発言権は、その経験がない男と比べて明確に強い。

「小野っち、受講生一人追加ー」

「おう、何人でもこいや」

鼻息の荒い小野。僕は笑った。「相手は処女？」と中山。「処女。血出た」と小野。僕は笑った。「処女でも濡れるの？」と飯田。「普通にぐしょぐしょ」と小野。僕は笑った。

「アソコって腐ったチーズの臭いするんだろ？」と堀田（ほった）。「しねえよ」と小野。僕は笑った。笑いながら立ち上がった。

「ちょっと、トイレ行ってくる」

「抜いてくんの？」と亮平。僕は笑った。笑いながら皆に背を向け、教室を出る。そして廊下に出た瞬間、僕の笑顔は消えた。

――疲れた。

無理をした反動がどっと肩に圧（の）し掛かる。怪しい新興宗教の集会に参加させられた気分だ。僕とは違う理（ことわり）で動いている人間に合わせなくてはならない苦痛。いっそ洗脳されて宗旨変えできれば楽なのだけれど、それもできない。疲れは溜（た）まるばかり。

だけど僕はそれを、甘んじて受け入れなくてはならない。

大多数と違う性質を隠しておきながら、それに配慮しろなんて理屈は通用しない。米が嫌いで食卓に出して欲しくないならば、出さないからそう言えという話。同性愛者の気持ちに配慮して欲しいのであれば、まずは僕がそういう人間だと明かすのが筋というものだろう。

そうしないと決めたのは、僕だ。

周囲に僕のすべてを曝（さら）け出す勇気も、すべてを曝け出した僕を周囲が変わらず迎えてくれるという信頼も持てないから、僕は自分の意思で仮面を被（かぶ）ることにしたのだ。

だから、我が儘（まま）を言ってはいけない。

小便を済ませ、トイレから教室へと一人廊下を歩く。まだ小野の話は続いているのだろうか。そう考えると、自然と足取りは重くなる。

背後から、ガシッと肩を摑まれた。

「ちょっといい？」

女の声。振り返ると、思いつめた表情で僕を見る三浦さんがいた。昨日の夜、話しかけようと決意したことを唐突に思い出す。逆に話しかけられてしまった。

「なに？」

素直に尋ねる。三浦さんが口を開きかけ、すぐに閉じた。そして周囲を見回し、声のトーンを下げて僕に告げる。

「今日の放課後、空いてる？」

＊

僕は帰宅部だ。特殊な事情がない限り放課後は空いている。僕は、放課後に駅前のマクドナルドで三浦さんと話をするという申し出を、素直に受け入れることにした。

三浦さんが掃除当番だったので、僕だけが先にマクドナルドに向かった。ポテトとシェイクを頼んで二階に上がり、二人用の席につく。愛用の携帯音楽プレイヤーを取り出し、イヤホンを耳に挿して、アーティスト「ＱＵＥＥＮ」指定でシャッフル再生を開始。

アイスコーヒーを持った三浦さんが現れた時、イヤホンからは『キラー・クイーン』が流れていた。男殺しの女王様。三浦さんが？

「ごめんね。どうしても、話したいことがあって」

三浦さんが僕の前に座った。僕は音楽を止め、プレイヤーをブレザーのポケットにしまう。話したいこと。僕と三浦さんの繋がりは、今のところあれしかない。

「三浦さんのホモ好きの話？」

三浦さんがじろりと僕を睨んだ。他に表現方法がないのだ。そんな顔をされても困る。

「腐女子バレ程度、気にすることないと思うけど」

「わたしにとっては大変な話なの。そんな軽く考えないでよ」

悪いね。君よりずっと重たい秘密を抱えているもんで。

「どうして」

「中学の時、それで友達全部なくしたから」

意外と、こっちも重たかった。三浦さんがコーヒーを一口飲み、物憂げな顔で頬杖をつく。

「趣味がバレて、女の子グループのボスに嫌われちゃってさ。まあ元々あんまり仲良くなかったんだけど、それが決定打になった感じ。後はみんなで総スカン。仲良かった子からもシカトされるようになっちゃった」

「ホモが嫌いな女子なんていないって聞いたけど」

「ホモが好きな女子を嫌いな女子は大量にいるの――

厄介な話だ。どうやら思っていたより複雑な界隈らしい。

「そういえば安藤くん、あの日、なんで新宿にいたの?」

彼氏と待ち合わせだよ。――勿論、言わない。

「中学の友達と遊ぶ約束。三浦さんは?」

「わたしは美術部だから、たまに画材買いに新宿行くの。それで好きな先生の新刊発売日だったから、ついでに本屋に寄った」

「ああ。あれ、好きな先生なんだ」

あれ。チラ見した摩訶不思議セックスを思い出し、言い方につい小馬鹿にした感じが滲み出た。三浦さんが目に敵意を込めて、キッと僕を睨みつける。

「安藤くん。あの時も思ったけど、人が好きなものを否定するのは良くないと思う」

別に否定しているつもりはない。つい現実と比較してしまうだけだ。エロ本だからゴムなしは見逃すにしても、後片付けできない場所で下準備なしに行為に臨むのは無謀だし、ローションもなしに唾液の潤滑だけで初挿入に挑んでも普通は上手くいかないし、あんな乱暴なやり方で初回から喘ぐほどの快感を得られるわけがないし、同時射精なんて都合のいい現象は狙ってもそうそう実現できない。あの小学生みたいな男子高校生が、実は死ぬほど男を食い漁ってきたスーパービッチだという裏設定でもあるなら別だけど。

「否定なんてしてないよ」

「したでしょ。ファンタジーとか」

「そりゃファンタジーだとは思うけど、ファンタジーはファンタジーで需要があるんだからいいじゃん。現実のホモなんて汚いんだし」

だいたい、ゲイ向けの漫画も同じファンタジーやらかすしさ。片方が射精した後の消化試合感を丁寧に描かれても誰も嬉しくないでしょ。――そこまでは言わないけれど、擁護しておく。だけど三浦さんは、眉間に皺を寄せた不機嫌そうな相好を崩さなかった。

「それは、失礼だよ」

「誰に」

「現実のホモの人」

僕は、目を瞬かせた。そんな反論をされるとは思っていなかった。

「同性愛に理解あるんだ」

「そりゃあ、まあね。ちょっとは調べたりもしたよ」

「例えば？」

「ホモと性同一性障害は全然違うとか。体格良くて男らしい熊みたいな人が絶対的にモテるわけじゃなくて、割と好みは細かいとか」

そうだね。僕だって一回り以上年上がストライクゾーンの老け専だし、棺桶に片足突っ込んだおじいちゃんが好きな桶専とか、誰でもいいからとにかくセックスしたい誰専とかいるしね。絶対に教えないけど。

「本当にホモが好きなんだね」

「あのね、安藤くん。わたしは別に、ホモなら何でもいいわけじゃないから」

それはすいませんでした。ポテトをつまみながら、三浦さんに尋ねる。

「それで、話はおしまい？」

「ううん。何一つ終わってない」

三浦さんが学生鞄からスマホを取り出して弄る。そして競泳パンツを穿いた少年たちのアニメ絵が映し出されたディスプレイを、僕にずいと突きつけた。

「安藤くん、これ知ってる？」

知っている。高校の水泳部を舞台にした腐女子に人気のアニメだ。マコトさんに「知り合いの若専のおじさんがハマってるんだけど、純くんは知ってる？」と聞かれたことがある。若専は若い子が好きなおじさんのこと。マコトさんもその一人。

「知ってるよ。これがどうしたの？」

「今度の土曜、これのイベントが池袋であるの」

「へー」

「イベント会場限定グッズを販売するの」

「ふーん」

「お一人様一個限定のグッズもあるの」

――なるほど。

僕は事態を察した。僕が察したことを察した三浦さんが、深々と頭を下げる。

「よろしくお願いします」

＊

僕が三浦さんに協力すると決めた理由は、三つある。

一つは、土曜日暇だったから。もう一つは、単純に興味があったから。そして最後の一つは、自分を偽って生きる三浦さんが本当の姿を曝け出して伝えた頼みを断れなかったから。関係ないと分かっていても切り捨てるのは、さすがに冷たい。

当日は池袋の東口に集合だった。僕が到着した時、待ち合わせ場所には既にギンガムチェックのワンピースを着た三浦さんがいた。そして三浦さんだけではなく、キュロットスカートを穿いた長髪の女性と、Tシャツジーンズの茶髪男性もいた。

僕はまず、女性に挨拶をした。

「初めまして。三浦さんのクラスメイトの安藤純です」

「初めまして。サエちゃんから話は聞いてるよ」

女性が右手を差し出し、僕はその手を取る。どこまで聞いているのだろう。僕はこの女性が三浦さんの腐女子仲間で、イベントに行こうと言い出したのも彼女で、三浦さんは彼女を「姐さん」と呼んでいることしか知らない。任侠か。

「私は佐倉奈緒。大学生。それでこっちが――」

佐倉さんが握手を解き、チラリと横の男性に目をやった。

「同じく大学生の、私の彼氏、近藤隼人。よろしくね、安藤くん」

近藤さんが軽く頭を下げる。茶色い髪。両耳に光る銀色のピアス。どんな人かは分からないけれど、確実なことが一つ。僕のタイプではない。

佐倉さんが僕を指さして、不敵に笑った。

「安藤くんは、受けっぽいかな」

攻めと受け。男役と女役。大当たりだ。僕は「そうですか？」と曖昧に笑った。

四人でイベント会場に出発する。歩いているうちに自然と、僕と三浦さん、佐倉さんと近藤さんのペアに分かれる。三浦さんが僕に話しかけてきた。

「今日、来てくれてありがとう。助かった」

「いいよ。どうせ暇だし。ところでさ――」

僕は、前を行く佐倉さんと近藤さんに視線をやった。

「あの人たちには僕のこと、どこまで話してるの？」

「姐さんに話したのは、安藤くんがクラスメイトだってことと、本買ってるの見られたことぐらい。そもそもわたし、安藤くんのこと、ほとんど知らないもん」

僕を「知っている」人なんて、学校には一人もいないよ。僕は話題を変えた。

「大学生なんかとどうやって知り合ったの？」

「インターネットの交流サイト」

「へー。ネットで会う人と実際に会っちゃうなんて、すごいね」

恋人をネットから調達した自分のことを棚に上げ、いけしゃあしゃあと口にする。三浦さんは「別に、よくある話だよ」と首を横に振った。

「ファミレスで主婦とOLと女子高生みたいな奇妙な組み合わせ見たことない？　そういうの、腐女子のオフ会だったりするから」

「アクティブなんだね」

「表に出せない分、裏ではっちゃけるの。――あ、着いた。あそこ」

三浦さんが前方を指さした。僕は三浦さんが示した先を見やる。アニメや漫画のポスターがあちこちに貼られたアニメ専門店が視界に入る。

僕は、固まった。

女。

女、女、女。

女、女、女、女、女、女、女、女、女、女、女。

「……あれ全部、同じイベント行く人？」

「うん。そう」

「何時間待つの？」

「二時間ぐらいじゃないかなー」

来なければ良かった。心の底からそう思った。近藤さんが僕の方を向き、「ご愁傷様」と言いたげに肩を竦めた。

＊

女子校の全校集会もびっくりな女の園で二時間耐え、辿り着いた先で手にしたお一人様一個の限定グッズは、キャラクターの絵がプリントされたコスメグッズだった。僕は「こんなもののために二時間」と感じる心をどうにか抑えつける。他人の趣味嗜好を否定してはいけない。ただ近藤さんはグッズを手にした瞬間、「これに二時間ねえ」と思い切り口にしていた。

グッズを買った後は、佐倉さんの提案でサンシャイン60内のファミレスで休憩することにした。蓋を開けてみたら、休憩という名の戦利品鑑賞会だった。佐倉さんと話している三浦さんは盆と正月とゴールデンウィークとクリスマスが同時にやってきた程度には楽しそうで、今のわたしこそが真のわたし、学校のわたしは偽物なのと全身で全方面に訴えかけていた。僕と近藤さんはお代わり自由のドリンクバーをひたすら飲み続けていた。

「安藤くん。お腹たぷたぷ。これからどうしようか」

散々語り倒してから、三浦さんが僕に問いかける。普通に解散でいいんじゃない。言いかけた返事を、佐倉さんが遮る。

「みんなでサンシャイン水族館行こうよ。ダブルデート」

ダブルデート。三浦さんがぱちくりと目をしばたたかせた。

「姐さん。わたしと安藤君は本当にそういう仲じゃなくて……」

「そんなことどうでもいいじゃない。入場料は私が払うから」

気前のいい人だ。二万円近くのグッズを買い漁ってきただけのことはある。

「それは姐さんに悪いですよ」

「いいの、いいの。付き合ってくれたお礼。若い二人を応援させて」

「だから、違いますから！」

佐倉さんと三浦さんが、またわいわいとお喋りを始める。僕と近藤さんは安定の蚊帳の外。――ああ、ダブルデートってこういう組み合わせか。タイプじゃないから困るんだけど。

「でもサエちゃんかわいいから、これを機に恋が芽生えることもあるかもよ？」

「ないですよ！」

「じゃあ安藤くんに聞く？」

「止めてください！」

はしゃぐ二人の会話をＢＧＭに、ちらりと近藤さんを覗く。近藤さんは僕を見やり、ぶっきらぼうに忠告した。

「あいつ、ああなったら止まんねえから、覚悟決めなよ」

「いい人だ。全然タイプじゃないけど。僕は「はい」と頷く。それから佐倉さんの奢りで水族館に行くことが決定するまで、五分とかからなかった。

＊

水族館遊覧は案の定、三浦さんと佐倉さんが仲良く歩き、僕と近藤さんがその後ろをついて歩くという形になった。僕と近藤さんは「わあ、マンボウだあ。ねえ、近藤さん。マンボウがすごく弱いっていうネットで有名な話、知ってる？」「知ってる。強い朝日に当たると死ぬとか、そういうやつだろ」「あれ、ほとんど嘘なんだって」「へえ。安藤くん、物知りじゃん」「ジュンでいいよ」「じゃあ俺もハヤトでいいよ」「ジュン」「ハヤト」なんて会話を交わしながら肩を並べて仲睦まじく歩いたりは、もちろんしなかった。離れて無言でぶらぶら歩くだけ。実質、デート一組とシングル二人。

三浦さんと佐倉さんは、まるで本物の姉妹のように楽しげに水族館を回っていた。泳ぐラッコに歓声をあげたり、色彩鮮やかな展示にうっとりする姿は、至って普通の女の子だ。腐っても女子なんだな。そんな失礼極まりないことを僕は考える。

だけど屋外エリアに辿り着き、岩場のプールでペンギンたちが遊んでいる光景を目にした瞬間、二人は女子から腐女子になった。

「サエちゃん！　あいつだよ、あいつ！」

「やだー！　かわいいー！」

三浦さんと佐倉さんが一匹のペンギンの写真を撮りまくる。何でも今日イベントが行われたアニメのキャラクターと同じ名前のペンギンがいるらしい。そしてそのアニメは登場人物に公式イメージアニマルが設定されていて、そのキャラクターのイメージアニマルがペンギンらしい。そんなわけで二人とも、水族館見学からイベントの延長戦にテンションが戻ってしまったというわけだ。

「つうか、っぽい！」

「うん！　めっちゃそれっぽい！」

会話はペンギンがそのキャラクターっぽいという意味だろう。ずんぐりむっくりした身体（からだ）を左右に揺らしながらよちよち歩く、至って普通のペンギンだ。僕はアニメを見ていないから、どこが「ぽい」のか分からない。おそらく見ても分からない。

「あ、電話」

佐倉さんが急に真顔になった。撮影に使っていたスマホを耳に当てて、そそくさとその場を離れる。三浦さんは変わらずペンギン撮影会を続けている。僕は、三浦さんの横でさりげなく小さな溜息（ためいき）をついた。

聞かれた。振り返った三浦さんが、僕を軽く睨（にら）む。

「ねえ。今、『これだから腐女子は』って思ってない？」

「思ってないよ」

「嘘」

「嘘じゃないよ。僕はよく知らないけど、腐女子がみんな三浦さんみたいな子なわけじゃないんでしょ。だから僕が思うとしたら『これだから腐女子は』じゃなくて、『これだから三浦さんは』だよ」

「……より悪くない？」

かもね。僕は黙った。三浦さんが顎に手を当て、ポツリと呟く。

「まあでも、そういう風に決めつけないのは、すごいかも」

「そうかな」

「うん。普通、決めつけちゃうよ。そっちの方が簡単だもん」

簡単。何気ない一言が、僕の心の琴線に触れた。

「──友達が言ってたんだ」

ミスター・ファーレンハイト、言葉を借りるよ。

「人間は、自分が理解できるように世界を簡単にしてしまうものなんだって」

「どういうこと？」

「例えば物理の問題で摩擦をゼロにしたり、空気抵抗を無視したりするでしょ。そういう風に世界を自分でも分かるように簡単にしてから、強引に理解して、分かったことにしてしまう。でも本当のことは、誰にも分からない」

世界に法則なんてない。真実は誰にも分からない。自分自身にも、きっと。

「僕は世界を簡単にしたくない。摩擦をゼロにして、空気抵抗を無視して、分かったフリをしたくない。腐女子だから三浦さんはこういう子なんだって決めつけたくないんだ。だから、そういうことを考えないようにしてる」

長々と語ったら、疲れた。口を閉じ、視線を三浦さんからペンギンたちに移す。春光で輝く水面に一匹のペンギンが飛び込む。ペンギンは青空を宇宙へと突き抜けるロケットみたいに、すいすいと自由自在に水中を泳ぎ回る。

パシャ。

耳元からシャッター音が聞こえた。振り向くと、スマホを僕に向ける三浦さん。

「なにしてんの」

「いや、何となく、撮りたくなって」

三浦さんがスマホを鞄にしまう。その隙に、いつの間にか戻ってきた佐倉さんが背後から三浦さんに忍び寄った。そして両手に持っている二本の缶コーヒーのうち、右手の一本を三浦さんの首筋に押し当てる。

「ひあっ！」

三浦さんがウルトラマンのような声を発した。ウルトラウーマン。佐倉さんが悪戯っぽく笑い、左手の一本を僕に差し出す。

「はい。これ、ハヤトから」

缶コーヒーを受け取る。冷たい。これがいきなり首にきたのなら、あの反応も頷ける。

「ありがとうございます」

僕は佐倉さんに礼を告げ、近藤さんを探した。そして少し離れた場所で退屈そうにしている近藤さんに駆け寄り、同じように頭を下げる。

「これ、ありがとうございます」

「いーよ。気にしないで」

近藤さんが自分の缶コーヒーを一口飲む。本当にいい人だ。全然、完膚なきまでにタイプじゃないけど。

「君も疲れたでしょ。あんなイベントに付き合わされて」

またペンギン撮影会を始めている二人を眺め、近藤さんが呆れたように呟いた。僕は缶コーヒーを飲み、「はあ」とその場をやり過ごす。

「近藤さんは、佐倉さんとよくああいうイベントに行くんですか」

「まあね。かなり連れまわされてるよ」

「いっそ、楽しんじゃえばいいじゃないですか」

「いや、それは無理でしょ」

近藤さんが開いた手を横に振りながら、笑った。

「ホモとか、気持ち悪いじゃん」

気持ち悪い。

仕方ない。心を止めることはできない。身体が止まればいい。近藤さんの口が止まらないのは僕が自分を晒して(さら)いないから。悪いのは僕であって、近藤さんではない。

「——そうですね」

コーヒーを飲む。やたらと喉(のど)が渇いて、ほとんど一息に飲み切ってしまった。近藤さんから離れ、近くにある自動販売機傍のゴミ箱に空き缶を捨てに向かう。

空き缶をゴミ箱に放り投げる。カランと金属同士がぶつかる軽い音がした。僕はゴミ箱の前で澄み切った春の空を見上げ、ぼうっと考えを巡らせる。

どうしたって僕はマイノリティだ。摩擦をゼロにするように、空気抵抗を無視するように、存在しないことにされてもおかしくない存在。気持ち悪いなんて評価、もう聞き飽きるほど耳にしている。だけど何回殴られたって、痛いものは痛い。

男は、女とセックスしたい。

国家、人種、宗教。すべての垣根を越えて通用する世界の法則。その法則を頼りに人は世界を理解している。だから「女とセックスしたくない男もいます」という答えには、きっと大きなバツがつく。その時、そのバツの横には、いったいどういう理由が記されているのだろう。

特異な例なので無視できるものと考えます。

それは男として認められません。

「安藤くん？」

呼びかけに、ハッと振り返る。心配そうに眉尻を下げた三浦さんと目が合った。

「そろそろ行くよ。疲れちゃった？」

──そうだね。その通りだ。いつだって僕は、疲れている。

「別に」

ポケットに手を突っ込んで歩き出す。どこかからペリカンの甲高い鳴き声が聞こえる。

泣きながら叫んでいるみたいだと、僕は思った。

＊

水族館を出た後は解散。僕と三浦さんは佐倉さんたちと別れ、新宿から私鉄に乗った。

車内はそれなりに混んでいたけれど、座れないほどではなかった。二人並んでシートに腰かけ、電車に揺られながら帰路につく。そのうちに三浦さんが僕に話しかけてきた。

「安藤くん。今日は本当にありがとう」

「だからいいって。どうせ暇なんだから」

「それなら、また機会あったらお願いしてもいい？」

即答できなかった。僕は三浦さんの方を向く。三浦さんが僕を上目使いに窺う。

「今日みたいなこと、そんなにあるの？」

「結構ある。たまにカップル限定品とかもあるんだよ。喧嘩売ってると思わない？」

「……幸せな二人を純粋に応援したいだけかもしれない」

「わたし、幸せな人は幸せなんだから、少し放っておいてもいいと思うの」

一理ある。僻み根性が先にきている気もするけれど。

「分かった。できる限り協力するよ」

「ありがとう。安藤くんも協力して欲しいことがあったら言って。何でもするから」

何でもなんて言葉を気軽に使わない方がいいよ。言いかけて、止めた。世界は優しいと信じている子に、変な警戒心を植え付けない方がいい。

「安藤くんは、好きなものないの？」

男。二十歳以上年上で、頼り甲斐があって、知的な雰囲気のある人だとなお良し。

「別にないかも」

「えー、何かあるでしょ。この前の音楽とか何聴いてたの？　マクドナルドで話した時」

「ＱＵＥＥＮ」

「……何だっけ、それ。聴いたことはある気がする」

「多分、聴けば分かるよ」

ポケットから音楽プレイヤーを取り出す。イヤホンの片方を三浦さんに渡し、もう片方を僕の耳につける。プレイリストから選ぶ曲は『ウィー・ウィル・ロック・ユー』。

音楽が流れる。すぐに三浦さんは「あー」と声を上げた。

「これ、どこで聴いたか分からないけど、絶対に聴いたことある」

「サッカーだと思うよ。ＱＵＥＥＮなら、日本で一番有名な曲なんじゃないかな」

「安藤くんもこの曲が一番好きなの？」

「ううん。この曲、僕からしたらあまりＱＵＥＥＮらしくないから」

「そうなんだ」

「僕は、ＱＵＥＥＮの特徴はストーリー性の強さだと思ってるんだ。転調や歌詞で音が物語を表現して、鮮明な世界観を脳内に広げる。『ウィー・ウィル・ロック・ユー』はシンプルで力強い曲だから、僕的にはちょっと違うんだよね」

「世界観？」

「そう。曲もだけど、アルバム全体にも世界観とストーリーがある。例えば『オペラ座の夜』っていうアルバムには本物のオペラが入っている曲もあって、通しで聴き終えると壮大な歌劇を見たみたいに、すごく気持ちいいんだ」

三浦さんが「ふーん」と僕を見つめる。そして、嬉しそうに口元を綻ばせた。

「好きなもの、あるじゃん」

心を覗かれた感覚。僕は三浦さんからさっと顔を逸らした。電車が駅に到着して、扉越しにホームで電車を待つ人々が見える。

「ところで三浦さん、いいの？」

「なにが？」

「今の僕たち、誰がどう見てもカップルだけど」

扉が開く。三浦さんが慌てたようにイヤホンを外した。僕は音楽を止め、イヤホンをくるくると音楽プレイヤーに巻きつける。

「そんなに焦らなくてもいいのに」

「だってこの辺、普通に同じ学校の子いるから」

三浦さんが注意深く周囲を観察する。誰かに見られていやしないかと警戒する素振り。この前、新宿でマコトさんとデートをした時の僕と同じ。

――そうだ。

「三浦さんってさ」僕は、視線を再び三浦さんに向けた。「クラスの中だと誰がホモっぽいとか、考えたりするの？」

三浦さんがきょとんと目を丸くする。正体を隠して生きる身として、第三者目線の意見を聞きたいと思って投げた質問。三浦さんはおずおずと、それに答えてくれた。

「一応、するけど」

「誰が怪しいと思う？」

「高岡くん」

亮平。今度は、僕が目を丸くする番だった。

「だって男の子の身体ベタベタ触るでしょ。股間揉むし、お弁当あーんとかするし。小野くんといちゃいちゃしてる時とか『お前らもう結婚しろ！』って思うことあるもん」

「どうして？」

「小野、彼女いるよ」

「知ってる。そういうの、妄想には関係ないから」

「そう言えば安藤くん、高岡くんとは小中高一緒の幼馴染なんだよね」

逞しい。彼女がいるから異性愛者とは限らないというのは大正解だけど。

「まあね。さすがにクラスまで全部一緒じゃないけど」

「実際どうなの？　わたし、高岡くんとは結構話すけど、分からなくて」

僕だって分からないよ。ただ中学の修学旅行の時、「女子風呂を覗き隊」を結成して覗きに挑んで失敗して全校集会で晒されるっていう、今時ラブコメ漫画でもやらないようなことをやらかしていたから、僕は違うと思うよ。

「――もし」

考えた言葉と全く違う台詞が、口から飛び出した。

「亮平が本当にホモだったら、三浦さんはどうする？」

電車がスピードを落とした。次の駅――三浦さんが降りる駅に到着する前兆。慣性に傾く身体を抑えながら、僕は三浦さんの大きな瞳をしっかりと見据える。

三浦さんが、口を開いた。

「どうしよう」

電車が止まった。三浦さんが慌てて立ち上がる。そして僕を見下ろしながら、まるで独り言のように呟いた。

「まあ、現実にはホモなんて、そうそういないよね」

──だから、目の前にいるってば。

扉が開き、三浦さんが「じゃあね」と電車を降りた。ポニーテールがふわりと揺れる。僕は音楽プレイヤーのイヤホンを耳に挿し、「QUEEN」指定のシャッフル再生を開始した。神様が慰めてくれているように、僕の一番好きな曲が流れた。

一緒に池袋に出かけてから、三浦さんは僕によく話しかけてくるようになった。

例えば、朝、教室で本を読んでいると三浦さんが現れる。僕の机に腕をのせて、その腕に顎をのせて、上目使いに「なに読んでるの？」と尋ねる。僕はタイトルを教える。三浦さんは「面白いの？」と尋ねる。僕は感想を語る。三浦さんは音楽を聴くように僕の感想を聞き、「調べてみる」なんて言いながら立ち去る。そして翌日また現れて、僕と本の話をする。僕はいつまで経っても、自分の本を読み進められない。

「あんまり僕と絡むと、友達に怪しまれるよ」

腐女子バレするぞ。一度、暗にそういうニュアンスを含んだ忠告をしてみた。すると三浦さんは「あー、そうだね」という曖昧な返事でお茶を濁した。根回しを済ませていたから別に怖くなかったのだろう。実際、僕と三浦さんが話している時、三浦さんの友達集団はしょっちゅう僕たちを観察していた。ついでに亮平もよく妙に真剣な視線を僕たちに送っていて、いつ面倒な絡まれ方をするか気が気でなかったけれど、僕の構うなオーラを察してくれたのかずっと何も言ってこなかった。意外と空気の読めるやつ。

ゴールデンウィークの一週間前。学校の食堂で一人、昼食のきつねうどんを食べている時、お弁当を持った三浦さんが僕の前に現れた。

「何か用？」

「別に。いつも一人で寂しそうだから、一緒にどうかなと思って」

週に何日もスナックで深夜まで働いている僕の母さんにお弁当を作る余裕はなく、僕は購買やコンビニで売っているパンがあまり好きではない。だから食堂で昼食を食べる。そして僕のあまり多くない友人はみんなお弁当を持っていて、僕は「安藤と食堂で弁当食おうぜ！」となるほどの求心力を持っていない。だから昼食は一人で食べる。結果、僕は毎日一人食堂で昼食を食べている。別に寂しくはない。

「ねえ、安藤くん。姉さんのこと、覚えてる？」

肉そぼろご飯を食べながら、三浦さんが僕に問いかける。僕は淡々と答えた。

「覚えてるよ。佐倉さんだよね」

「そう。その姐さんが、またダブルデートしたいんだって。どうしよう」

「断るしかないでしょ。僕たち別に付き合ってるわけじゃないんだから」

顔を下向かせ、うどんをわざとゆっくりすする。「まあ、そうだね」という暗い声が頭の先から聞こえた。

「ところでさ」三浦さんが話題を変えた。「ＱＵＥＥＮ、聴いてみたよ」

ＱＵＥＥＮ。僕は顔を上げた。反応を喜ぶように、三浦さんが声を弾ませる。

「わたし、あれ好き、『アイ・ワズ・ボーン・トゥ・ラブ・ユー』」

「ああ、僕も好きだよ。力強くて良い曲だよね」

元々はフレディのソロアルバムの曲でQUEENが演奏したのはフレディが死んだ後だからQUEENの曲じゃないし、しかもドラマ主題歌に起用された日本だけで有名なミーハー御用達の曲だから、古くからのQUEENファンに好きだって言うと鼻で笑われたりするみたいだけどね。——言わない。別にそんなこと、知らなくていい。

「あのさ」三浦さんが、テーブルの向こうから少し身を乗り出した。「QUEENのボーカルって、ホモらしいね」

箸(はし)を止める。

三浦さんがビクリと肩を震わせた。身を引き、目を伏せながら、僕に謝る。

「ごめん。怒らせた？」

「え？」

「そういう顔してるから」

——そんな馬鹿な。

確かに、フレディを同性愛者扱いされて烈火のごとく怒り狂う連中はいる。敬愛しているはずのフレディを結果的に見下している、フレディを好きな自分が好きなだけのナルシスト。だけど僕は違う。絶対にあり得ない。

「別に怒ってないよ」

「そっか。なら、良かった」

三浦さんがほっと胸を撫で下ろした。おかずの筑前煮を食べながら、話を続ける。

「やっぱり、バンドのメンバーと付き合ってたの？」

「まさか。もっと滅茶苦茶だよ。若い頃はガールフレンドもいた。男も女も交ぜて乱交パーティーとかもしていたらしい」

「じゃあ、バイなんだ」

「さあ。最後のパートナーは男性だし、女を抱けるゲイかもしれない」

「女の人を抱けるならバイでしょ？」

「異性愛者の男だって、愛がなくても女の人を抱くことはできる」

「なるほど。確かに」

三浦さんが深く頷いた。つやつやしたポニーテールが跳ねる。

「ところでさ、安藤くん。ゴールデンウィーク、予定ある？」

話が全くの別方面に飛んだ。僕は反射的にマコトさんの顔を思い浮かべる。会えるなら会いたい。だけど今のところ、その予定はない。

「特にないけど、どうして？」

「んー、特に意味はない。聞いただけ」

三浦さんが俯いて弁当を食べる。僕から逃げるように食事に没頭する。心なしか食べるペースが速い。耳の先がほんの少し赤くなっている。

――さて。

考えなくてはならない。僕はどうするべきか。どのような行動に出て、どのような結末に向かうべきか。事態は、なあなあで済ませられない領域に突入しつつある。

僕は、女性に興味がない。

女性アイドルグループは全員同じ顔に見える。「かわいい」に細かい区別を付けられない。電車で向かいに座った女性のミニスカートからパンツが覗いていても全く気にならない。今は肩甲骨の辺りまで伸びている三浦さんのポニーテールの長さがうなじぐらいまでになっても、絶対に気づかない自信がある。

だけど三浦さんが僕に興味を抱いていることぐらい、そんな僕でも分かる。

*

『間違いなく、彼女は君に惚れているね』

事の顛末を聞いたミスター・ファーレンハイトは、迷うことなく僕にそう告げた。当然だ。決めてかかるのは自惚れているみたいだから、一応確認してもらったに過ぎない。

『女子高生から不惑を過ぎた男性まで手玉に取るなんて、君も魔性の男だな』

『止めてよ。本当に困っているんだから』

『困ることとないだろう。最終的に君の取るべき選択肢は、三つしかない』

三つの選択肢。続くメッセージが、ウインドウにパッと浮かぶ。

『一つ目は、自分が同性愛者だと明かして彼女を袖にする』

『真摯だね』

『二つ目は、自分が同性愛者だと明かさずに彼女を袖にする』

『無難だね』

『三つ目は、自分が同性愛者だと明かさずに彼女と付き合う』

『外道だね』

『おっと、自分が同性愛者だと明かして彼女と付き合うというのもあるな』

『もうわけがわからないね。君のオススメはどれ？』

『彼女を袖にして、その勢いで彼氏も袖にして、僕と付き合ってくれるのが一番嬉しいかな。そろそろ抱く方も試してみたい。ゴムはつけるから安心してくれ』

きわどいジョークだ。さすが、ミスター・ファーレンハイト。

『遠慮しておくよ。君の彼に恨まれたくない』

『それは残念だ。素敵な誕生日プレゼントになりそうだったのに』

『誕生日？　近いの？』

『ああ。五月五日だ』

子どもの日。気障なキャラクターとのギャップに、つい噴き出しそうになる。

『子どもの日なんだ。似合わないね』

『彼は「君にピッタリだ」なんて言っているけどね。去年はさんざんからかわれた。今年も今から憂鬱だよ』

『楽しみなくせに』

『言うようになったじゃないか』

『君に鍛えられたからね。それはともかく、おめでとう。二十一歳？』

『そういうことになるね』

他人事みたいな言い方だ。本当、クールな性格。

『まあ、今は僕のことはどうでもいい。君が純情な少女の乙女心を弄んでいる件について詳しく話そう』

『だから、そういう言い方は止めてってば』

『事実は耳に痛いものだよ。で、君はその彼女のことをどう思っているんだい？』

『好意の方が強いよ。だから困っているんだ。嫌いならどう扱っても良心は咎めない』

『要するに、好きということか』

『ラブじゃなくて、ライクだけどね』

ラブとライク。使い古された表現を、ミスター・ファーレンハイトが拾った。

『ジュン。ラブとライクでは「好き」のすべてを表現することはできないよ。ラブにもライクにも属さない、あるいはラブにもライクにも属する「好き」が存在する。だからライクだからラブだからどうこうという話は無意味だ』

『そう言われても、じゃあどう表現すればいいのさ』

『そうだな。ジュンはMECE(ミーシー)というものを知っているかい？』

MECE。聞いたことがない。

『知らない』

『重複なく、漏れなくというロジカルシンキングの考え方だ。説明するから、もしジュンが飲食店を開いたとして、そこにどんな客層が来るか考えてくれ。どんな店でもいい』

促されるままに考える。メッセージを下書きするスペースにつらつらと思いついた客層を記し、送信ボタンをクリック。

『家族連れ、専業主婦、サラリーマン、定年した老人、学校帰りの高校生』

『結論を言うと、君が挙げた客層はMECEに従っていない』

『どういうこと？』

『例えば、家族連れかつ専業主婦という客はありえるから重複している。そして自営業者が入っていないから漏れもある。だから重複なく、漏れなくが成立していない』

なるほど。論理的だ。分かりやすい。

『MECEの考え方だと、「未婚と既婚」とか「成人と未成年」とか、そういう分け方をするんだ。そして分けた先をさらにMECEに従って細分化する。そうやって重複なく、漏れなく客層を挙げて、ターゲットを定める』

『難しいことを知っているんだね』

『彼の受け売りだよ。僕自身は高校にすら行っていない』

中卒。意外だ。どこか頭のいい大学に通っていそうな雰囲気なのに。

『話を戻そう。僕が言いたいのはラブとライクではMECEが成立していないということだ。重複も漏れもある。それでは「好き」を表現し切れない』

『だから、結局どう表現すればいいのさ』

『簡単さ。僕たちは優秀なセンサーを一つ、身体に備えているじゃないか』

『センサー？』

『ああ。僕はそのセンサーを使って、自分の「好き」をこう分類している』

結論の気配。身体がほんの少し浮いた気がした。フレディがマイクを握ってから歌い出すまでの数秒のような空気感の中、メッセージが画面に浮かび上がる。

『ペニスが勃つ「好き」と、勃たない「好き」だ』

＊

次の日の朝、三浦さんは僕の机に来なかった。

久々の読書タイムを満喫する。朝のホームルームを終え、一限目は体育。男子は着替えのため、三階の空き教室に向かった。

空き教室でみんなが制服から体育着とジャージに着替える。男子高校生の半裸見放題。

マコトさんみたいな人からしたら天国なのだろうけど、僕としてはそこまで感じ入るものはない。さっさと着替えようと制服のシャツを脱ぎ、肌着をたくしあげた。

胸の両突起に、鋭い刺激が走った。

「チクビーム！」

嬌声（きょうせい）を抑え、上げた肌着を思い切り下げる。僕の乳首をつまんだ犯人の亮平が、目の前でへらへらと笑っていた。

「亮平。そろそろ本当に、そういうコミュニケーションの取り方は止めよう」

僕を差し置いてゲイだと思われているぞ。そこまでは言わない。亮平は「えー、いいじゃん」と全く応（こた）えず、僕の前で着替えを始めた。

亮平が制服のシャツと肌着を脱ぐ。うっすらと乗った脂肪の下から固い筋肉の輪郭が覗（のぞ）く。さすがバスケ部。引き締まっている。年上好きの僕にもちゃんと、その身体は魅力的に映る。

僕は亮平と付き合いたいと思ったことは一度もない。だけど亮平とセックスしたいと思ったことは何度もある。この感覚を異性愛者は絶対に分かってくれない。彼女にしかちんぽこが勃たない男なんて、むしろおかしいと思うんだけど。

「ところで純くんさー、連休の初日、暇？」

亮平が着替えながら、着替え終わった僕に問いかける。近い質問をつい昨日、別の人間から聞いた。僕はその時と同じように尋ね返す。

「純くんも来ない？」


「何人かで遊園地行こうって話があってさ。富士急ハイランド。純くんも来ない？」

「富士急って山梨でしょ。なんでそこまで行くの？」

「超デカいお化け屋敷あるじゃん。あれに行きたくて」

「面子は？」

「男はオレと小野っち。女は今宮と三浦と小野っちの彼女」

聞き捨てならない名前が一つ、紛れ込んでいた。

「何でそんな話になったの？」

「発案はオレと小野っちと今宮。で、小野っちが彼女誘って、今宮が三浦誘った。後はオレが純くん誘えば男女三対三ですげーバランスいいでしょ。だからさー、来てよ」

今宮さんはバスケ部の女子マネージャー。女子にしては短めな頭髪がボーイッシュなサバサバした性格の女の子で、三浦さんとはとても仲がいい。だから今宮さんが三浦さんを誘う流れは、不自然ではない。

「その面子と僕の親和性、低くない？」

「いいじゃん。最近、純くん、三浦と仲いいみたいだし」

亮平の指摘に、僕は思いのほか動揺した。僕と三浦さんの接近について、初めて他人から言及を受けた。別にそんなことはないのに、悪事を覗かれた気分になる。

「それとも、なんか予定あんの？」

つい最近、三浦さんに「ない」と言った以上、ここで「ある」とは言いづらい。だけどあの時だって、まるっきり予定がなかったわけではなくて――

「――今はないけど、入る可能性はある」

「それは先着優先だろ」

だよな。その通りだ。お前が正しい。

「分かった。じゃあちょっと、確認してくる」

僕はスマホを手に教室から出た。人気のない廊下の奥まで行き、マコトさんの電話番号を呼び出す。そして一つ大きく息を吸って、吐く。

僕は普段、マコトさんに電話をしない。SNSアプリも携帯メールも使わない。迂闊な証拠を残さないため、お互いにフリーメールのアドレスを使ってやり取りをする。僕といない時のマコトさんは佐々木誠。四十過ぎの妻子持ち男性。注意を払って払い過ぎることはない。

いきなり電話なんかして怒られないだろうか。嫌われないだろうか。不安を胸によぎらせながら電話をかける。マコトさんは、コール三回で出てくれた。

「もしもし。どうした」

声が硬い。これは仕事モードだ。早急に用件を済ませよう。

「いきなりごめん。聞きたいことがあって」

「なんだ？」

「友達にゴールデンウィークの初日、空いてるかどうか聞かれてるんだ。でもマコトさんと会えるならそっちを優先したい。どう？」

会えるなら会おうよ。そんな言葉を用意して返事を待つ。だけど、使わなかった。

「難しいな。連休は、家族で旅行に行く予定だから」

家族旅行。

当たり前の展開だ。別にショックを受けるようなことではない。こんなことでいちいち腐っていては、僕たちの関係はとてもやってられない。たとえ友達との遊び話を口実に普段はかけない電話をかけて聞いてしまうぐらい、期待していたとしても。

「分かった。変なこと聞いてごめん。それじゃ」

電話を切ろうとする。だけどそれより早く、艶めかしい声が鼓膜に届いた。

「ジュン」

背筋に、ぞくりと震えが走った。

「連休が終わったらたっぷりかわいがってあげるから、それまで我慢しなさい」

下半身に血液が集まる。僕は「うん」と甘えた声を出して頷いた。マコトさんの息子をやっている時の声。マコトさんは「いい子だ」と呟き、電話を切った。

会話が終わり、静寂が広がる。火照った身体から熱が発散して沈黙に溶ける。僕はゆっくりと廊下を歩いて空き教室に戻り、扉を開いた。

ジャージ姿の亮平が、僕に飛びかかってきた。

「純くーん。どうだったー？」

いつものように亮平が僕の股間を揉みしだく。いきなりすぎて、回避できなかった。

亮平が怪訝そうな顔で僕に尋ねる。

「なんで、ちょっと硬いの？」

僕は笑った。笑いながら、亮平の頭をパンと叩いた。

＊

家に帰ると、昼の仕事が休みだから思いきりくつろいでいる母さんがいた。

すっぴんで、ぼさぼさの髪で、だぼだぼのパーカーを着て、トドみたいなポーズでソファに寝そべりながらテレビを見ていた。化粧をして、髪を整えて、ドレスを着ている母さんしか見たことのないスナックのお客さんがこの姿を見たら、間違いなく百年の恋も冷めるだろう。母さんに恋をしているお客さんがいるかどうかは知らないけれど。

「ただいま」

「おかえり」

冷蔵庫を開け、中からペットボトルのお茶を取り出して飲む。テレビでは『今からでも間に合う、大切な人と行きたいゴールデンウィーク穴場特集』とやらをやっていた。

僕はお茶を飲みながら、何気なく口にする。

「母さん。僕、ゴールデンウィークの初日、出かけるから」

「どこ行くの？」

「遊園地。富士急ハイランド」

「遠いじゃない。デート？」

「――違うよ」

溜めを作ってしまった。母さんはそれを見逃さない。ソファから身を起こし、目を輝かせながら声を弾ませる。

「なに？　純くん、本当にデートなの？」

母さんは僕のことを「純くん」と呼ぶ。亮平と同じ。いい年して恥ずかしいから止めて欲しいと思うこともあるけれど、いつかテレビで専門家が「母子家庭の母親は子どもに依存していつまで経っても自分の子どもをあだ名で呼んだりする」としたり顔で講釈を垂れているのを見て無性にイラッときたので、放っておくことにしている。

「一緒に行くのは友達だよ。亮平とか」

「女の子は？」

「……それは、まあ、いるけど」

「なに、その反応。やっぱり彼女なんでしょ」

「違うってば」

これ以上つき合っていてもいいことはなさそうだ。お茶を冷蔵庫に戻し、部屋に逃げ込もうとする。背中から、母さんの明るい声が届いた。

「母さん、孫は早い方がいいからねー」

背中を向けていて良かった。掛け値なしに、そう思った。

部屋に入る。学生鞄（かばん）を置いて、ブレザーだけを脱いで、ベッドに寝転んで天井を見上げる。僕がうんと小さい頃からある人形（ひとがた）のシミを見つめながら、全身の力を抜き、水に浮かぶ自分をイメージする。溜まった疲れを溶かすために。

母さんのことは好きだ。昼も夜も一生懸命に働き、いつだって僕のことを大切にしてくれる母さんを嫌いになれるわけがない。だけど僕はなるべく母さんと話したくない。母さんと話すのは、他の誰と話すよりも圧倒的に疲れる。

もし母さんが、僕が同性愛者だと知ったらどういう反応をするか、何度も考えた。だけど全く答えは浮かばない。浮かばないまま、絶対に教えるわけにはいかないという結論だけが残る。なぜシリカゲルを食べてはいけないのか僕は知らない。だけど食べない。そういう風に、それは良くないというのが、理屈を超えて理解できる。

――孫、か。

スマホを手に取り、SNSアプリを開く。フレンドリストから、最近追加したばかりの三浦さんを探す。

僕は男。三浦さんは女。僕はでっぱっていて、三浦さんはへこんでいる。僕たちは、家族を築くことができる。

送信メッセージ欄に『今ひま？』と入力する。だけど送信はせずにアプリを閉じる。

彼女は僕なんかの何が好きなのだろう。考えてみたけれど、答えが出てくることはなかった。

＊

遊園地へは、新宿駅から高速バスで行くことになった。

僕が集合場所の新宿西口交番前に到着した時、そこには小野と小野の彼女がいた。小野の彼女はミニスカートを穿き、長く伸ばした髪に軽くパーマをかけ、やたらめったらおっぱいが大きかった。いかにも女の子という感じだ。

「ちょっとトイレ行ってくるね」

軽く挨拶だけ済ませた後、小野の彼女は小野にそう告げて場を離れた。後には僕と小野が残される。そして気づく。僕は、亮平抜きで小野と話をしたことがない。

何を話せばいいだろう。考えて、何も話さなくていいという結論に至った。小野だっていきなり話しかけられても困るはずだ。黙って口を閉じる。

「安藤」

あっちから声かけ。予想外。小野が目線を少し逸らしつつ話しかけてくる。

「お前さ、自分がなんで呼ばれたか、亮平から聞いてる？」

「男女の数を合わせたいからって聞いたけど」

「そっか。じゃあ、知らねえんだ」

「何を？」

「三浦がお前のことを好きで、それを今宮が亮平に相談して、お前と三浦をくっつけるために今宮が三浦を、亮平がお前を呼んだってこと」

——知らなかった。だけど、勘づいてはいた。誰も思惑もなしに都合よくこんなことになるわけはない。だからこそ能天気に参加する気にはなれなかったし、無下に断る気にもなれなかったのだ。

どう答えればいいか分からず、僕は黙った。薄々分かっていたことは、落ち着いた態度から伝わっているだろう。小野が僕から顔を背け、行き交う人々を眺めながら呟く。

「亮平もおせっかいだよな。人のことは人に任せりゃいいのに」

「昔からそうだから。自分より他人のことを気にするっていうか」

「……んなこた分かってるよ」

小野が不機嫌そうに眉をひそめた。唐突な苛立ち。いきなり喧嘩を売られたようで不愉快だけど、口を噤んでやり過ごす。重たい沈黙の中、誰か来ないかなと首を伸ばして周囲を窺う。

股間に圧力を感じた。

「純くーん。おはよー」

いつの間にか背後に回り込んでいた亮平が僕のちんぽこを揉みしだく。——こっちはお前のせいで色々大変なのに、人の気苦労も知らないで、この野郎。

「小野っちもおはよー」

「おはよーじゃねえ！　止めろ！」

亮平が小野の股間に手を伸ばし、小野が抵抗する。僕は我関せずとばかりに明後日(あさって)の方向を見やる。白いブラウスにネイビーのフレアスカートという装いの三浦さんが、遠くから食い入るように亮平と小野のじゃれ合いを見つめていた。

＊

全員が集まった後は高速バスのターミナルに向かった。事前に購入しておいた電子チケットを使って、到着したバスに乗りこむ。二人掛けの座席が二ライン。僕たちは三ペア分のシートを押さえているけれど、具体的に誰がどこに座るかは決めていない。だけどどうなるかは、簡単に予想がつく。

まず、小野と小野の彼女がペアで座った。彼女が窓側。

次に、通路を挟んだ隣の席に亮平と今宮さんがペアで座った。今宮さんが窓側。

そして、僕と三浦さんが残る。

「安藤くん。窓側と通路側、どっちがいい？」

「どっちでもいいよ」

「じゃあわたし通路側」

二人で亮平たちの後ろの席に座る。前列はバスケ部三人プラス小野の彼女。後列は僕と三浦さん。会話は自然と前列後列で分かれるだろう。予想通りだ。みんなが僕と三浦さんをくっつけるために動いているのなら、こうならないわけがない。

やがて、バスが出発した。三浦さんが「酔い止め、いる？」とハンドバッグから飴を取り出して僕に渡す。僕は飴を貰って口に放り込み、わざと派手に動かして今は喋れないぞアピールをする。狙い通りに沈黙が訪れ、僕は小野の彼女が小野とのデートについて語っている前列の会話に耳を澄ませた。

「それでスカイツリーに行ったんですけど、ぜんぜん景色を見たがらないんでおかしいなーと思ったんですよ。でも私は景色見たいし、連れて行ったんですね。そしたら『生まれたての小鹿か！』ってぐらい足ガクガクさせちゃって……」

「あー、小野っちは基本ビビりだから。今日もお化け屋敷でチビると思うけど、見捨てないでやってね」

「チビらねえよ！」

小野が声を荒らげ、前列が朗らかな笑いに包まれた。笑いの余韻が消えた後、今宮さんが少し声色をひそめて呟く。

「でも今日のお化け屋敷、超怖いんでしょ。ちょっと不安かも」

「だいじょーぶだって。オレがついてるから」

「高岡がついててもねえ……」

何の予告もなくお化け屋敷に入るペアが決まっている。まあこれも、当たり前。

「オレ、こー見えて頼りになるよ。マジで」

「えー。なんかどさくさに紛れて胸揉んだりしてきそう」

「しないしない。ちゃんと揉みたくなったら揉ませてくれって頼む」

「誇らしげに最低なこと言わないでくれない？」

空気入れたてのゴムボールのように、今宮さんの声が弾んで転がる。亮平のこと、好きなんだろうな。今宮さんとまともに話したことなんてほとんどないけれど、なんとなくそう思う。今まで亮平のことを好きだった女の子たちもみんな同じ声をしていた。そしてその誰とも、亮平は上手くいかなかった。

亮平はモテる。人懐っこくて明るい性格、それがよく出ている柔和な顔立ち、引き締まった身体やスポーツマンなところも高得点だ。だけどなぜか、亮平は自分を好きな女の子を好きにならない。毎日のように話しかけてくるクラスで一番かわいい女の子を無視して、あまり交流のない地味な女の子を「借りた教科書に描いてあった人間が食パンになるパラパラ漫画が面白くて好きになった」とか言い出す。そして本気になると変にシャイな面を出して微妙な距離感を保ち、そのうち告白して玉砕したり、好きな子が別の男と付き合ったりして失恋する。

僕は失恋した亮平を何度も慰めた。そして何度も「オレもう純くんと結婚する！」と抱きつかれた。その度に僕は、どさくさに紛れて自分のすべてを明かしてしまいたい衝動に駆られ、だけど明かせず、現在に至っている。

──今回は、どうなるかな。

僕の知る限り、今の亮平はフリーだ。好きな子がいるという話を聞いたこともない。そういう時、亮平はたとえ気のない相手だとしても告白を受けることがある。もしかしたら好きになれるかもしれないから。だけど結局、好きになれたことは一回もない。気持ちが通じ合わないままギクシャクして、お互いに傷を残して関係を終わらせる。

今は好きではないけれど、そのうち好きになるかもしれない。

僕は──どうだろう。

「安藤くん」

三浦さんが話しかけてきた。僕はまだ僅(わず)かに残っている飴玉を舐(な)めながら、ゆっくりと振り向いて口を開く。

「なに？」

「安藤くんは、お化け屋敷って平気なタイプ？」

「さあ。入ったことないから分からない」

「どうして？」

「別に理由なんかないよ。そもそも遊園地にほとんど行ったことない」

「家族レジャーの定番なのに？」

「うち、そういうの少ないんだよね。小さい頃に離婚して、父さんいないから」

少し距離を置いて貰いたくて、学校では亮平ぐらいしか知らない事実を口にする。効果は抜群だった。

「……ごめん」

三浦さんが肩を落として俯いた。僕は「いいよ」と呟いて窓の外に目をやる。他人を遠ざけるのなんて簡単だ。しかも僕はまだ最強のカードを切っていない。切った瞬間、他者から見た僕の人間性をすべて一つの肩書きに集約してしまう、あのカードを。

飴玉がなくなった。甘みの残滓を舌で感じながら、まだ飴玉を舐めているかのように口を動かす。QUEENが聴きたいな。『バイシクル・レース』辺りがいい。高速で流れていく景色を眺めながら、そんなことをぼんやりと考える。

シャツの裾が、グイと引かれた。

「あのさ」

振り返る。わずかに目を伏せながら、三浦さんがたどたどしく言葉を絞り出した。

「わたしはお化け屋敷、すごい苦手なの。だから――」

三浦さんが顔を上げ、僕に向かってにこりと微笑んだ。

「よろしくね」

――ごめん。

僕は悩んでいる。揺蕩っている。でもそれはきっと、人に冷たくしていい理由にはならない。僕は今までの振る舞いを密かに反省し、三浦さんにほんのりと笑い返した。

「分かった」

＊

――ここまで苦手とは聞いてないぞ。

廃病院をテーマにした真っ暗な巨大お化け屋敷の中、腕にがっちりとしがみついて動かない三浦さんを見つめながら、僕は軽く溜息をついた。目の前には錆びた鉄扉。扉の上のプレートには『霊安室』の表記。さらにGOランプがつくまで中に入れない入場制限。確実に、大がかりな仕掛けがある。

「早くしないと、また次の人に追いつかれるよ」

「ちょっと待って。もうちょっと……」

三浦さんがすうはあと呼吸を整える。GOランプが点灯してから、既に硬いカップラーメンが作れるぐらいの時間は経過している。中で待機している人も何かあったのではないかと不安なのではないだろうか。ある意味すごい。お化け役を怖がらせている。

お化け屋敷に入ってからずっと、新しいエリアに進もうとするたびに三浦さんはこれを繰り返している。おかげでもう数組に追い抜かれた。そして新しいエリアでお化け役に遭遇しては、甲高い叫び声を上げながら僕にしがみついてくる。その勢いは凄まじく、今のところ、僕はお化け役より三浦さんにビビらされた回数の方が圧倒的に多い。

「大丈夫、大丈夫……」

三浦さんが僕の腕を抱く力を強める。何だっけ、こういう風に相手に抱きついて動けなくさせてくる妖怪。――思い出した。『子泣きじじい』だ。

「そんなダメなら、お化け屋敷はパスすればよかったのに」

「イヤだよ。わたしだって楽しみたい」

「そんななのに、楽しめてるの？」

「こんなになるのを楽しむところでしょ」

確かに。しかし、どうしてそれが分かっていてそうなるのだろう。謎だ。

「安藤くんは初めてなのに、よく平気だね」

「何でもそうだけど、すぐ傍に大げさな反応してる人がいると、逆に冷めてこない？」

「……それはすいませんでした」

三浦さんが頭を下げた。少し落ち着いたようなので「行くよ」と声をかける。三浦さんはこくりと頷き、僕にしがみつく力をさらに強めた。

扉を開く。並べられたベッドと盛り上がった布団。そしてその先に光り輝く出口。どうやらここが最後のエリアのようだ。三浦さんが明るい声を上げる。

「出口だ！」

今まで僕に引っ張られるばかりだった三浦さんが、僕の腕を強く引いて歩き出した。

そして次の瞬間、予想通りのことが起こる。

数えきれないほどのゾンビメイクのアクターたちが、ベッドの上や部屋の隅からわらわらと僕たちに群がってきた。

「ぎゃあああああ！」

三浦さんがかわいらしさの欠片もない悲鳴を上げた。そして僕の腕、というか、全身にしがみつく。子泣きじじいモード。僕がこういうことを考えるのは本当に性格が悪いけれど、誘惑する気ならもう少しリアクションを練った方がいいと思う。

「安藤くん！　早く行って！　早く！」

「……動けないんだけど」

「早く！」

仕方ない。僕は三浦さんを抱えるようにして、そろそろと出口に向かった。ゾンビアクターたちも同じようにそろそろと僕たちを追いかけてくる。途中、一人のゾンビと目が合ったので愛想笑いを浮かべておいた。ゾンビは血だらけの顔面をゆがませてわずかに笑った。「大変ですね」「そちらこそ」。分かりあえた気がした。

どうにか出口に辿り着く。太陽の下に出た途端、三浦さんの足から力が抜けた。三浦さんが僕にしなだれかかり、胸が身体に強く押し付けられる。抱き付かれている間中ずっと思っていたけれど、見た目よりサイズがある。

「純くん、おせーよ」

亮平の声。振り向くと、亮平たち四人がどこか呆れたように僕たちを見ていた。待ってくれていたようだ。

「ごめん。三浦さんがこんなになっちゃって」

「リタイアすりゃよかったのに。途中に脱出口あっただろ」

「……もったいないって言うから」

ちらりと三浦さんを見やる。三浦さんは僕に寄りかかったまま、強気に答えた。

「だってせっかく来たんだから、最後まで行くべきでしょ」

「ほとんど見てなかったのに」

「怖いんだもん」

「まだ怖いの？」

三浦さんが状況に気がついた。パッと僕から腕を離し、顔を赤くして縮こまる。

「サエ。そこに物販あるから、お土産買おうよ」

今宮さんが三浦さんを誘って物販コーナーに向かった。僕たちもそれについていく。

亮平がヒソヒソと声を潜め、僕に話しかけてきた。

「どうだった？」

「別に怖くなかったよ。拍子抜け」

「馬鹿。そんなこと聞いてねえよ」

亮平が視線を前方にやった。女子連中が物販コーナーの建物に入る姿を確認して、それから僕に耳打ちをする。

「三浦とは、上手くやったの？」

僕は、足を止めた。同じく止まった亮平が含み笑いを浮かべ、肘で僕をつつく。

「あんな抱きついて、中でなにしてたんだよ」

「なにって……なにもしてないよ」

「嘘つけ。おっぱい揉むぐらいはしただろ」

「おっぱいを揉むのは『ぐらい』じゃないでしょ。もっと前段階あるよ」

「いや、オレはおっぱいを揉むところから始まる恋もあると思う」

あってたまるか。ゲイだって、それがおかしいことぐらいは分かる。

「とにかく、本当に何にもないよ。三浦さん、それどころじゃなかったし」

「なんだ。まあ今日はまだまだ長いし、これからだな」

亮平がガシッと僕の股間を摑んだ。そして僕を見て、不敵に笑う。

「ここ、使わないと腐るらしいぜ」

いつものように股間が揉みしだかれる。僕が抗議の声を上げる前に、亮平はすたこらと物販の建物に逃げ込んだ。呆れる僕に、近くで話を聞いていた小野が声をかける。

「あいつのおせっかい、もう病気だよな」

まったくだ。僕は大きく頷いた。

「他人の女の心配より、自分の女の心配しろっての」

「そうだね」

「好きな女が幼馴染に奪われようとしてるのに呑気に応援とか、正気じゃねえよ」

さすがに、頷けなかった。

デニムのポケットに両手を突っ込み、小野が僕を見据える。小野はタッパがあるから自然と見下ろされているような感じになる。威圧感が、全身にビリビリ伝わる。

「三浦の気持ちは分かってたみたいだけど、こっちは気づいてなかっただろ」

僕は答えない。僕が今日呼ばれた理由を明かされた時と同じように。だけど僕の様子はあの時とまるで違うのだろう。小野の反応を見れば、分かる。

「三浦はお前が好きだ。だから亮平はお前を呼んだ。俺も、今宮も、俺の彼女も、今日は三浦とお前が上手くいくように立ち回ることになってる」

小野が一歩、僕に向かって歩みを進めた。スニーカーの靴底が土を削る乾いた音が、やけにクリアに僕の耳に響く。

「なのにこうやって裏切っている理由は、もう分かるよな」

お前は俺の敵だ。小野の鋭く尖った視線が、明確にそう語っていた。

「お前は三浦のことが好きじゃない。それぐらい、見れば分かる」

それは違う。僕は三浦さんが好きだ。ちんぽこが勃たない好き。

「今日、上手いこと進めば、三浦は最後に観覧車の中でお前に告白する。亮平のことを思うなら、お前はそれを断れ」

——イヤだ。

僕は天邪鬼だ。たとえ自分がそうしようと思っていたことでも、周りからやれと言われたらしたくなくなる。だけど反発の言葉を、口にはできない。

同性愛者の僕が、異性愛者の亮平を差し置いて三浦さんと付き合う。

それは——歪だ。

「亮平は『もうオレ、どうしたらいいかわかんねえよ』って言ってた。お前は俺よりアイツと付き合い長いんだから、アイツがそういう弱音吐くの珍しいって、分かるだろ」

小野が、くるりと僕に背中を向けた。

「頼んだぞ」

小野が僕から離れ、物販の建物に消えた。僕はだらりと腕を下げ、空を見上げる。一面に広がる青。『39』のケイトさんの宝石みたいな瞳が、ふと脳裏に思い浮かぶ。

どうしたらいいかわからない。

そんなの、僕だって同じだ。

＊

園内でずっと、三浦さんは僕と行動を共にした。

二人で乗るアトラクションは必ずペアで乗った。二人で乗るものでなくても隣り合って座った。園内は絶叫系のアトラクションが多く、三浦さんはキャーキャー叫びながらそれを全力で楽しんでいた。僕は基本、無表情だった。そんな僕を見て三浦さんは、おかしそうに笑った。

「安藤くん、遊園地向いてないよね」

「かもね」

「でも、水族館も向いてなかったなあ」

「確かに」

「安藤くんが好きな娯楽施設ってなに？」

「……温泉とか」

「じじくさい」

三浦さんがまた笑う。僕といることが楽しいんだと、声で、表情で、仕草で、全身で表現する。僕は、ぎこちなく笑い返した。上手く笑えているかどうかは全く分からなかったけれど、少なくとも三浦さんは嬉しそうだった。

そのうち、だんだんと日が落ちてくる。楽しい時間は終わり。薄いオレンジ色の空がそう語りかける中、亮平が、まるで今思いついたみたいに提案した。

「そろそろ、観覧車にでも乗って帰ろうぜ」

今宮さんが「あー、いいね」と同意する。小野の彼女が「高いところ大丈夫？」と小野をからかう。小野が「舐めんな」と呟いてそっぽを向く。そして僕を見つめる。僕は、小野から視線を逸らした。

観覧車のゴンドラには、小野と小野の彼女、亮平と今宮さん、僕と三浦さんの順番で乗り込んだ。ゴンドラがゆっくりと高度を上げる。すぐ傍をジェットコースターが通り過ぎ、人々の叫び声がゴンドラにも届く。

三浦さんは最初、夕焼けに染まる富士山を眺めてテンション高く騒いでいた。やがてはしゃぎ疲れたようにふうと息を吐き、備え付けの座席に深く腰かける。

「あーあ。これで早くも連休初日はおしまいかー」

「ゴールデンウィークはまだあるよ」

「そうだけど連休明けたら一月経たずに中間テストだし、憂鬱にもなるよ。安藤くん、理系だよね。数学得意？」

「苦手ではない」

「だったら教えてくれない？　わたしは数学、壊滅的なの」

「三浦さん、文系でしょ。やってるところ違うんじゃない？」

「大丈夫だよ。理系の数学は文系の数学の上位互換みたいなものだから」

時計盤の六時の位置から出発したゴンドラが、九時の位置に達した。四分の一が終了。三浦さんはどこで仕掛けてくるつもりだろう。その前に、聞いておきたい。

「三浦さん。質問があるんだけど」

「池袋行った時、亮平と結構話すみたいなこと言ってたでしょ。あれ、なんで？」

三浦さんが目を丸くした。僕は少し上半身を前に傾ける。

「三浦さんと亮平ってあまり接点ないからさ。どうしてだろうと思って」

「どうしてって言われても、高岡くんが話しかけてくるからだけど……」

「最初のきっかけは？」

「一年の冬の時、席が近かったからかな。――ああ、そうだ。思い出した」

三浦さんが右手をグーにして、パーにした左手の上にポンとのせた。

「絵を描いたんだ」

絵。三浦さんが過去を思い返すように、斜め上を見上げる。

「わたし、授業で暇な時、近くの人のスケッチやるのね。そうしたら本人に見つかっちゃってさ。『もっとイケメンだろー』とか文句言ってた。それからかな」

ああ、それは駄目だ。亮平はそういうのにすごく弱い。中学の時に亮平が好きになった子が描いていた「人が食パンに変わるパラパラ漫画」は亮平をモチーフにしていた。その子も三浦さんも、ただ近くにいたから参考にしただけなのかもしれない。でも亮平は、そこに意味を見出そうとする。

「あとはよく目が合うから、お互い何となく強めに意識して、会話になるのかも」

「目が合う？」

「うん。ほら、高岡くんが男の子とじゃれあってるの、つい見ちゃうから」

三浦さんが恥ずかしそうにはにかむ。僕は気になっている女の子と視線が何度もぶつかる男の心境を想像する。僕は男女の恋は分からない。分からないけれど、胸が苦しい。

「実は今日のこと、姐(ねえ)さんにも言ったんだ」

ゴンドラが十一時に達する。もう少しで頂上。

「安藤くんと一緒に富士急に行く。男女三人ずつで行くから、流れ的にわたしと安藤くんがペアで動くことになると思う。二人でお化け屋敷行ったり、ジェットコースターに乗ったりする。そうやって仲良くなって、最後に観覧車に乗って、わたしはそこで――」

夕日に頬をほんのりと赤く染めた三浦さんが、大きく顔を上げた。

「告白するつもりだって」

遥(はる)か下をジェットコースターが通り抜けた。絶叫が、足元からわずかに届く。

「一緒に池袋行ったでしょ。あれから、なんかダメなの。安藤くんのことが気になってしょうがない。ふとした拍子に、安藤くんのことを考えてる」

三浦さんが両手を顔の前に合わせた。その合わせた手の後ろで、幸せそうに、本当に幸せそうに笑う。

「人をこんなに好きになったの、生まれて初めてなんだ。安藤くんが同じようにわたしを好きじゃないのは分かってる。でももし、他に好きな人がいるとかそういうことがなくて、安藤くんがわたしのことを嫌いじゃないなら、お願いします。わたしと――付き合ってください」

三浦さんが大きく頭を下げた。夕焼けを照り返し、つやつやしたポニーテールが幻想的に輝く。細い肩が、小刻みに震えている。

――ごめん、僕、ホモなんだ。

真摯(しんし)で誠実な回答が頭に浮かぶ。だけどそれは声にならないまま、QUEENのメンバー、ブライアン・メイが奏でる激しいギターソロのイントロにかき消される。頭の中のジュークボックスが再生する曲は、アルバム『ザ・ミラクル』より、『アイ・ウォント・イット・オール』。

僕は、すべてが欲しい。

男に抱かれて悦(よろこ)びたい。女を抱いて子を生(な)したい。誰かの息子として甘えたい。自分の子供を甘やかしたい。

欲しい、欲しい、欲しい、欲しい、欲しい欲しい欲しい欲しい欲しい欲しい欲しい。

「――三浦さん」

三浦さんの両肩に手をのせる。

三浦さんが顔を上げる。大きな瞳を丸くして僕を見る。僕は、ゆっくり、本当にゆっくり、三浦さんの顔に自分の顔を近づける。これから僕が何をするつもりなのかちゃんと伝わるように。断りたければ断ってもいいよ。そういう風に最後の判断を、三浦さんに委ねられるように。

三浦さんがそっと目を閉じる。僕は自分の唇を、三浦さんの唇に重ねた。

――柔らかい。

最初に感じたことは、それ。グミみたいにプルプルしている。鼻腔に粘り気のある甘い匂いが潜り込んで呼吸が詰まる。これが、女の子とのキス。

舌は入れず、緩慢に唇を離す。三浦さんがとろんと溶けた目で僕を見つめる。僕は三浦さんの背中に手を回し、軽く抱き寄せた。三浦さんの胸についた脂肪の塊が、僕の固い胸にぶつかって潰れる。

「ありがとう。僕も実は三浦さんのこと、気になってた」

驚くほど、自然に言葉が出てきた。耳元に唇を寄せ、甘く囁く。

「僕と付き合ってください」

僕が三浦さんを抱いているように、三浦さんも両腕を僕の背中に回した。そして瞼を閉じて小さな頭を胸元に埋め、蚊の鳴くような声で囁き返す。

「はい」

言葉を合図に、三浦さんを抱きしめながらまた口づけを落とす。クッションのような柔らかさが全身から全身に伝わる。ちんぽこは、ぴくりともしていなかった。

Track3：The Show Must Go On

観覧車を降りて、亮平たちと向かい合った途端、場に緊張が走った。

告白をしたのか、していないのか。したなら上手くいったのか、いっていないのか。全員がその返事を待っていることは明白だった。だけど三浦さんは何も答えなかった。ただ指を二本立てたVサインを、皆の前に突き出した。

甲高い声が、薄暗い遊園地に響いた。

「サエ、おめでとー！」

今宮さんが三浦さんに抱きつく。三浦さんは「ありがとー！」と抱きつき返す。小野の彼女が「良かったですねー」とのほほんと呟く。実に幸せそうな女子三人。

対して、男子三人。

小野は敵意剥き出しで僕を睨みつけていた。隠す気がないのか、隠しきれないのか。どちらにせよ、完全に敵に回したことは間違いない。

亮平は「おめでとさーん」と言いながら僕と肩を組み、いつものように股間を揉みしだいてきた。揉みに力が入っていないことに気づかないほど、僕と亮平は浅い付き合いではない。だけど僕はそれに気づかないフリをして、へらへら笑いながら「やめろって」と亮平の手を股間からどけた。

僕は、まるで今が人生の絶頂であるかのように振る舞った。三浦さんは恥ずかしそうに俯き、俯かせた顔の奥で嬉しそうに笑っていた。ああ、この対応で正解か。そんな風に自分を俯瞰している自分が、確かに存在した。

遊園地を出て、夕食を食べて、帰りのバスに乗る。その間ずっと、話題の中心は僕と三浦さんだった。連休中にまた会ってデートをする約束をした。休みが明けたら中間テストに向けて一緒に勉強会をする約束をした。小野が「亮平も数学ダメだし、勉強会交ぜて貰えば？」と口を挟んだ。亮平は「オレはいいよ」といつになく弱々しい声で答えた。

新宿に着く頃にはすっかり夜になっていた。小野の彼女以外、全員同じ私鉄に乗る。小野が最初に降り、次に今宮さんが降り、三浦さんが降りる。そして最後に、僕と亮平が同じ駅で降りる。僕と亮平は幼馴染。住まいは当然、近距離。

改札口を出るまで亮平は無言だった。出てからもほとんど無言。やがて住宅街に入り、僕たちが小学生の頃からずっと溜まり場にしている公園に差しかかった時、亮平が口を開いた。

「なあ、ここ、寄ってこうぜ」

僕たちは公園に入り、ブランコに並んで座った。人は誰もいない。亮平はブランコを軽く漕ぎながら、街灯のぼんやりした青白い光の中で力なく笑った。

「今日は良かったな。人生初彼女だろ」

僕は「ありがとう」と答えた。どこかから自転車の車輪が回る音が聞こえて、すぐに遠ざかって消えた。

「純くん、今まで浮いた話、全然なかっただろ。不思議だったんだよな。好きとか嫌いとか、そういう感情がないように見えるぐらいだったから。実はホモなんじゃないかって疑ったこともあった」

心臓がドクンと大きく跳ねた。亮平が口角を上げ、闇夜に白い歯を浮かべる。

「でも単にモテないだけだったんだな。良かった。安心したよ」

跳ねた心臓に、今度はズキリと鋭い痛みが走った。亮平は同性愛を偏見から貶めるような奴じゃない。そんな亮平でも「ホモじゃない」のは「良いこと」で「安心する」。

「――亮平がモテすぎるだけだよ」

話の矛先を変える。亮平は力なくうなだれ、ふるふると首を振った。

「モテねえよ。オレは、モテねえ」

キイ、キイと、ブランコの鎖の軋む音が夜に溶ける。揺れたコップから中の水が溢れるように、亮平がポツリと言葉を溢す。

「オレ、三浦のこと好きだったんだ」

僕は何も言わない。ただ次の言葉を待つ。やがて、亮平がブランコを止めた。ゆらゆら揺れていた心の水面に、平穏が戻る。

「なに言ってんだろ。今さらこんなこと、絶対に言わない方がいいのに」

亮平が夜空を見上げた。月は浮かんでいない。新月。

「純くん。昔オレが失恋した時、ここで慰めてくれたじゃん」

「……そうだね」

「夜中までダベって、補導されて、親と先公にガンガン怒られてさ。めちゃくちゃ迷惑かけたのに、純くんはまったく気にしないでいてくれた。嬉しかったよ」

亮平が笑った。笑いながら俯き、乾いた土に言葉を落とす。

「オレ、また純くんに慰めて貰いたいのかな」横顔から、笑みが消えた。「好きな女、純くんに取られたのに」

取られた。強い表現。亮平がひょいとブランコから降りた。

「悪い。オレ、混乱してる。気にしないでくれ」

バツが悪そうに頭の後ろを掻きながら、亮平が僕に背を向けた。そして公園の出口に向かう。この公園を溜まり場にしたのは僕たちの家の中間だから。ここから先は、それぞれ別々の道。

「三浦と仲良くやれよ。じゃあな」

背中を向けたまま、亮平がひらひらと手を振る。僕はブランコに座ったまま動かない。動けない。ただぼんやりと夜空を見上げ、答えのない問題に考えを巡らせる。

僕は亮平と付き合いたいと思ったことは一度もない。だけど亮平とセックスしたいと思ったことは何度もある。亮平とセックスをする夢を見たことすらある。その日は一日、後ろめたさで亮平の顔をまともに見られなかった。

ちんぽこが勃つ「好き」と勃たない「好き」。

三浦さんは後者。

亮平は——前者。

「……気持ちわる」

ポケットのスマホが震える。取り出して、SNSアプリに三浦さんから『家に着いたよー』というメッセージが届いていることを確認する。僕は『お疲れ様』と返信を打ち、自分の家に向かってのろのろと歩き出した。

＊

初デートは、渋谷に映画を見に行った。

一人だったら絶対に見ない恋愛映画を見た。暗闇の中で手を繋ぎ、キスをした。映画を見た後はゲームセンターに行った。三浦さんはプライズゲームでアニメキャラのフィギュアを欲しがり、僕はそれを三百円で取った。「そのキャラのホモ本も持ってるの？」と聞いたら、「大量に持ってる」という開き直った答えが返ってきた。

連休明けに学校に行くと、僕たちのことがクラス中に知れ渡っていた。男連中に囲まれた僕は遊園地の話や初デートの話を披露し、次々と飛んでくる質問に答えた。「三浦のどこが好きなの?」という質問には、答えられなかった。

勉強会は学校近くのファミレスでやることにした。三浦さんの部活がない曜日に二時間ぐらい。三浦さんの数学は本当に壊滅的だった。「平均点を目標にしよう」と提案したら「低くない?」と言われた。「身の程を知った方がいいよ」と返したら、頭を思い切り叩かれた。

「0と1ってさあ」ある日の勉強会で、参考書を開くなり三浦さんが呟いた。「受け攻めはっきりしてるよね」

「……は?」

「いや、0は受けで1は攻めって感じがするなあと思って」

いい感性だね。海外ゲイの隠語だと『0』は女役で『1』は男役なんだ。ちなみに普通の英語表現だと女役はボトムで男役はトップだよ。絶対に教えないけど。

「4と7と9も攻めっぽいけど、あとは受けかな。もう一人攻めがいるとバランスいいのに」

いいじゃん。現実のゲイも受け身の方が多いみたいだし。SM界隈だとMが供給過多だからSは重宝されるらしいよ。絶対に、何があっても教えないけど。

「0から9まで全部男の時点でバランス最悪でしょ」

「それはそうだけど……あ、腐れ話してたら思い出した。安藤くん、今週の土曜、暇？」

全然暇じゃない。久しぶりに彼氏と会ってデートするんだ。いいでしょ。絶対に、何があっても、天地神明にかけて教えないけど。

「土曜は用事ある。どうして？」

「姐さんがダブルデートを希望してた話、覚えてる？」

覚えている。連休前に持ちかけられ、恋人じゃないからと断った話。

「あれ、作戦だったの。安藤くんのことは姐さんにずっと相談してたから。それで今回めでたく付き合うことになったでしょ。だから今度は本当にダブルデートしないかって言われてるんだ。どう？」

三浦さんが瞳を輝かせて僕を見る。正直なところ、シングルデートだっていっぱいいっぱいだ。ご遠慮願いたい。だけど断る理由が思いつかない。

「行くにしても、テスト終わってからにしてもらおうよ」

「思い立ったが吉日って言うでしょ」

「テスト勉強したくないだけじゃないの？」

「……そんなことないよ」

三浦さんが目を逸らした。正直者。

「じゃあ分かった。テスト明けの土曜にしよう。それで姐さんに話していい？」

――仕方ない。観念しよう。

「いいよ」

「どこ行くか考えておいてね。姐さんは、お金のないわたしたちに合わせるから」

「それは一緒に考えようよ」

「わたしは、安藤くんに決めて欲しいな」

三浦さんが、テーブルに頬杖をついた。

「安藤くん、淡泊なんだもん。だから今回は、安藤くんが行きたいところに行こう。安藤くんが『ヒャッホーイ』とか言ってるところ、見たい」

「僕はテンション上がっても『ヒャッホーイ』とか言わないよ」

「じゃあ、『ウッヒョヒョーイ』？」

「そんな愉快な叫び声を上げる人間はいない。いいから勉強しよう。この間、宿題にしたところはやってきた？」

三浦さんが目を逸らした。本当に、正直者。

「……やる気ある？」

「違うの。聞いて。応募しようと思ってる自治体の絵のコンクールがあって、それが〆切五月末なの。わたし、今回はイケる気がするのね。そういうのって描いてて分かるの。それで気合入れて絵を描いてたら、勉強する時間なくて……」

「なら勉強会止めて、そっちに時間割こうか」

「……すいませんでした。今からやります」

三浦さんがノートを開き、勉強を始めた。僕は「どうしても分からなかったら聞いて」と告げ、ドリンクバーのアイスコーヒーを飲む。飲みながら、ピンク色のシャープペンシルを手にうんうん悩む三浦さんを観察する。

「かわいい子だな」と思う。

つやつやしたポニーテールがよく似合う、幼さを残した丸い輪郭。ひたむきさを感じさせる、夜の猫みたいに大きな瞳。中身だって悪くない。数字でホモ妄想を始めるような突拍子のないところはあるけれど、基本は愛敬があって人好きのする性格だ。

三浦さんはかわいい子。こんなかわいい子と付き合える僕は幸せ者。お世辞も依怙贔屓もなしに、心の底からそう思う。

だけど「かわいいな」とは、思わない。

「——安藤くん」

三浦さんがノートから顔を上げた。縋るように僕を見つめる。

「何が分からないか、分からない」

僕は溜息を吐いた。席を立ち、三浦さんの隣に座る。甘い女の子の香りが、ふんわりと鼻腔に届いた。

＊

土曜日、僕は時間よりだいぶ早く待ち合わせ場所の『'39』に出向いた。

カウンター席に座り、ケイトさんにカフェラテを淹れてもらう。BGMとして流れているQUEENの『クレイジー・リトル・シング・コールド・ラブ』に耳を傾けながら、カフェラテを飲み、熱で喉をほぐす。そして、洗ったばかりの食器を布巾で拭いているケイトさんに話しかけた。

「ケイトさん、聞きたいことがあるんですけど」

「なに？」

「彼女ができて、二週間後デートに行くんですけど、女の人ってどういうところに連れていけば喜びますか？」

「どこでもいいじゃない。好きな相手とならただ Brownsville にドライブに行くだけでも楽しいものよ」

「どこですか、そこ」

「America の New York。Stand By Me という映画は知ってる？　あれの撮影地」

「へー」

「ちなみに Slum よ。主な産業は Drug と言われているわ」

「……へー」

会話が途切れた。ケイトさんは鼻歌を歌いながら食器を拭き続けている。

「あの……それだけですか？」

「なにか？」

「ゲイなのに彼女ができたというところに、疑問はないのかなと」

「別に。よくある話じゃない。純くんも知っているでしょう？」

よく知っている。そもそも僕は、恋人が既婚だ。

「この国はそうしないと生き辛（づら）い国。外国人のワタシだって、それぐらいは分かっているつもりよ」

ケイトさんが食器を拭く手を止めた。カウンターに頬杖をつき、僕に話しかける。

「純くん。少し前に二丁目で起きた『看板事件』は知ってる？」

僕は首を横に振った。ケイトさんが人差し指でカウンター奥の壁を指さす。

「昔、あっちに、たくさんの男の人が寄り添う絵の看板があったの。GayをImageしたHIVは身近なものと教える真面目な看板。その一人の男性が下着姿だったのね。そこにClaim（クレーム）が入って、行政が看板の描き直しを命令した。Tank top（タンクトップ）を着せて、Short pants（ショートパンツ）を穿（は）かせて、それでもまだ下着が少し見えていたから最後は広告代理店が勝手に修正した。Short pantsが和製英語なのはご存じ？」

「いえ」

「そう。まあ、それはどうでもいいわ。要するに、下着姿のGayの看板が行政命令で描き直されたの。でもワタシはこの国で、Semi-nude（セミヌード）の女の子や、紐（ひも）みたいな水着を着た女の子の絵や写真を使った、Sexual（セクシャル）な看板をたくさん見たことがある。女性向けで男性のそういうものもある。だけどそっちには Claim は入らない。仮に入っても行政が動いたりはしない」

ケイトさんが、ふうと息を吐いた。

「『見逃してやっているだけなんだから勘違いして表に出てくるな』。世間はそう言っているんだと、ワタシの友達の Gay はぼやいていたわ」

見逃す。摩擦をゼロにするように、空気抵抗を無視するように、最初から存在しないことにする。

「そういう国で Homosexual（ホモセクシャル） が Heterosexual（ヘテロセクシャル） のフリをするのを止めろと言えるほど、ワタシだって立派な人間じゃない。特に純くんはまだ Boy なんだから、迷って当然よ」

ケイトさんが口を閉じる。海を詰め込んだみたいな青い瞳で僕を見る。この遠い国からやってきた同性愛者の女性は、今までいったいどんな人生を送ってきたのだろう。そんなことが、にわかに気になる。

ＢＧＭが変わった。

荘厳なイントロ。後に続くフレディの力強い歌声。死を目前にした世界最高峰のボーカリストが放つ魂の叫び。フレディ存命のＱＵＥＥＮが最後に発表したアルバム『イニュエンドゥ』の最後の曲、『ショウ・マスト・ゴー・オン』だ。

「純くん」

音楽に耳を傾けていたケイトさんが、僕に声をかけた。

「一つだけ、Hard なことを言うとね」ケイトさんが指を一本立てた。「貴方は Show を始めてしまった。嫌になったからと言って、全部放り投げて Selfish に舞台から降りるような真似は許されない。それだけは忘れないで」

僕は頷いた。分かっている。既に幕は上がった。僕が上げた。僕と三浦さんがどんな結末を迎えるにせよ、僕は最後まで「異性愛者」の役を演じなくてはならない。たとえその劇が、命尽きるまで終わらないようなものだったとしても。

カランコロン。

扉のベルが鳴り、僕は入り口に目をやった。ぴっちりと胸に張りつくTシャツを着て、色あせたジーンズを穿いた、ストレートロングの若い女性。知らない人だ。

ケイトさんが「久しぶり」と女性に向かって微笑んだ。そして遠くの席に座った女性のところに向かおうとする。僕はその背中に声をかけた。

「あの、ケイトさん」

「大丈夫。あの人が来ても黙ってる。言うか言わないかは純くんの好きにして」

読まれた。ケイトさんがくるりと振り向き、悪戯っぽい笑みを浮かべる。

「ワタシは男女問わず、Cute な子の味方よ」

＊

マコトさんと合流した後は、すぐラブホテルに行った。

行為が終わった後、服は脱いだまま、二人でベッドの上で布団を被って横になる。やがてマコトさんがベッドを抜け出し、煙草を吸い始めた。小さな丸テーブル近くの椅子に腰かけ、ガラスの灰皿にとんとんと灰を落としながら、ふーと煙を吐く。

「ねえ、マコトさん」

もう秘め事は終わったと、明確に分かる呼び方で声をかける。マコトさんは椅子に座ったまま、「何だい？」と僕の方を向いた。

「家族旅行、どこ行ったの？」

マコトさんの細い眉がピクリと動いた。佐々木誠は聖域。その暗黙の了解を、僕が踏み越えたことに対する警戒。

「香港だよ」

「海外に行ったんだ。すごいね」

「僕は出張でよく行っているから今さらだけどね。ツアコンみたいに家族をあちこちに連れて歩いただけだ」

「マコトさんは楽しまないんだ」

「家族サービスは、サービスを提供する側は楽しめないのさ。次は、何の興味もない芸能人目当てでお台場に連れ出される予定だ」

「いつ？」

「再来週の土曜」

再来週の土曜。ダブルデートの日。その日僕たちは、二人揃って異性愛者になる。

「お台場には巨大な温泉施設があるらしいから、そこで身体を休めてくるよ。そのうち一緒に行こう。館内着が浴衣なんだ。純くんの浴衣姿を見てみたい」

マコトさんが僕を口説く。マコトさんは僕を見たいのであって、僕と一緒に何かを見たいわけじゃない。それが少し遣る瀬ない。僕を見たいと思ってくれていることが、まったく嬉しくないわけではないけれど。

「そうだね」

気だるげに答える。会話が途切れ、マコトさんが煙草を吸う。煙の行く末を追いかけ、淡い照明が輝く天井を見上げるマコトさんに、ベッドの上から声をかける。

「僕、ゴールデンウィーク中に彼女ができたんだ」

マコトさんの口から伸びる煙が、僅かにブレた。

「告白されて、受け入れた。前に話した、BL本買ってるところ見ちゃった子だよ。マコトさんの言った通り、あれから急接近した」

マコトさんが煙草を灰皿でもみ消した。そして、口の中に残っている煙を吐き出すみたいに細く息を吐く。

「それは、おめでとう」

――嫉妬するな。

あの時のマコトさんの言葉を思い出す。仕方ない。僕たちは僕たちの間に、そういう感情を持ち込んではいけない。

「ねえ、マコトさん。既婚のゲイって、普通なの？」

いつになく踏み込む僕に、マコトさんが少し困ったような表情を浮かべた。

「珍しくはない。ただ普通かと聞かれると難しいな。そういうことが嫌いなゲイもたくさんいるから」

「そうなの？」

「ああ。純くんは『卑怯（ひきょう）なコウモリ』という童話を知っているかい？」

僕は「うん」と頷いた。獣の一族と鳥の一族が争う中、獣が優勢な時は「私は獣です」、鳥が優勢な時は「私は鳥です」と、どちらにもいい顔をしていたコウモリがいた。しかし、やがて獣の一族と鳥の一族は和解。何度も寝返っていたコウモリは両方から疎まれ、暗い洞窟（どうくつ）に身をひそめるようになった。有名な童話だ。

「僕はコウモリなんだよ。ある時は異性愛者、ある時は同性愛者、そうやって自分を使い分けている。そういう卑怯なことをしていれば、嫌う人間も出てくる」

マコトさんがふと遠い目をして、視線を横に流した。

「もし童話で獣と鳥が和解したように、異性愛者と同性愛者が分け隔てなく存在できる社会が実現したとしても、僕のようなコウモリを認めてくれる場所はどこにもない」

コウモリは認められない。愛し合える恋人も、血の繋（つな）がった家族も欲しい。その願いを叶えたいのならば僕たちは、永久にショウを続けなくてはならない。

「……そっか」

力なく呟き、マコトさんに背を向ける。やがて、マコトさんが布団の中に潜りこんできた。僕の背中にぴたりと肌を合わせ、温もりを交換してくる。

マコトさんの両手が、僕の胸に伸びた。

無骨な指がツンと尖った突起を撫でる。頭の中が真っ白になる。荒い息を吐く僕の耳元で、マコトさんが湿っぽく囁いた。

「ねえ」マコトさんが、僕の乳首をつまんだ。「あと一回、生でしようか」

生。

脳みそに氷の刃を挟まれたみたいに、思考がすっと冷えた。だけど執拗に弱点を嬲り続ける指が、頭蓋の中をすぐにまた火照らせる。僕は息を切らしながら、途切れ途切れに言葉を紡いだ。

「生、は、ちょっと」

「どうして？」

「病気、怖い」

「大丈夫だよ。ちゃんと検査している」

マコトさんが僕の上半身を、両腕ごと後ろからギュゥと抱きしめた。逃れられないように拘束して、左手で右の、右手で左の突起を撫でる。神経が震える。快楽の大波が、身体中を駆け巡る。

「友達が」激流に逆らうように、僕は身を捩った。「ＨＩＶの、キャリアなんだ」

マコトさんの手が一瞬だけ止まった。だけど本当に一瞬。すぐに愛撫は再開され、僕は喘ぎながら、悶えながら、弱々しい抵抗を続ける。

「ネットの、会ったことない、友達だけど、よく話してて、それで僕、そういうの、他人事じゃないって、分かって、だから――」

「ジュン」

威圧感のある低い声。マコトさんの愛撫と、僕の抵抗が止まった。

「父さんの言うことが聞けないのか？」

それは――ズルい。

僕は、全身から力を抜いた。マコトさんが左手で僕の右胸の突起を嬲りながら、右手を股間に伸ばす。そしてカチカチに勃ち上がったちんぽこの先端を撫でて、「濡れてるぞ」と嬉しそうに囁いた。

＊

家に帰った僕は、真っ先にノートパソコンを立ち上げた。

メッセンジャーのメンバーリストを確認する。ミスター・ファーレンハイトはオンライン。迷うことなくメッセージを飛ばす。

『今、話せる？』

リアクションは、すぐに返ってきた。

『話せるよ。どうした？』

『聞きたいことがあるんだ。本当に、とても失礼な質問だから、答えたくなければそれでも構わない』

『いいよ。話してごらん』

『ＨＩＶに感染するまで、何回ぐらいゴムなしのセックスをしたか覚えている？』

タイプした質問がチャットウインドウに浮かぶ。自分がどれほど不躾なことを聞いているか、アウトプットされた文字を読んで実感する。だけど、知りたい。確率論ではない現実の話を聞きたい。緊張に背筋を強張らせながら、じっと返事を待つ。

『一回』

文字は、絶望的な重みを以て、僕の視界をジャックした。

『僕が彼を口説き倒して、ゴムを用意する間もなくその場で抱いて貰った、たった一回だけだ。間違いない。僕はその一回でＨＩＶに感染した』

一回。たった一回。そういうことが、現実に起こりうる。

『それで、それを聞いてジュンはどうしたい』矢継ぎ早にメッセージが飛んでくる。

『三回までなら大丈夫とか、そういうふざけた言葉を求めているのか？』

見透かされている。僕は慌てて謝罪の言葉をタイプした。

『ごめん。その通りだ。一回やってしまって、不安になっていた』

『そんなことだろうと思ったよ。どうして断らなかった』

『断れる雰囲気じゃなかったんだ』

『それでも断るんだ』

強い言葉。僕のタイピングが止まった。その隙にミスター・ファーレンハイトが、場を和ますようなメッセージを繋げる。

『まあ、そういう僕はキャリアだ。偉そうなことは言えない。脅すような言い方をして悪かったね』

『一回は脅しなの？』

『さあ、どうだろうね。僕の言葉なんて全部嘘かもしれないよ。実は性別も年齢も性的指向もＨＩＶも全部嘘で、どこにでもいる異性愛者の女子中学生ということもありうる』

ふざけながらはぐらかす。本当なんだろうな。そう思った。

『ところで、君に惚れている例の女の子はどうなった？』

ミスター・ファーレンハイトが話題を変えた。重たい話題を変えようとしているのかもしれない。でもそちらはそちらで、今はそれなりに重たい。

『付き合うことにしたよ』

ミスター・ファーレンハイトに成り行きを説明する。聞き終えたミスター・ファーレンハイトは、まず僕に一言、辛辣な言葉をよこした。

『今日の君は、いったい僕をどこまで呆れさせれば気が済むんだ？』

　僕はグッと顎を引いた。だけど、この反応は当たり前だ。僕は自分が「外道」とまで評した選択肢を、自らの意思で選んだのだから。

『厳しいね。君にそう言われると泣きたくなるよ』

『それは申し訳ない。まあ、そんなに深く受け止めないでくれ。きっと僕がジュンの立場なら、ジュンと同じことをしている』

『君がこんなコウモリみたいな真似をするかな』

『するさ。上手くコウモリをやれるならそれに越したことはない。結局、獣も鳥もコウモリが羨ましいんだ。だから迫害する。まあ僕は、ジュンが上手くコウモリをやれるタイプだとは思えないけれど』

　――痛いところを突かれた。

『確かに、不安だよ』

　弱音を吐き出す。誰にも打ち明けられない本音を。

『彼女と居ても、センサーが全く反応しない』

『センサー？』

『股間のだよ』

『ああ』

『手を繋いでも、胸をおしつけられても、キスをしても、僕のセンサーはまるでぴくりともしない。こんなザマで普通のセックスができるのか、僕は怖くて仕方がない』

僕とミスター・ファーレンハイトには何のしがらみもない。僕たちの間に存在するのはQUEENだけ。だから本音が言える。弱音が吐ける。

そしてミスター・ファーレンハイトは、いつも少し変わった角度からそれに答える。

『ジュン。「普通のセックス」とは何だ？』

概念的なメッセージ。返信に困っている間に、次のメッセージが来る。

『子孫繁栄のためのセックスが普通だと言うならば、コンドームをつけてするセックスはどうだ。男女のセックスが普通だと言うならば、八十歳のおじいちゃんと十三歳の少女のセックスはどうだ。君にとって「普通のセックス」とは、いったい何なんだ？』

僕にとっての普通。僕は首を捻り、返事を打った。

『分からない。考えたこともなかった』

『いいさ。今から考えればいい。まだまだ時間はあるんだ』

優しい言葉に促され、考えてみる。影も形も見えない『普通のセックス』の輪郭を捉えようと試みる。だけどその切れ端を摑むより早く、新しいメッセージが届いた。

『ジュン。そろそろ僕は夕飯だ。おいとまするよ』

『分かった。話してくれてありがとう』

『HIVの検査は感染から約三ヶ月経たないと正確な結果が出ない。不安を忘れる時間を与える、ウィルスの狡猾な生存戦略だ。必ず検査には行きなよ』

『分かってる。必ず行くよ』

終わりの気配。僕は別れの言葉をタイプしかける。だけどふと思い出し、打ち込む言葉を変えた。

『そういえば、誕生日はどうだった？』

今日は暗い話が多かったから、最後は明るい話で終わろう。そう考えて送ったメッセージ。それは——失敗だった。

『別に。何もなかったよ』

『そうなの？　彼とのお祝いは？』

『急な事情があって、なくなった』

——余計なことを聞いてしまった。僕はフォローの言葉を考える。だけどそれを思いつくよりも早く、ミスター・ファーレンハイトからメッセージが届いた。

『ジュン』

名前だけ。とりあえず、続く言葉を待つ。だけどなかなか現れない。しびれを切らして僕から呼びかけようとした時、ようやく、ウインドウが動いた。

『じゃあね』

不思議な間。僕はメッセンジャーを閉じ、ミスター・ファーレンハイトのブログを見に行った。ブログの更新は、ゴールデンウィーク前で止まっていた。

＊

翌週頭にテストを控えた火曜、勉強中にファミレスを追い出された。

要約すると「毎日毎日ドリンクバーと申し訳程度に頼んだパンでダラダラ粘ってんじゃねえぞクソガキ共」という意見に基づいた強制退出であり、僕は至極もっともだと思ったけれど、三浦さんはぷりぷり怒って「もうあのファミレスには行かない」と言っていた。ただし今回の勉強会が始まるまで一回も行ったことはないらしい。機会損失、ゼロ。

「まだ時間あるし、どっか行こうよ」

三浦さんが僕をデートに誘う。今日は母さんが家にいる日。僕は、誘いに乗った。

僕たちは近くにある大きな公園を散歩することにした。適当にふらふらと歩き、やがて噴水のある広場に辿（たど）り着く。噴水の傍では幼稚園児ぐらいの男の子と若い男性がキャッチボールをしていて、噴水の縁（へり）に腰かけた若い女性が穏やかな視線をその二人に向けている。幸せを絵に描いたような家族の触れ合い。

「安藤くんって、子ども好き？」

「さあ。あんまり話す機会がないから分からない」

「苦手そうだよね」

「かもね」

広場のベンチに並んで腰かける。三浦さんが小首を傾げ、僕を覗く。

「ねえ、ダブルデートどこ行くか、考えてくれた？」

候補がないわけではない。だけど――

「考えてない」

「えー。もうすぐだよ。考えてよ」

「そうだね。確かにもうすぐテストだ。テストのことを考えないと」

「……あのね、安藤くん。今、普通の恋人なら、デートの話ばかりしてテストそっちのけになっちゃって、喜びながら困るような場面だと思うよ」

「え？」

「『普通の恋人』って何？」

「三浦さんにとって『普通の恋人』の定義は何なのかなと思って」

「なにそれ。中二病っぽい」

中二病。中学生がやりがちな背伸びして気取った言動を揶揄するスラング。言われているぞ、ミスター・ファーレンハイト。

三浦さんが「あーあ」と呆れたような声を上げた。そしてこれ見よがしに溜息をつき、僕を見つめる。

「安藤くんって、本当はわたしのこと、好きじゃないんじゃない？」

強い力で腹を殴られたように、呼吸がほんのわずか止まった。

「どうしてそう思う？」

「だって口悪いんだもん」

「それは、三浦さんを信頼して素を出しているということだよ」

「そうかなあ……」

露骨に不審な目つき。良くない雰囲気だ。何か、三浦さんのことを気にしているぞというアピール。そういうものを示さなくてはならない。

「そう言えば」身体を少し前に傾ける。「コンクールの絵、どうなった？」

「順調だよ。今回は本当にいけると思う」

三浦さんの唇が綻んだ。正解。

「上手く行ったらどうなるの？」

「記念品と賞状貰って、夏休みに自治会館で展示」

「へー。絵はやっぱり、実物見ながら描くものなの？」

「色々だよ。実物見たり、写真見たり、完全に想像で描いたり」

「そうなんだ。すごいね。僕は絵画のセンスはさっぱりだから」

会話が、甲高い男の子の声に遮られた。

「すいませーん！」

足元にてんてんとゴムボールが転がってきた。父親とキャッチボールをしていた男の子が全速力で駆け寄ってくる。僕はゴムボールを拾い、ぷにぷにした頰が愛らしい男の子にそれを手渡した。

「はい。噴水に落とさないように気をつけなよ」

「ありがとー、お兄ちゃん」

男の子が走り去る。父親が頭を下げる。三浦さんがぽかんとした顔で僕に尋ねた。

「もしかして、本当は子ども好き？」

「どうして？」

「超いい笑顔してたから。わたしにちょうだいよ、それ」

「勉強を頑張って、僕に『こんな問題も解けないの？』って思わせないようになれば、きっと自然に出てくるよ。頑張って」

「……本当、口悪いんだから」

三浦さんが僕をねめつける。僕はキャッチボールに興じる家族に目をやる。家族。僕が人生を賭けて、自分を偽ってでも手に入れたいもの。

「ところで安藤くん。明日から勉強、どこでやろうか」

三浦さんが、ふうと溜息をついた。

「あそこ、お客さん少ないから静かで良かったんだけどなー。もうテスト直前だし、人が少ない、落ち着いて勉強できる場所に行きたいよね」

人の少ない、落ち着いて勉強できる場所。一つの候補が僕の脳裏に浮かんだ。

「僕の家、来る？」

三浦さんの表情が固まった。僕は続ける。

「母さん仕事だから、誰もいないし」

三浦さんの目がそわそわと泳ぐ。誰もいない彼氏の家に一人で行く。その意味が分からないほど幼くはないようだ。もちろん僕だって、誰もいない自分の家に彼女を呼ぶという行為が何を意味するかぐらい分かっている。分かっていて、誘っている。

三浦さんが、こくりと首を縦に振った。

「行く」

＊

三浦さんと別れた後、コンビニでコンドームを買った。

普段は使わないコンビニに行き、別に欲しくない漫画雑誌と一緒に買った。若い女の店員に差し出してから制服だと気づき、高校生には売れませんと言われたらどうしようかと不安になったけれど、ちゃんと売ってくれた。まあよく考えたら、売らないで妊娠される方が困る。

コンドームを折りたたみ財布の中に入れ、漫画雑誌を学生鞄(かばん)の中に入れる。アパートに着き、玄関のドアノブを回す。回る。居る。当たり前なのに、憂鬱(ゆううつ)になる。

「ただいま」

囁くように呟き、リビングに入る。キッチンで肉を炒めていた母さんが「おかえり」と僕に声をかけた。

「すぐご飯だからね」

「うん」

軽くあしらって、自分の部屋に行く。着替える前に机の上のノートパソコンの電源を入れ、ログインパスワードを入力。部屋着になる頃には起動が終わっていた。僕は椅子に座ってパソコンと向き合い、ネットブラウザを立ち上げ、検索バーに言葉を打ち込む。

『女 エロ動画 無修正』

練習しよう。

明日、三浦さんを家に呼ぶ前に、女でちんぽこを勃たせる練習をする。演技指導をしてくれる監督はいない。だから自主練習に励むしかない。完全に付け焼刃だけれど、やらないよりはマシなはずだ。

画面がパッと切り替わり、検索結果が表示される。示された結果を目にして、検索ワードに「女」を入れている時点でズレていることに気づいた。「エロ動画」「無修正」。これだけで十分だ。指定するまでもなく、男女のそれが出てくるに決まっている。

リンクを辿っているうちに、三浦さんによく似た女の子の動画を発見した。パソコンに挿したヘッドホンを装着して、動画を再生する。足を開いてソファに座る女の子の後ろから、男が股間に手を伸ばして、パンツの上にローターを這わせる。モーターの振動音と女の子の喘ぎ声が、ヘッドホンから響く。

あっ、あっ、ああん、あん、ああ、あっ、ああ、あん、あー、あっ、あああ、あっ、あああ、あん、ああー、ああ、ああ、あー、あっ、あっ……

――うるさい。

動画を閉じたくなる衝動を堪える。ＡＶの喘ぎ声は大げさらしいけれど、三浦さんが同じ声を出さないとは限らない。この超音波みたいな不快な鳴き声にも慣れなくては。

やがてパンツが脱がされ、男の指が女の性器をまさぐり出した。モザイクはなし。何度見ても女性器はグロテスクだ。赤黒くて、ねっとりしていて、いかにも内臓。それでも異性愛者の男は、これを見てちんぽこを勃たせている。僕はズボンとパンツをまとめてずり下げ、ちんぽこをゆっくりとしごき始めた。

背後の男が下着を脱いだ。屹立した男根が露わになり、呼応するように僕のちんぽこも少し大きくなる。女が腰を上げ、男の上に跨った。そして尻を動かし、棒と穴の位置を合わせ、ゆっくりと腰を落とす。まるでＵＦＯキャッチャーのように。

男の性器を、女の性器が呑みこんだ。

肉と肉が音を立ててぶつかる。浅く、深く、浅く、深く。男を喰らう口は唾液を垂らすように愛液を垂らし、色黒の楔をてらてらと濡らす。まるでそこだけが別の生き物のように、脈打ちながら淫靡に輝く。

女が四つん這いになった。男が女の尻をむんずと摑み、性器を女の中に突き入れる。発情した獣のような交尾。後ろに回ったカメラが、結合部と一緒に男の尻を映す。

ちんぽこが膨らむ。

違う。そっちじゃない。そう思いながらも快楽を求める手が止められない。いいや、もう、どっちでも。抜ければ何だって――

「純くーん、ご飯できたよー」

しなびた。

たき火に水をぶっかけたように、一気に萎えた。母親の声ってすごい。僕はパソコンを切り、リビングに向かった。

夕食は豚肉の生姜焼きだった。テレビを見ながらもそもそと食べる。連休が終わり、しばらく長い休みがない中で、テレビ番組は『ちょっとした休みに恋人と行きたいお洒落なデートスポット』を紹介していた。お前は本当にそればっかりだな。軽く呆れる。

「純くん。一緒に遊園地行った子、どうなったの？」

つき合っているよ。明日、家に呼んでセックスする予定。――却下。

「だから、ただの友達だって」

生姜焼きに箸を伸ばす。母さんが「ふーん」とつまらなそうに呟いた。

「彼女できたら、母さんに教えてね」

生姜焼きを噛む。噛みながら、揺れたのか頷いたのか分からない程度に首を振る。母さんは「絶対よ」と釘を刺し、自分の味噌汁に手を伸ばした。

＊

次の日の放課後、僕は三浦さんをいつも通り「行こうか」と誘った。

いつも使うファミレスは無言で通り過ぎ、当たり前のように駅に向かう。三浦さんは当たり前のようにそれについてくる。電車を降りてからアパートに着くまで、三浦さんはやたらと口数が多く、僕はやたらと歩く速度が速かった。

アパートに到着し、鍵を開けて玄関に入る。三浦さんが小さな声で「お邪魔します」と呟き、靴を脱いで部屋に上がった。土間に小さなローファーが爪先をドアに向けて平行に並ぶ。女の子の気配。

僕は三浦さんを自分の部屋へと連れて行った。部屋に入った三浦さんは物珍しげにキョロキョロと視線を動かし、感想を呟く。

「綺麗だね」

「片付けたから」

「そうじゃなくてアイドルのポスターとかCDとか写真集とか、まったくないから」

目ざとい。さすがは女の子、と言うべきだろうか。

「あんまりそういうの、興味ないんだ」

ブレザーをハンガーにかけ、「飲み物持ってくる」と言ってリビングに逃げる。食器棚からガラスのコップを二つ取り出し、氷を投入。カランカランと氷がガラスを叩く音が神経を冷やし、全身が自然と強張った。

ポケットの財布からコンドームを抜き、氷入りコップの横に置く。僕を男にしてくれるアイテムを眺めながら、ちんぽこをズボンの上から揉む。今日は頼むぞ。お前がただの突起物でないところを見せてくれ。

僕はコンドームを尻ポケットにしまい、二リットルのペットボトルからコップにウーロン茶を注いだ。そしてペットボトルとコップ二つをお盆に載せて、三浦さんが待つ部屋の前に立つ。この先は戦場。すうはあと呼吸を整え、勢いよく扉を開く。

アメンボのように床に這い、僕のベッドの下を覗き込んでいた三浦さんが、バッと起き上がってこちらを向いた。

「……なにしてんの」

「……本当にエッチな本とか、どこにもないのかなーと思って」

せっかく気分を高めたのに、ムードの欠片もない行動をしてくれる。僕は部屋のテーブルにお盆を置き、その近くに座った。三浦さんが僕の隣に寄ってくる。

「ねー、エッチな本はどこにあるの？」

「ない。今時、紙媒体には頼らないよ。三浦さんじゃないんだから」

「もしかして、BL本のこと言ってる？」

「うん」

「あのね、BLはエロ本とは似て非なるものだから。別ジャンルだから」

「ああ、ファンタジーだっけ」

皮肉。もういい。しばらくいつも通りで行こう。僕はそう開き直った。いつも通り、僕の口汚さに辟易（へきえき）する三浦さんを期待しながら。

だけど三浦さんは、ふふふと意味深な含み笑いを顔に浮かべた。

「……なに笑ってんの」

「口悪いなーと思って」

僕の口が悪い。だから笑う。――意味が分からない。

「あのね、昨日、ネットで調べたんだけど――」

三浦さんが両手を顔の前で合わせ、穏やかな声で呟（つぶや）いた。

「口が悪い人って、相手のことを試してるんだって」

三浦さんは、笑っていた。

合わせた両手の後ろに緩んだ唇を隠し、幸せそうに笑っていた。貴方（あなた）はわたしを愛してくれているのでしょう。わたしも同じです。表情で、そう語っていた。

「どれぐらい自分のことを好きでいてくれるか、愛情を測ってるらしいよ。甘えてるの。そう考えると安藤くん、かわいいところあるよね」

三浦さんが僕を下から覗く。満ち足りた笑顔に、人を挑発する小悪魔の色が混ざる。

「わたしのことを試してたんでしょ？　安心して。わたしは安藤くんのこと——」

こういう時、異性愛者の男は、どういう風にするのだろう？

「ちゃんと、好きだからさ」

僕は、三浦さんに抱きついた。

左手で三浦さんの身体を支え、右手でポニーテールを撫でる。徐々に右手を下げ、子どもをあやすみたいに背中を撫でる。そのうちに三浦さんも僕の背中に手を回し、僕の身体を抱きしめる。

三浦さんが顔を上向かせ、瞳を閉じた。誘われるまま、僕は静かに口づけを落とす。柔らかい。いい匂い。男のセンサーを刺激する触覚と嗅覚からのアプローチ。僕のセンサーは——まだ無反応。

僕は三浦さんの背後に回った。後ろから前に手を伸ばし、シャツのボタンを外す。三浦さんは背中を深く僕に預け、ボタンを外しやすいように胸を張った。受け入れの合図。ボタンを全部外して、シャツを後ろに脱がせる。自分のワイシャツとインナーシャツも素早く脱ぎ、床の上に放り投げる。上半身裸になった僕の肌に、ブラジャーだけになった三浦さんの肌が当たる。どちらの肌も熱いから熱の移動は起きないのに、お互いの体温を交換している感じがする。触れる先から侵食して、侵食される。

「ベッドに行こう」

耳元で囁く。三浦さんがこくりと頷いた。

ベッドに三浦さんを仰向けに寝かせる。キスをしながら覆いかぶさり、背中とベッドの間に手を滑り込ませてブラジャーホックを外しにかかる。全然、外れない。焦っていると三浦さんがそれとなく身を起こし、自分で外してくれた。

ブラジャーをベッドの端に置く。重力に引かれて広がる乳房を揉む。人体の一部であることが信じられないぐらいに柔らかい。これが、女の身体。

桃色の乳首を親指で撫でる。固く閉じた三浦さんの口から「ん」と声が漏れた。センサーに微弱な反応あり。イケる。

「サエ」

名前を呼ぶ。これから僕たちは愛し合うのだと、自分自身に言い聞かせる。三浦さんも僕の首に腕を回し、同じように僕の名を呼んだ。

「ジュン」

頭で聞いた言葉は、すぐに分かる。

耳で聞く言葉とは全然違う。とても固い。神経に詰まる。

僕は三浦さんの呼びかけを頭で聞いた。意味のある言葉として捉えた。

その証拠に——

風船から空気が抜けるみたいに、ちんぽこが萎えた。

動きを止めた僕を、三浦さんが不思議そうに見やる。僕は愛撫を再開する。だけどセンサーが反応してくれない。股間がピリッと痺れるあの感じがまったくない。どうしよう、どうしよう、どうしよう、どうしようどうしようどうしようどうしようどうしよう。

下から乳房を掴んで押し上げる。三浦さんの顔が、苦痛に歪んだ。

「……っっ！」

手を止める。ごめん。そんな簡単な言葉が喉奥につかえて出てこない。もうダメ。おしまい。僕の中で、誰かがそう言った。

僕は、三浦さんから離れた。

ベッドの縁に腰かける。三浦さんが上半身を起こし、腕で胸を隠して僕を見つめる。枕元の目覚まし時計がコチコチと時を刻む。やけにゆっくりと、大きく。

何か言わなくてはならない。

僕のことを愛してくれている三浦さんに、僕にすべてを捧げようとしてくれた三浦さんに、応えられなかった僕は何かを言わなくてはならない。謝罪でも、冗談でも、世間話でも、何でもいい。何か、何か――

「――ダブルデート」

声は、この世のものとは思えないぐらい、空虚に響いた。

「お台場の、温泉に行こう」

＊

勉強会の最中、僕と三浦さんはほとんど喋らなかった。

黙々と問題を解いて、分からなかったら質問する。それだけ。その質問もいつもよりずっと少ない。間違いなく、三浦さんの頭が突然良くなったわけではない。

会の終わり際、僕は『勉強会は今日で終わりにしよう』と提案した。そろそろお互いの勉強がある。僕は僕でテストの対策をしたい。そんな理由をくっつけて。三浦さんは「そうだね」と話を受け、僕の目を見ずに「今までありがとう」と呟いた。

三浦さんが帰った後、僕はすぐさまノートパソコンを起動させた。メッセンジャーのメンバーリストを開き、ミスター・ファーレンハイトのオンラインを確認。チャットウインドウを呼び出し、いつもより強めにキーボードを叩く。

『今、大丈夫？』

ＳＯＳ。ＳＯＳ。応答してくれ。助けてくれ。息苦しくて死にそうだ。

『大丈夫だよ。どうした？』

パッとメッセージが浮かんだ。少し、胸のつかえが取れる。

『ダメだったよ』

『何が』

『普通のセックス。今日、試そうとしたんだ。でもダメだった。勃たなかった』

夢中になってタイピングを続ける。返事を待つ余裕はない。

『もう少しだった。でも下の名前を呼び捨てで呼ばれて、一気にダメになった』

『どうして』

『僕をそういう風に声に出して呼ぶのは、僕の彼だけなんだ。呼ばれた途端、僕は彼を意識した。僕が本当はどういう人間なのか、身体が思い出してしまった』

やれると思った。どう罪悪感を乗り切るかの勝負だと考えていた。だけど思い返せば乾いた笑いが込み上げるほど、甘かった。

『僕にとっての「普通のセックス」、分かったよ。「僕にはできないセックス」だ。僕にできること、僕にできないこと。そういう風に重複なく漏れなくセックスを分類して、その片方に「異常」、もう片方に「普通」と名前をつけた』

眼球に薄い水の膜が張る。煌々と輝くモニターが、ぼんやり歪む。

『だから僕は「普通」には辿り着けない。永久に「異常」なままだ』

『なら、変えればいい』

『変えられないよ。僕はずっとこのまま。今日、それが分かった』

『違う。変えるのは君自身じゃない。君の中の「普通」だ』

意味深なメッセージが、僕の涙を押し留めた。

『「普通」は目指すものじゃない。引き寄せるものだ。自分だけの「普通」を自分の中に築き、それを自分に近づける。やがてその「普通」の中に自分自身が含まれた時、君の世界から偏見は消滅する』

偏見が消滅する。力強い言葉。僕は、目元を拭（ぬぐ）った。

『ジュン。君は、どうして「普通」になりたいんだ？』

普通になりたい理由。断片的に浮かぶ想いを、どうにかこうにか文字にする。

『家族が欲しい』

『他には』

『母さんを安心させたい』

『他には』

『みんなに気持ち悪いって思われたくない』

『他には』

『それぐらいかな』

『嘘つけ。まだあるだろう。自己認識の話がすっぽり抜けているぞ』

――その通りだ。僕は今、嘘をついた。

『自分を、気持ち悪いって思いたくない』

フレディを同性愛者扱いされた時、激昂（げきこう）する連中がいる。

僕は彼らのことが嫌いだ。フレディを愛していると言いながら、フレディのことを何にも分かっていない。分かる気もない。そういう連中が嫌で嫌でしょうがない。

だけど彼らが人生の中で獲得した価値観は、僕にもしっかり根付いている。女を抱ける男は偉い。誰よりも僕自身が、そう思っている。

『ジュン。僕は気持ち悪いかい？』

重たい問いかけが、ミスター・ファーレンハイトから放たれる。

『君は、君の敬愛するフレディを、なんかやたらと声のいい気持ちの悪いホモのおっさんだと思いながら、彼の曲を聴いていたのかい？』

男を抱ける女は偉い。男と抱き合う男は気持ち悪い。だから僕も、ミスター・ファーレンハイトも、フレディも、みんな等しく気持ち悪い。

違う。

違う。違う。違う。絶対に、そんなことはありえない。

『そんなことはない。君は僕の最高の友人、フレディは世界最高のアーティストだ』

『ありがとう。僕も君ほど魅力的な人間には出会ったことがないよ。フリーでないのが惜しい。それじゃあ、ダメかな？』

おどけた慰め。固くなった心が、少し綻ぶ。

『これでも、男を見る目は確かなつもりなんだけど』

――ありがとう。僕はカタカタとキーボードを打ち、感謝の言葉を返した。

『ありがとう。気持ちが楽になった』

『そうか。君のような素晴らしい人間の役に立てて、生まれてきた甲斐があったよ』

『言い過ぎだよ。それに君だって十分に魅力的だ』

『おっと、おべっかが上手くなったじゃないか』

『お世辞じゃない。本心だ。フリーだったなら、きっともう三十回は告白している』

調子のいいおどけたやり取りを交わす。返信は、少し時間を置いてから届いた。

『フリーだよ』

僕は、眉間に強く皺を寄せた。

送られてきた言葉を睨む。ミスター・ファーレンハイトの言い回しが回りくどいのは今に始まったことじゃない。だけどそれは本質を失わない、装飾としての回りくどさだ。このメッセージは違う。意味が分からない。

『どういう意味？』

『そのままだよ。フリーなんだ』

繰り返し。そういえば前、急な事情ができて恋人が誕生日祝いをしてくれなかったと言っていた。もしかして喧嘩でもしたのだろうか。

『何かあったの？』

軽く尋ねる。構ってくれなくて拗ねて喧嘩なんて、ミスター・ファーレンハイトも子どもっぽいところがあるんだな。そんな風に、心配より微笑ましさを強く感じながら。

チャットウインドウが、わずかに動いた。

『彼が死んだ』

僕はミスター・ファーレンハイトの恋人について、詳しいことを知らない。

ミスター・ファーレンハイトよりだいぶ年上の男性同性愛者で、ミスター・ファーレンハイトと付き合っていて、ミスター・ファーレンハイトにＨＩＶを感染させてしまった。そして当人はＡＩＤＳを発症していて、その治療を行っている。そこまではブログを読めば誰でも分かる。それ以外に僕だけが知っている情報は、たった二つしかない。

彼がミスター・ファーレンハイトを愛しているということ。

ミスター・ファーレンハイトが彼を愛しているということ。

――それだけだ。

『ごめん』

素直な言葉を、素直に打ち込む。

『なんて言えばいいのか、分からない』

ひどく動揺しているはずなのに、頭は妙に冴えている。――違う。冷えているのだ。止まってしまっている。考えても言葉が出てこないんじゃなくて、考えること自体を脳が拒絶している。

『ありがとう。その気持ちだけで十分だ』

お礼の言葉。自分がそれを受け取ることがひどく不格好に思える。だって僕は何もしていない。ミスター・ファーレンハイトは取り乱した僕を救ってくれたのに、大切な人を失ってしまったミスター・ファーレンハイトへ、僕は何も与えていない。

『察していると思うけど、僕の誕生日祝いがなくなった「急な事情」は彼の入院だ。それからずっと闘病していて、ついこの間、亡くなった。黙っていてすまない』

謝罪の言葉。だから、どうして僕がミスター・ファーレンハイトに気をつかわせているんだ。働け、頭。動け、指。気の利いた言葉の一つや二つ、捻(ひね)りだしてみろ。

まばたきを忘れてモニターを見つめる。眼球が乾く。視界がぼんやりと霞(かす)む。

ボケた視界に、新しいメッセージが浮かんだ。

『少し、自分語りをしていいかな』

ミスター・ファーレンハイトが僕に理解を求めている。断る理由なんて、ない。

『いいよ』

『ありがとう。じゃあ僕が呼びかけるまでの間、黙ってメッセージを読んでいてくれ』

僕は『分かった』と返信を送った。両手をキーボードから離し、膝(ひざ)の上に置く。

『亡くなった恋人は、僕の従兄弟(いとこ)だ』

始まった。一文字たりとも見逃すまいと、じっと目を凝らす。

『彼はカムアウト済みのゲイだった。僕はカムアウトしていないゲイ』

『彼はゲイを理由に親族とはギクシャクしていた。でもとても頭が良くて、優しくて、僕は彼が大好きだった』

『兄弟のいない僕は、一回り以上年上の彼を本当の兄のように慕った。近くに住んでいたからちょくちょく会いに出かけた』

『彼は僕に色々なことを教えてくれた。QUEENもその一つだ』

『ある日、彼は僕に「QueenⅡ」を渡した。一番好きなアーティストの一番好きなアルバムだから、良かったら聴いてくれと』

『QueenⅡ』。二作目にして最高傑作と評するファンも多い、独特の世界観からなるコンセプトアルバム。

『聴いて虜になった。魂が震える感じがした』

『それを伝えたら彼はとても喜んで、持っているQUEENのCDをすべて僕に渡した』

『そして自分はCDを買い直した』

『僕はお金を持っていないから、年長者の自分がまた揃えるとね』

『君がQUEENの新しいファンになってくれるのであれば、これ以上に有意義な買い物はない。そう言っていたな』

僕とミスター・ファーレンハイトの間に横たわる唯一の存在、QUEEN。それは、亡くなった彼から受け継いだものだった。

『うだるように暑い夏の日、僕は彼に告白した』

『彼は最初、僕を受け入れようとしなかった。だけど押して、押して、押しまくって、どうにかこうにか抱いてもらった』

『例の感染した一回だ。そんなわけで、僕は君のことを偉そうに説教できるような立場ではない。あの時は悪かったね』

気にしてないよ。そうタイプしかけて止めた。まだ呼びかけられていない。

『それから、僕と彼は付き合い出した』

『幸せだったよ。だけど知っての通り、そんな時期はそう長く続かない』

僕はごくりと唾(つば)を飲んだ。話の流れが、変わる。

『彼はＡＩＤＳを発症してＨＩＶに気づいた。免疫力は既にとんでもなく低下していて、分かった時には既に末期と言える状態だった』

『分かってすぐ、僕は彼に連れられてＨＩＶの検査に行った』

『結果は、まあ、ご存じの通り』

感染の発覚。そして、すべてが明るみに出る。

『両親に打ち明けたら、母は嘆き、父は怒った』

『二人とも、僕を彼の被害者だと認識した。ＨＩＶに感染したことは勿論(もちろん)、同性を愛するようになったことまで、彼によって僕が変えられたと騒いだ』

『元から男が好きで、僕から告白したんだと言っても、まったく理解して貰(もら)えなかった』

偽りを守り、真実を殺そうとする。それはきっとミスター・ファーレンハイトのためじゃない。ただ自分たちが、そうあって欲しいから。

『両親は僕と彼の接触を禁じた。だけど僕たちは密かに会い、連絡を取り続けた』

『彼は自分の病気の方がずっと重いのに、いつも僕のことを心配してくれていた』

『闘病ブログも彼の発案だ。病を一人で抱え込んでしまわないように、と』

『今思えば、きっと、自分がいなくなった後のことを考えていたんだと思う』

生きている間から死を覚悟していた。心の内を想像して、胸が痛む。

『彼が入院した後も、僕はお見舞いに行った』

『彼は僕の誕生日を祝えなかったことをしきりに謝っていた』

『そして、退院したら改めて誕生日を祝おうと言ってきた』

『生まれてきて良かったと思える、最高の誕生日祝いを約束すると』

『だけど約束は守られることなく、彼は死んだ』

死。心を抉る文字が、残像になって視野に残る。

『僕は泣いた。自分が溶けてなくなりそうなぐらい涙を流した』

『僕は両親に通夜に参列したいと申し出た。最後ぐらい許してくれと頼み込んだ』

『勿論、許されなかった』

『だから無理やり行くことにした』

物語が、大きく動く気配がした。

『父だけが通夜に参列し、母は家に残って僕を見張っていた』

『僕は二階の自室の窓から、衣服でロープを作って降りた』

『携帯も財布も全部没収されていた。靴も取りに行けなかった』

『だから厚手の靴下を穿いて、後払いで済むタクシーを捕まえて葬儀場まで行った』

『だけど中に入るより前に、警戒していた親族に見つかった』

『僕は逃げ出した』

『目的を果たすこともできず、夜の街を靴も履かずに彷徨い続けるのは、それなりにしんどかった』

情景が頭に浮かぶ。胸が締め付けられて、苦しい。

『僕の住む街は海沿いにあるんだ』

『葬儀場も海岸近くにあった』

『気がついたら僕は、砂浜に寝転んでいた』

『海風も波音も優しかった』

『空を埋め尽くすように満天の星が広がっていた』

『綺麗だったな』

『明日、僕の愛した人が灰になってしまう』

『そんなこと、絶対に思えないぐらいに綺麗だった』

淀みなく流れていたメッセージが、ピタリと止まった。僕は膝の上の手を握りしめ、次の言葉を待つ。

『ジュン、君に頼み事をしたい』

呼びかけ。手をキーボードの上にのせ、応答の姿勢を整える。

『なに？』

『ガンズ・アンド・ローゼズのアクセル・ローズが「オレが死んだらQueen IIを棺に入れてくれ」と言っていたという逸話は知っているかな』

『知ってる』

『それと同じようなことをしたい。僕が死んだら、僕が彼から貰った「Queen II」を彼の墓に供えてくれ』

僕がミスター・ファーレンハイトの私物を受け取り、彼の恋人の墓に供える。唐突で突拍子のない願い。

『僕だってHIVのキャリアだ。いつ彼のようになるか分からない。そう思った時、無性に、ずっと考えていたことを実現したくなってね』

HIVとAIDSは違う。現代の医学ならば、HIVキャリアの寿命は健常者とさほど変わらない。調べて学んだ科学的事実は、なぜか無粋に思えて、打ち込む気になれなかった。

『生きている間に僕が供えろと言わないでくれよ。僕の命が尽きた後、運命のように持ち主に戻るから意味があるんだ。どうかな』

どんな願いだろうと、返事は決まっている。僕は指を素早く動かした。

『分かった。任せてくれ』

『ありがとう。最初に君がメールをくれた時のアドレスはまだ使えるかい？』

『使えるよ。今も彼との連絡に使っている』

『わかった。なら、その時が来たらそこに詳細を連絡する。恋人からメールが来たとぬか喜びさせるのは悪いけれど、我慢してくれ』

『大丈夫。君が亡くなる頃、僕の彼はきっと天寿を全うしているよ』

軽口を叩いてみせる。ミスター・ファーレンハイトは、スルーした。

『僕がＨＩＶに感染していると分かった日、彼は、自分は死んでもフレディには会えないだろうと言った』

ＡＩＤＳを発症して亡くなったフレディに、同じ死に方をしても会えない。僕は黙って言葉の続きを待つ。

『僕にＨＩＶを伝染したから、自分は地獄に行くそうだ。フレディも同じようにＨＩＶを伝染しているけれど、彼は大勢の人間を音楽で救っているから許されて天国に行ける。だから会うことはできない』

地獄。他人の人生を狂わせた罪と罰。

『僕は天国に行けるだろうから、ライブがあったら代わりに行ってくれと言われた。僕は分かったと頷いた。でも本当は断りたかった。彼があまりにも寂しそうに自分が死んだ後の話をするから、断れなかったんだ』

本当は断りたかった。その真意が、すぐ後に続く。

『一人でそんなもの聴いたって、何の意味もないのに』

部屋中の空気がずっしりと重たくなった。重圧に負けて、指が動かない。

『ジュン。僕はもう夕飯だ。そろそろ退席するよ』

終わりの気配。モニターから顔を離し、目を擦る。その間にパッと、新しいメッセージが浮かんだ。

『ジュン』

キーボードに手をのせる間もなく、短いメッセージが続く。

『好きだよ』

ミスター・ファーレンハイトが、チャットから退席した。

メッセンジャーを閉じる。僕はしばらくぼんやりと天井の染みを眺めた後、音楽再生ソフトを起動させた。そして迷うことなく、一つの曲を選んで流す。

アルバム『QueenII』より『マーチ・オブ・ザ・ブラック・クイーン』。

ミスター・ファーレンハイトが一番好きな曲だ。

椅子の背に身体を預け、目を閉じる。旋律が何度も何度も激しい転調を繰り返し、幻想的で邪悪で美しい世界が瞼の裏に広がる。

ミスター・ファーレンハイトの彼も、この曲が好きだったのかもしれない。

ふと、そんなことを考えた。

＊

ミスター・ファーレンハイトがメッセンジャーに現れなくなった。いつメッセンジャーを起動させてもオフライン。人と話したい気分ではないのだろう。僕は何もせず、ただ待つことにした。正しくは、待つ以外にできることが何も思い浮かばなかった。

三浦さんとはやっぱり、前と同じようにはいかなかった。話す頻度は減り、たまに話してもぎこちない。早めに処置を施さないとこのわだかまりはがん細胞のようにどんどん膨れ上がり、やがて手に負えなくなることは分かり切っている。それでも僕も三浦さんも、自分から状況をどうこうしようとはしなかった。

金曜、中間テストが終わった。

手応え（てごた）えは過去最悪。だけどテスト自体がもう僕にとってはどうでもいい。帰りのホームルームが終わるや否や、学生鞄（かばん）を担いで立ち上がった。テストの出来栄えやこの後の打ち上げを語るクラスメイトに交ざらず、一人廊下に出る。

「待って」

聞き慣れた声。あまり振り返りたくなかったけれど、振り返る。急いで僕を追ってきたらしい三浦さんが、鞄も持たずに僕の前に立っていた。

「何か用?」

「今日の数学すごく良かったから、お礼言おうと思って。ありがとう」

「僕の力じゃない。三浦さんがちゃんと勉強したからだよ」

嘘をついているつもりはない。なのに嘘くさい。下手な芝居を打っているよう。

「お礼に何か奢るから、これからどこか行かない? 明日の前哨戦みたいな感じで」

「ごめん。今日は予定ある」

今度は明確に嘘をついた。三浦さんが目を伏せる。

「そっか。じゃあ仕方ないね」

真偽は問われない。上手く騙せているのか。あるいは——踏み込みたくないのか。

「それじゃ、また明日ね」

明日。ダブルデート。三浦さんが儚げに微笑む。

「本当に、楽しみにしてるから」

良くない言葉が返ってくるのを避けるように、三浦さんが小走りで立ち去った。僕は再び廊下を歩き出す。ここそこに湧き起こっている解放感に満ちた喧騒が鬱陶しい。能天気でいいよな。そんな僻みを覚えてしまう。

ドン、と背中に衝撃が走った。

「純くーん。テストどうだったー?」

――能天気オブ能天気が来た。僕はちんぽこを揉みしだく亮平を引き剝がそうと腕を押さえる。だけど、いつになく強固でどうにも離れない。

「ちょ、亮平。離して」右腕を押す。ビクともしない。

「やだー、離さなーい」もみもみ、もみもみ。

「ヤダじゃなくて、離せ」気持ちいい。ヤバい。

「やだー」もみもみ、もみもみ、もみもみ、もみもみ。

「離せってば！」

声を荒らげ、亮平の胸に肘打ちをする。亮平が「ぐえっ」と嘔吐き、ようやく股間から手が離れた。胸を押さえてうずくまる亮平のすぐ傍に、その姿を呆れたように見下ろす小野がいる。

亮平が胸をさすりながら立ち上がり、僕に向かってへらへらと笑った。

「純くん、これから、ちょっと時間ある？」

「……ない」

「はい嘘。絶対嘘。食堂行こうぜ」

亮平がスタスタと歩き出した。その少し後ろをついて歩いていた小野が、振り返って僕をじっと見据える。「お前が来ないと終わらねえんだよ」。無言の圧力を受け取った僕は仕方なく、重たい足を前に進めた。

＊

食堂のテーブルに座ってからしばらく、亮平は自分のテストがどれほど壊滅的だったかを滔々と語った。

特に理系科目が全滅。数学は二十分で解けるところはすべて解いてしまったから、あとは裏面に絵を描いていたらしい。亮平は「絵が素晴らしく上手なのでプラス八十点ですとかねーかなー」とぼやきながらテーブルに突っ伏し、ちらりと僕を見た。

「やっぱオレも純くんに教えて貰えば良かったわ。まあ、ラブラブカップルの邪魔はできないけど。今宮から聞いたけど、純くんの家で二人っきりで勉強したりしたんだろ」

本題の気配。僕の顔を下から窺いながら、亮平が口を開く。

「ヤったの？」

僕は首を横に振った。亮平は「そっか」と呟き、むくりと身を起こす。そして隣でふてぶてしく腕を組む小野に話を振った。

「小野っち、大人の階段を上った先輩として何か一言」

「あるわけねえだろ」

「……だよなー」

亮平が溜息をついた。そして少し言い辛そうに尋ねる。

「なんでヤらなかったの？」

――勃たなかったからだよ。

素直に言ったらどうなるのだろう。退いてくれるのだろうか。それとも逆に距離が縮まるのだろうか。緊張して勃たないことってあるよな。気持ちは分かるよ。小野がそんな風に理解を示して、亮平がそれに乗っかって、いつの間にか抜けるAVの話になって盛り上がる。異性愛者の男同士の会話は、そんな風になったりするのだろうか。

「亮平。もう止めろよ」

小野が、亮平を険しい声で制した。

「お前はおせっかいなんだよ。安藤と三浦の問題は安藤と三浦で解決すればいい。俺たちが口を出すようなもんじゃない」

「それは、ちょっと冷たいだろ」

「冷たくねえよ。お前や今宮の方がおかしいんだ」

小野が立ち上がった。冷ややかな目線で僕を見下ろしながら、冷ややかに告げる。

「自分がどうしたいかも分からない程度の気持ちなら、さっさと別れりゃいい。好きでもない女と付き合ったってしょうがねえだろ」

正直な言葉がグサグサと胸に刺さる。小野の言っていることは厳しいけれど、何も間違ってはいない。間違っているのは、僕の方だ。

「じゃ、俺、先に部活行ってるから」

小野が食堂から出ていった。人気のないがらんとした空間に僕と亮平が取り残される。

亮平が小野の出て行った先を見ながら、口を尖らせた。

「小野っち、彼女とヤってからずっとああなんだよな。超エラそうなの。童貞卒業すると人間って変わるんだな」

「自信がついたんだろ。悪いことじゃないよ」

「セックスなんて、まともな人生送ってる人間ならいつかはすることだろ。遅いか早いかだけで、大したことなくね？」

その大したことないことをできなかった奴が目の前にいるんだぞ。じゃあ僕はまともな人生を送っている人間じゃないのか。そう言いたいのか、お前は。

「早いなら、すごいだろ」

学生鞄を持って立ち上がる。亮平がきょとんと僕を見上げた。

「どこ行くの？」

「ごめん。今日、本当に用事あるんだ」

亮平が澄んだ瞳で僕を見つめる。僕は亮平を見つめ返す。教えてくれ。僕の瞳はお前にはどう映っている？　濁った嘘つきの瞳だと見抜いてるのか？

「分かった。変なこと聞いて悪かった。小野っちの言う通り、おせっかいだったな」

亮平が顔を伏せ、しゅんと落ち込むような素振りを見せた。にわかに罪悪感が芽生え、ほとんど反射的にフォローの言葉を口にする。

「別に、おせっかいなのは悪いことじゃないと思うけど」

「そうか？」

「うん。僕は面倒なことからはすぐ逃げちゃうタイプだから、自然とそういう風にできるのは羨ましいよ」

逃げ。口にして、自分が自分のことをどう思っているのか自覚する。情けなさと居たたまれなさに襲われ、「じゃあ」と短く言い捨てて亮平に背を向ける。

背中から、亮平の大きな声が響く。

「純くん！」

首だけで振り返る。亮平が並びの良い白い歯を見せて、ニッと笑った。

「あんま、一人で背負いこむなよ」

どくん、と胸の奥が大きく揺れた。この感じ、覚えがある。言葉も覚束ない頃に亮平と出会ってから今日まで、幾度となく感じては抑え込んできた内なる衝動。

こいつになら——

「——気をつけるよ」

食堂を後にする。ミスター・ファーレンハイトと話がしたい。顔も名前も知らない、だけど僕のことを誰よりもよく知っている友達と言葉を交わしたい。そんなことを考えながら帰路を急ぎ、やがて辿り着いた家で確認したメッセンジャーの表示は、やっぱりオフラインだった。

＊

お台場で会った三浦さんは、いつものポニーテールを解いていた。温泉に行くから解いてきたそうだ。佐倉さんは長髪をばっさり切って、セミショートぐらいまで短くしていた。近藤さんは茶髪が金髪に近い色に変わっていた。みんな雰囲気が少しずつ変わっていて、僕だけが前に進んでいないような錯覚を覚えた。

「サエちゃん、そういうのもかわいいね」

「えー、そうですかー。ありがとうございます」

佐倉さんに髪型を褒められた三浦さんは、上機嫌に声を弾ませて僕に尋ねた。

「安藤くんは、どっちが好き？」

どっちでもいい。大差ない。——それは彼氏の言葉ではない。

「どっちもかわいいよ」

無難な言葉を選ぶ。佐倉さんが「惚気(のろけ)てるねえ」と僕をからかい、僕は照れたようにはにかんでみせた。とりあえずは正解。ただ三浦さんは、何だか不満そうだった。

僕たちは昼食を食べたり、ショッピングをしたりしてから、温泉に向かった。江戸時代を意識した和風の雰囲気が特徴的な温泉施設。施設は大きく、お風呂(ふろ)よりもそれ以外のスペースの方がずっと広い。温泉テーマパークと自称しているようだ。

受付に行き、館内での支払いに使うバーコードとロッカーキーのついたリストバンドを受け取る。そして館内着の浴衣を選ぶ。僕は白黒縦縞模様の浴衣を選んだ。三浦さんは朝顔の花が一面に描かれた浴衣を選んだ。佐倉さんはあちこちに和風の紋様がちりばめられた赤い浴衣を、近藤さんは同じコンセプトの青い浴衣を選んだ。

浴衣を受け取った後は受付傍のロッカールームで着替える。僕と近藤さんがロッカールームを抜けた時、まだ三浦さんと佐倉さんは来ていなかった。内装として設置された物見櫓を眺めながら、二人並んでそれぞれの彼女を待つ。微妙に気まずい。

「あのさ」近藤さんがポツリと呟いた。「ここ選んだの、君なんだってね」

世間話。僕は首を縦に振った。

「はい」

「やっぱり彼女の湯上がり浴衣姿が見たいとか、そういう理由？」

「――はい」

微妙に間が空いた。近藤さんは気にしない。

「どうして付き合うことになったの？」

「告白されました」

「青春だねえ。でもこれから大変だよ。キモいホモイベントに付き合わされるから」

近藤さんが苦笑いを浮かべる。僕も苦笑いを返す。近藤さんは場を和ませようとしているだけ。近藤さんは悪くない。僕が悪い。

「アイツのせいで俺も無駄にホモに詳しくなっちゃってさ。こういう銭湯で脱衣所の鍵を足首につけてる奴いるじゃん。あれ、ホモサインなの知ってた？」

知ってます。男の同性愛者が出会ってセックスするための施設をハッテン場と言うのですが、そこではロッカーキーが左右の手首足首どこについているかで、男役のタチ、女役のウケ、どっちもできるリバなどを区分するそうです。行ったことはないですけど。

「いえ」

「だよなー。俺、それ知ってから銭湯入ると鍵の位置確認するようになっちゃってさ。これまたホモが結構いるんだわ」

そうですね。人類の十人に一人は同性愛者だという説もあります。銭湯の男風呂ならばそれなりに見かけてもおかしくありません。僕もそうですけど、どうもそういう人たちって、サウナとか銭湯とか好きな人が多いみたいですし。

「そうなんですか？」

「むっちゃいる。でもあいつら、別に勃起してねえんだよな。俺が女風呂入ったら絶対勃つのに。何でだろ」

分かりません。僕も勃起はしませんが明確な理由は答えられません。『なぜホモは銭湯で勃起しないのか？』というタイトルで新書を書けば売れるんじゃないかと考えたこともあります。確実に発禁だと思いますが。

「不思議ですね」

「だよな。でもホモと同じ湯船には入りたくねえよな。ＡＩＤＳに感染とかしたらマジで洒落(しゃれ)になんねえし」

感染するのはＡＩＤＳじゃなくてＨＩＶウィルスです。ＨＩＶウィルスの感染力は弱いので同じ湯船につかった程度では絶対に感染しません。そんなことで感染していたら世界中ＨＩＶだらけで大パニックですよ。少し考えれば分かるでしょう。馬鹿ですか。髪の毛と一緒に脳みそもブリーチしちゃったんですか。

――落ち着け。近藤さんは悪くない。悪いのは、僕。

「お待たせー」

佐倉さんの声。振り向くと、浴衣姿の佐倉さんと三浦さんが立っていた。三浦さんがはにかみながら僕に声をかける。

「どう？」

「どうって……何が？」

「浴衣」

三浦さんがショーモデルのようにくるりと回った。肩まで伸びた髪と、朝顔をあしらった浴衣の裾(すそ)がひらりと揺れる。見て見て、かわいいでしょ。そういう仕草。

「すごくかわいいよ。似合ってる」

素直に褒める。三浦さんはきょとんと目を丸くした。それから思いきり眉(まゆ)をひそめ、不審げな態度を全開にして言い放った。

「今日の安藤くん、気持ち悪い」

＊

合流した直後に解散。僕たちは男女それぞれの大浴場に向かった。

入り口でタオルを受け取って脱衣所に入る。裸の男たちがひしめきあう光景に得した感を覚え、すぐ隣で服を脱ぐ近藤さんの割れた腹筋を見て「いい身体だな」と思う。だけどやっぱりセンサーは、抑えるまでもなく反応しない。不思議だ。

浴場に入り、まずは頭と身体を洗う。それから露天風呂に向かい、入る前に湯船をぐるりと見回す。あの人は、いない。

――まあ、いない方がいいか。

湯船の中でだらりと足を伸ばし、腕を広げる。輪郭が溶けて液体になる感覚に、うっとりと目を閉じる。ずっとこのままこうしていたい。考えなくてはならないこと、すべて放り投げて、このまま――

お湯の中の左手に、誰かの指が絡んだ。

「こんなところで何をしているんだ」

聞き覚えのある低い声に、ビクリと身体が震えた。おそるおそる左を向く。いつになく険しい表情で僕を睨むマコトさんが、僕のすぐ隣にいた。

「……デート。告白されて付き合ってるって言ったでしょ。その子と」

「どうしてここを選んだ」

「印象に残ってたんだ。ごめん」

嘘ではない。だけど真実でもない。マコトさんの家族を見られないだろうか。そういう気持ちは、確かにあった。

「……まあいいよ。思いがけず純くんに会えたのは、ラッキーだ」

繋いだ手を、マコトさんがギュッと握った。

「ずっと前からいるのか?」

「ううん、来たばっか」

「じゃあ、まだしばらくいるわけだ。上手く行けば、純くんの彼女が見られるな」

マコトさんの指が、僕の手の甲をつうと撫でて離れた。センサーに反応あり。温められた全身の血液が下半身に流れ込む。

その流れを堰き止めるように、マコトさんが僕のセンサーを摑む。溶けかけていた身体が、一気に輪郭を取り戻した。マコトさんは素知らぬ顔をして、僕のセンサーを磨くように擦る。伸びきった茎を上から摑み、親指で先端の表側を、ひとさし指で裏側をこしこしと撫でる。

顔が、身体が、内臓が熱い。絶対に、温泉だけのせいじゃない。火照る――

マコトさんの手が、パッと僕の股間から離れた。

安堵と名残惜しさを同時に覚える。マコトさんは僕から顔を逸らし、露天風呂の出入口に目を向けていた。同じ方向を見る。襟足の長い、うっすらと腹筋の割れた、高校生ぐらいの少年が僕の視界に入る。

マコトさんと少年の視線がぶつかる。少年はすぐにぷいと顔を逸らし、同じ湯船の遠くに浸かった。

ああ、なるほど。

息子か。

少年を観察する。父親に似た切れ長の瞳。今は湯船に身を沈めているけれど、さっき見た身体は無駄な肉のついていない美しいものだった。女にも、男にもモテそうな少年だ。

横目でマコトさんを覗くと、僕から距離を取り、僕でもなく息子でもなく空を見上げていた。今は佐々木誠だから無視しろ。そういう素振り。

僕もマコトさんから視線を逸らした。そして何となく、露天風呂の出入口を眺める。

やがてガラス扉ががらりと開き、ハンドタオルを肩にかけ、やたら大きなちんぽこを見せつけるように丸出しにした男が入ってきた。

近藤さん。

目が合った。近藤さんは「目が合ったから仕方ない」とばかりに僕に歩み寄る。来なくていい。というか、来ないでくれ。祈りは届かず、近藤さんは僕のすぐ隣に来ると、親指で室内を指さしながら話しかけてきた。

「さっきサウナ行ったんだけど、二人いたよ」

「……二人？」

「ホモ」

左から、ザバァと水面が破ける音がした。

立ち上がったマコトさんが、僕の前を通って露天風呂から出て行く。通り過ぎる時、マコトさんは一瞬だけ冷ややかな目で僕を見下ろした。確かにデートのようだね。そういう表情。

「しかも一人は隣座りやがってさ。触られるんじゃねえかってビビったわ」

「……へえ」

「でもやっぱこういう場所のホモは目線が独特だよな。周りと全然違うの。あれなら手首に鍵つけてても分かるね」

まったく、何一つ、分かってないですよ。僕は愛想笑いを浮かべる。足首に鍵をつけた坊主頭の男が、ガラス扉を開いて入ってきた。

『マコトさん。誤解のないように説明するけど、今日はダブルデートなんだ。お風呂で会った人はもう一組の彼氏。浮気じゃないから安心して。休憩所でもお風呂場でもどこかでまた会えたら嬉しいな。それじゃあ』

＊

畳の大広間で近藤さんと一緒に女性二人を待ちつつ、スマホからマコトさんにフリーメールを送信する。送ってから、三浦さんと付き合っているのだから浮気はしていることに気づいた。マコトさんなんて結婚して子どもまでいる。卑怯なコウモリたち。

「あいつら、遅えなあ」

テーブルの向かいに座る近藤さんが、フードコートで買った生ビールのジョッキをグイと傾けた。黄金色の液体が太い首にごくごくと吸い込まれる。ビールは男性限定の飲み物ではない。それでもどことなく、男くさい飲み物だと僕は思う。

「君はビール飲まないの？」

「高校生なんで……」

「真面目だねえ。経験ゼロ？」

「まったくないです」

「へえ。珍しいね。父ちゃんに飲ませられたりしない？」

――そうか。だからあの男くさい飲み物を、僕は飲んだことがないのか。納得した。

「そういう機会はなかったですね」

「じゃあ、飲んでみなよ。何事も経験だから」

近藤さんがビールジョッキを僕につきつけた。間接キス――なんてものを気にするウブな気持ちはとっくに忘れてしまった。ただ、法律違反は気になる。

「いいですよ。炭酸飲料が好きじゃないので、合わないと思います」

「飲んでみなきゃ分からないだろ」

「それはそうですけど……」

背中から、佐倉さんの声が届いた。

「なに未成年に酒勧めてんの」

ビールジョッキを持った佐倉さんが冷ややかに近藤さんを見下ろす。隣には髪をしっとり湿らせた三浦さん。近藤さんが軽く肩を竦めた。

「社会勉強だよ」

「要らんわ」

佐倉さんが近藤さんの隣に腰を下ろした。三浦さんは僕の隣に座る。湯上がりのシャンプーの香りが、髪からふわりと漂う。

「安藤くん」近藤さんが親指で三浦さんを示した。「見たかった彼女の湯上がり姿だよ」

――勘弁してくれ。本当に近藤さんとは、不思議なぐらいに嚙み合わない。

「ええ、まあ、そうですね」

「ぎこちないねえ。照れてんの？」

「はい。思っていたより、ずっとかわいくて」

「嘘つき」

三浦さんが、ムスッと不機嫌そうな表情で会話に割りこんできた。

「本当は全然そんなこと思ってないでしょ」

「嘘じゃないよ。ちゃんとかわいいと思ってる」

「絶対に嘘。言葉に心が入ってない。すごく他人行儀な感じ」

鋭い。僕は黙った。佐倉さんが「まあまあ」と三浦さんを宥(なだ)める。

「安藤くんは自分の気持ちを表現するのが苦手なのよ。不器用受け。ガサツ攻めのハヤトとは相性良さそうだよね」

「お前なあ、自分と友達の彼氏同士をくっつけようとすんなよ」

「いいじゃない。サエちゃんもこの二人、いいと思わない？」

「それは……思います」

「でしょ？」

佐倉さんがちらりと僕を覗き見た。背筋に悪寒が走る。肉食獣に目をつけられた獲物が本能で感じる恐怖。

佐倉さんが頬杖(ほおづえ)をつき、近藤さんを見ながら僕を指さした。

「ハヤト。安藤くんと絡んでくれない？」

僕は驚きに目を見開いた。近藤さんは不快に目を細めた。三浦さんは期待に目を輝かせた。三者三様の反応の中、最初に発言したのは近藤さんだった。

「イヤに決まってんだろ。キメェことさせんなよ」

「ビール、もう一杯奢(おご)るから」

「……しょうがねえなあ」

陥落。近藤さんが僕の後ろに回り、三浦さんが佐倉さんの隣に行った。近藤さんが僕の背後で胡坐(あぐら)をかき、抱きしめるように前に手を回す。

「こんな感じか？」

「そう！　すごくいい！　写真撮るから、ちょっと待って！」

佐倉さんが——どさくさに紛れて三浦さんも——帯に挟んでいたスマホを抜き、撮影を始めた。佐倉さんが「浴衣(ゆかた)はだけさせて」とか「首筋に顔うずめて」とか近藤さんに次々と指示を飛ばす。近藤さんは呆(あき)れながらも要求に応(こた)える。吐息がかかるぐらいに身体をぴったりとくっつけ、ごつごつした手を僕の身体に這(は)わせる。

若い女が好きな男がいたとする。

その男に、男の好みの年齢からは外れるけれど、ものすごくスタイルの良い人妻が擦り寄った。その人妻は男の身体をベタベタと触り、豊満な胸をグイグイと押し付け、スキンシップを図った。そうしたら男のちんぽこは、勃(た)ってしまうのではないだろうか。

タイプではないけれど、彼女ではないけれど、そもそも人のものだけれど、それでもセンサーは反応してしまうのではないだろうか。

要するに僕は、勃起しかけていた。

「股間触って」

「それは無理」

「ラーメンも奢るから」

「……しかたねえなあ」

近藤さんの手が股間に伸びる。浴衣と下着。薄い布二枚の下で、ちんぽこが硬くなりかけている股間に。

——マズい。

「止めて下さい！」

僕は近藤さんを振り払い、立ち上がった。近藤さんが後ろに倒れる。佐倉さんと三浦さんがポカンと僕を見上げる。——ああ、やってしまった。

「……すみません。ちょっと、トイレ行ってきます」

大広間から小走りに飛び出す。トイレに行き、したくもない小便をして、少し時間を潰そうと近くの壁にもたれかかってスマホを弄る。マコトさんに送ったメールを見返して、つい自嘲気味な笑いが漏れた。何が『また会えたら嬉しい』だ。今日のお前は異性愛者だろうが。

不意に、ポンと肩を叩（たた）かれた。

「トイレはもう行ったの？」

近藤さん。僕は「はい」と頷（うなず）いた。近藤さんが僕の隣に並ぶ。ノスタルジックな雰囲気を演出する提灯（ちょうちん）型の間接照明を受け、金に近い茶髪が輝く。

「さっきは悪かったな。アイツも謝りたいってよ」

「……気にしないで下さい。僕の過剰反応です」

「んなことねえよ。普通、男が男にベタベタ触られるなんて、気持ちわりぃに決まってんだから。我慢した方だって」

近藤さんがニカッと笑った。いい人だ。だからこそ、辛（つら）い。

「そう考えると、リアルホモってすげえよなあ。男なんて臭いし硬いし、何がいいんだか俺にはさっぱり分かんねえ」

そうですね。僕も分かりません。分からない。本当に分からないんです。

「近藤さんは」俯（うつむ）き、口を開く。「ホモが嫌いなのに、どうしてホモ好きの佐倉さんと付き合っているんですか？」

近藤さんが腕を組んだ。悩むように、軽く首を捻（ひね）る。

「別に、ホモが嫌いってわけでもねえけど」

――だと思った。人々が僕たちを侮蔑（ぶべつ）するのは差別したいからではない。習慣だ。よく知っている。

「人間なんだから、100％好き嫌いが重なるわけないだろ。ここは合わない、ここは合う。それを積み重ねて、トータルで合う方が強ければいい」

近藤さんが右のひとさし指を立て、大広間の方を指さした。

「君もそうだから、あの子と付き合ってんじゃないの？」

僕と三浦さんの合わないところと合うところ。

合わないところ。僕はホモで、三浦さんは女の子なところ。

合うところ。

——どこ？

「……そうですね」

壁から身を起こす。近藤さんが「煙草(たばこ)吸ってくるわ」と言って僕から離れ、人ごみの中に消えた。

＊

「ほんとうにごめん……反省してる……私、BLになると見境なくなるところがあって、それはハヤトにも注意されてるんだけど治らなくて……私のことは嫌いになってもいいけど、BLのことは嫌いにならないで欲しいな……いや、元々別に好きじゃないとは思うんだけど……とにかく、ごめんね……」

大広間に戻った僕は、落ち込む佐倉さんから謝罪を受けた。酔いと後悔とBLへの熱い想いが合わさって、謝罪はわけのわからないことになっていた。やがて戻ってきた近藤さんが「君たち、デートでもしてきなよ」と言ってくれたので、僕と三浦さんは二人で館内を歩き回ることにした。

僕たちはまず、祭りの縁日を模した遊び場を見学して回った。型抜き、射的、スーパーボールすくい。色々あったけれど、小さな子どもたちが遊んでいる中に高校生が参加するのは気恥ずかしい。何もやらずにその場を離れ、足湯がある屋外庭園に向かった。

屋外庭園にある足湯の道には丸石が敷き詰められていて、足のツボを刺激しながら歩ける仕組みになっていた。三浦さんはかなり辛そうだったけれど、僕はまったく平気だった。そんな僕を見て三浦さんは「神経が死んでるんじゃないの？」とおかしそうに笑った。

やがて足湯脇に設置された縁台を見つけ、僕たちはそこに座った。足元から温められた血液が全身を巡り、初夏の直射日光が背中を焼く。中からも外からも、熱が満ちる。

「気持ちいいねえ」

三浦さんが胸を張り、日向(ひなた)ぼっこをするように目を瞑(つむ)った。薄い浴衣の下から、二つの膨らみがその存在を主張する。

「ねえ、安藤くんはさっきみたいなお祭りの縁日、好きだった？」

「僕よりも亮平が好きで、よく誘われた」

「ああ、幼馴染だもんね。なにやって遊ぶの？」

「なんだろ。思い返してみると、基本、亮平のおもりだった気がする」

「同じ年なのにおもり？」

「アイツ、アホだからさ。焼きそばとお好み焼きとリンゴ飴とチョコバナナスティックを同時に買って、当たり前だけど手の中いっぱいになって動けなくなって、『純くん、食べさせて』とかやるんだ」

「それで、食べさせるの？」

「うん」

「その話、後で姐さんにしてもいい？」

「いいけど、なんで？」

「すごい喜ぶと思うから」

だろうね。僕も話しながらそう思った。

「前も聞いたけど、三浦さんもあの人も、どうしてそんなにホモが好きなの？」

「んー、分かんない。そもそも普通、『好き』に理由なんてなくない？」

好きに理由はない。自分を重ね、ドクンと鼓動が速まる。

「なんでか分からないけれど『好き』だっていう結果だけがある。何かを『好き』になるってそういうものでしょ。違う？」

三浦さんが軽く屈み、僕を上目使いに覗きながら笑った。

「わたしが、安藤くんを『好き』なのと同じように」

こういう時、異性愛者の男は、どういう言葉で返すのだろう？

「……ありがとう」

きっとこれじゃない。そう思いながら口にしているから、言葉に覇気がない。僕は顔を背けた。三浦さんも僕から視線を外し、空を見上げる。

「あのさ」独り言のように、三浦さんが呟く。「この間のことなら、気にしないで」

何のこと？　そんな白々しい言葉は返さない。

「わたしは全然、気にしてないから」

僕は、気にする。

僕のセンサーはあの日、反応しなかった。僕はそういう生き物ではないと、グレーだったものを確定させてしまった。僕はきっと、コウモリにすらなりきれない。

もうショウは続けられない。続けてはいけない。僕のことを純粋に好きなだけの三浦さんを致命的に傷つけてしまう前に、僕は舞台の幕を下ろさなくてはならない。

「三浦さん」

声をかける。三浦さんがくりくりした瞳で僕を見る。ああ、本当にかわいい子だな。

どうして僕はこんなにかわいい子を、かわいいと思えないのだろう。

好きなのに。

こんなにも僕を愛してくれるこの子を手放したくない。

そう思うぐらいには、ちゃんと好きなのに。

「あのさ――」

帯に挟んでいたスマホが、小さく震えた。

言いかけた言葉を切り、僕はスマホを取った。フリーメールに新着。マコトさんもタイミング悪いな。そんなことを考えながらメールボックスを開く。

差出人。

ミスター・ファーレンハイト。

――え？

内臓に氷を詰め込まれたみたいに、全身が一気に冷えた。足元を温める温水も天から降り注ぐ陽光もまるで追いつかない。心と身体がカチコチに冷えていく。

――その時が来たらそこに詳細を連絡する。

あり得ない。あの時、ミスター・ファーレンハイトはただのＨＩＶキャリアだった。そこから二週間経たずにＡＩＤＳを発症し、あまつさえ命の危機に直面するなんて、絶対におかしい。

絶対におかしい。間違いなくあり得ない。

なのに、身体の震えが止まらない。

「安藤くん？」

僕は、メールを開いた。

『ジュン。きっとまだ何の覚悟もできていなかっただろうに、突然こんなメールを送り付けて申し訳ない』

読むな、と僕の中の誰かが警告する。だけど読まずにはいられない。だって僕は約束した。ミスター・ファーレンハイトが亡くなったら『QueenⅡ』を彼の恋人の墓に供えると、確かに誓ったのだ。

『このメールは、配信を止めるためのアクションが一定期間行われないとメールが自動的に送られる仕組みを使って、君に届けられている。ゆえに君がこのメールを読んでいるということは、僕はそのアクションが取れない状態になっているということになる』

眼球が乾く。僕は一度、瞼を強く閉じて開いた。

『つまり、これは遺書だ』

遺書。心臓を掴む強い単語。そして後に続く、それよりも遥かに強い文章。

『僕は、自ら命を絶つことにした』

＊

ずっと、こうするつもりだった。

誰にも告げてはいない。両親や親戚はもちろん、亡くなった彼にすら伝えていない。だけどずっと前から決めていた。彼のいない世界には留まらないと、内なる誓いを立てていた。

彼と付き合うことになった直後、海に行ったんだ。

彼の運転する車で、人気のない夕暮れの砂浜に行った。橙色に染まる海を二人寄り添って眺めた。いつかあの海の向こうに行って結婚しよう。僕たちを認めてくれる国に行って、二人でずっと幸せに暮らそう。彼はそう言った。

僕は「どこに行くの？」と聞いた。

彼は「君と一緒ならどこでもいいよ」と答えた。

そう、どこでもいいんだ。たとえそれが日本であったとしても、公には認められない関係であったとしても、僕は一向に構わなかった。誰も僕たちを認めてくれなくたって、一緒に居られればそれで良かったんだ。なのに彼はその一番簡単な条件さえ守ることなく、あっさりと地獄に旅立ってしまった。

僕は、彼の後を追う。

天国のフレディではなくて、地獄の彼に会いにいく。

だから僕は僕自身を殺す。自殺した人間は地獄行きだからね。

本当にどこでもいいんだ。どこでも。

地獄だって、僕は構わない。

君はきっと、この結末を気に病むと思う。

君のことを考えなかったわけではない。君は僕にとって最後の心残りだ。もう少し君と出会うのが早ければ、僕の結末は違ったかもしれない。本気でそう思うぐらい、君と話すのは楽しかった。

実は僕は、君と彼以外の同性愛者と話したことがないんだ。地方の同性愛者は出会いが少ないし、そもそも僕には彼がいたからね。出会う必要性も感じていなかった。僕にとって同性愛者の世界は、僕と彼だけで完結していた。

だから君と出会った時は、空想上の生き物を目にしたような気分だったよ。僕と同じ同性愛者で、僕と同じアーティストが好きで、僕と同じように一回り以上年上の男性に惚(ほ)れている。そんな人間が確かに存在する。大げさではなく、人生で二番目に嬉(うれ)しかった。一番目は彼と初めて結ばれた時だ。

この結末はただ彼の引力が強すぎただけ。

だから、くれぐれも気に病まないでおくれ。

君が悲しいと僕も悲しい。君が嬉しいと僕も嬉しい。

僕は君のことが好きだからね。

ジュン。君とは色々な話をしたね。

僕は君の少し年上のお兄さんとして、ずっと君の悩みに答えてきた。だけど僕にだって悩みはある。最後は、それに答えて欲しい。

僕たちのような人間は、どうして生まれてくると思う？

すべての生物が子を生し、種を存続させるために存在するのだとしたら、なぜ僕たちのような指向が発現する？

必要がないなら進化の過程で消え去るはずだ。だけど残っている。僕はその理由が知りたい。なぜ僕たちのような生き物が必要なのか、神様の考えを覗きたい。

僕は結局、分からなかった。だから君が考えてくれ。僕と違って君は天国に行くから答えは聞けないだろうけど、素敵な結論が出ることを期待しているよ。

先に頼んでおいた『QueenⅡ』については、僕の両親に「ＣＤを引き取りにきました」とでも言えば、それで成立するように仕込んでおくよ。この遺書の一番下に、僕の本名、実家の住所、それと僕の彼の本名と墓がある場所を記す。ＣＤを受け取る目的はくれぐれも僕の両親に言わないように。言ったらきっと渡してくれなくなる。僕の両親は、僕の彼のことが大嫌いだからね。

さよなら、ジュン。

本当に好きだったよ。

君の人生が幸多きものになることを、切に願う。

＊

「安藤くん！」

三浦さんの鋭い声が、僕を現実に引き戻した。

握力を失った右手からポロリとスマホが落ちる。ぽちゃん。どこか間の抜けた音を立ててスマホが足湯に沈む。僕はその光景を、まるで夢の中で起こった出来事のように、ぼんやりと遠くに眺める。

「あー！」

三浦さんが大きな声を上げた。動かない僕の代わりに落ちたスマホを拾い、画面をぺたぺたと触る。そして俯き、力なく呟く。

「ダメだ」

ダメ。何がダメなんだっけ。そうだ。ミスター・ファーレンハイトだ。ミスター・ファーレンハイトの命が、ダメになった。

「……トイレ行ってくる」

「え、でも、これ――」

「持ってて」

立ち上がり、足早に歩き出す。三浦さんが「安藤くん！」と大声で僕を呼んだ。その声を振り切るように、歩調を速めて庭園から館内に戻る。

まだ分からない。

ミスター・ファーレンハイトは、こんな性質の悪い嘘は絶対につかない。だけどもしかしたら交通事故にでもあって、少しの間、動けなかっただけかもしれない。その場合、設定しておいた遺書の自動配信が動作してしまい、彼も困っているはずだ。

さてそうなると、いったい僕はどう対応するのが正解なのだろう。彼の連絡を待つべきなのか。それともこんなもの届いちゃったよと、冗談っぽく、こちらから話しかけるべきなのか。

考えよう。考えたい。考えなくてはならない。

だけど頭の中がぐるぐるして、吐き気がして、考えがまったくまとまらない。

アテもなく館内を巡る。どこに行っても、人、人、人。人の少ないところに行きたい。静かで落ち着ける場所。限られた人しか来ない、隠れ家のような場所。

喫煙所。

電気がついたみたいに、回答がパッと脳裏に浮かんだ。固い木の床に裸足を打ちつけながら、ずんずんと喫煙所に向かう。やがて屋台街を模したフードコートの端にひっそりと設置された、喫煙スペースに辿り着く。

煙草を吸っていた男性が、僕を見つけて切れ長の瞳を大きく見開いた。

「純くん？」

マコトさんが僕を呼ぶ。僕の恋人。格好よくて、頼り甲斐があって、つい甘えたくなってしまう、大好きな男の人。

――男の人。

僕は、くるりと踵を返した。

「純くん！」

人ごみをかき分けて走り出す。万華鏡を覗いたように、色とりどりの浴衣が視界を埋め尽くす。青い浴衣と赤い浴衣。シンプルな縦縞と派手な花柄。そういう組み合わせの浴衣を着て、幸せそうに肩を並べて歩く人たちと、たくさん、たくさん、すれ違う。金髪の女と腕を組んで歩く、金髪の男にぶつかった。

「いてーな！」

声を荒らげる男を無視する。うるさい。それぐらいの痛みがなんだ。お前、隣の女にちんぽこ勃つんだろ。それがどんなに恵まれているかなんて、考えたこともないんだろ。ちくしょう。ふざけんなよ。ふざけんな。

走って、走って、最初に浴衣に着替えたロッカールームに着いた。自分のロッカーの前に立ち、鍵を開けようとする。だけど手が震えて鍵が上手く入らない。手こずっているうちに、背後から肩を強く掴まれた。

「純くん！」

振り返る。走る僕を追いかけて、息を切らしているマコトさんが目の前にいる。

「どうした、純くん」

僕はどうしてしまったのだろう？

「何かあったのか？」

僕に何があったのだろう？　何があって、僕はこうなってしまったのだろう？　僕はただ生まれてきただけなのに。生きるために、生まれてきただけなのに。

声と涙が、同時に溢（こぼ）れた。

「助けて」

もう、分からない。

滅茶苦茶で、ぐちゃぐちゃで、分からない。僕が何者なのか、どういう風に生きるべきなのか、何一つ見えない。色々な柱を使い、複雑に力を分散させて支えていた僕という人間が、その柱の一本が折れて総崩れになってしまった。

「助けて」

繰り返す。何を求めているかも分からないままに、形のない救いを求める。マコトさんが僕の背中に手を回し、身体をギュッと抱き寄せた。

「助けるよ」

優しい声に、首筋が痺（しび）れた。涙が引っ込む。

「できることなら何でもする。だから、安心して」

僕は小さく頷（うなず）いた。頷きながら、マコトさんの背中に自分の手を回す。近くで着替えていた中年男性が、狐につままれたような表情で僕たちを見ていた。

＊

マコトさんは僕を、足湯のある庭園に連れて行った。

庭園の奥に行き、足湯の縁に並んで腰を下ろす。手を繋いだ若い男女が、足の裏を押す丸石の痛みにはしゃぎながら僕たちの前を通り過ぎる。マコトさんが感触を試すように丸石を踏みしめ、「ふむ」と呟いた。

「純くんは、この足湯は歩けたかい?」

「歩けたよ」

「そうか。僕は駄目だった。全身悪いところだらけのおじさんに足つぼは辛いな」

マコトさんが笑う。話しやすい雰囲気を作ってくれている。僕は、口を開いた。

「何があったか、話していい?」

「いいよ」

「友達が自殺した」

自分の声が自分の耳に届く。思っていた以上に、重たい。

「ネットにＨＩＶキャリアの友達がいるって言ったでしょ。彼。ＡＩＤＳで死んだ恋人を追いかけて自殺した。メールで送られてきた、自動配信の遺書を読んだだけだけど―

「――」

僕は言葉を切った。深く息を吸い、肺を膨らませる。

「間違いないと思う」

自分自身に認めさせる。ミスター・ファーレンハイトはもうこの世にはいない。それはきっと、間違いない。

「ねえ、マコトさん。僕たちみたいな人間は、どうして生まれてくるのかな」

ミスター・ファーレンハイトが残した質問。僕たちの発現理由。

「効率的に子孫を残すため、生物は雄と雌に分かれた。なのに、その意味が丸っきりなくなるような指向が進化の中で淘汰されていない。残っているのは必要だから。だとしたら、何で必要なんだろう」

一つだけ回答はある。必要な理由を考えるから分からないのだ。ならその前提条件を崩してしまえばいい。

僕は、自嘲気味に笑いながら付け加えた。

「それとも別に必要なくて、病気とか障害みたいなものなのかな」

僕はどんな顔をしているのだろう。マコトさんはどんな顔で僕を見ているのだろう。見せたくない。見たくない。だから黙って俯く。光を反射してキラキラ輝く水面を、そこから上がる湯気を、じっと見つめる。

頭の上に、大きな手のひらが置かれた。

「難しいことは分からないけれど」マコトさんが僕の頭を撫でる。「僕には、純くんが必要だよ」

頭を撫でていた手が離れた。手はそのまま、頬を伝って顎に到達する。マコトさんが僕の顎を摑み、少し強引に僕の顔を自分の方に向けさせた。

そして、顎を押し上げ、顔をクイと上向かせる。

これから何をするつもりか分からないほど、僕は幼くはない。そして今いる場所がどういう場所か分からないほど、混乱もしていない。僕たちが人前でそういうことをしたら周りがどういう風に思うか。それだって分かる。

「マコトさ――」

唇が、重なった。

――硬い。

最初に感じたことは、それ。女の子とする柔らかいキスとは全然違う。匂いも粘り気のある甘い香りではなくて、煙草と汗が混ざった、ツンと刺す少し酸っぱい匂い。男のセンサーは反応しないはずの男のフェロモン。

なのに僕のちんぽこは、カチカチに硬くなっている。

――そっか。

分かった。分からされた。僕はこれが「普通」なのだ。受け入れたくないけれど、受け入れざるを得ない。僕はこんな僕を認めて、どうにかこうにか生きて行くしかない。

辛い。本当に辛い。だけど早めに分かって良かった。取り返しがつかないぐらいに誰かを傷つけてしまう前で。

あとは――

後頭部に、ガンと固いものがぶつかった。

「……いたっ！」

マコトさんから唇を離す。僕にぶつかったものは頭蓋骨（ずがいこつ）で跳ねた後、ぽちゃんと水音を立てて足湯に落ちた。何がぶつかったのか、僕は湯の中を確認する。

僕のスマートフォン。

顔からさっと血の気が引いた。ゆっくり、ゆっくりと振り返る。そして思った通りの人物がそこにいることを確認して、全身の毛穴と瞳孔（どうこう）が開く。

「……三浦さん」

夢の中で出会ったように、ぼんやり名前を呼ぶ。興奮に頬を上気させた三浦さんが、僕たちを鋭く睨（にら）みつけていた。

＊

「どういうことか、説明して」

三浦さんが僕に詰めよった。僕はさっと顔を伏せる。

「……説明って、何を」

「全部。さっきどうしていきなりいなくなったのか。この人はいったい誰なのか。どうしてキスしていたのか。わたしは安藤くんの何なのか。全部、答えて」

僕は、ごくりと唾を飲んだ。

嘘をつけばいい。適当に話を組み立てて、この場を凌げばいい。そしていずれはマンネリから自然消滅する男女と同じように、音もなく静かに別れる。それが一番、平和で誰も傷つかない終わり方だ。

だけど、肺が上手く膨らんでくれない。声帯が動いてくれない。

「わたしたち、キスしたよね」

した。観覧車で、映画館で、僕の部屋で、何回もした。だけど一回も、僕のセンサーは反応しなかった。

「セックスだってしようとした。でもできなかった。あれは、本当はこの人が好きだからなの？　安藤くんは男の人が好きで、わたしのことは好きじゃないから、だからできなかったの？」

違う。できなかったのは、勃たなかったからだ。好きとか嫌いとかじゃない。そんな単純な話を、どうして、どうして誰も理解してくれないんだ。

「答えて！」

三浦さんが金切り声を上げた。晴天を音がビリビリと揺らす。僕は顔を上げ、三浦さんの潤んだ瞳と自分の瞳を合わせる。

大きな瞳。柔らかい唇。とてもかわいい女の子。僕のことを大好きな僕の彼女。

だけど──今日でおしまい。

「いいじゃん、別に」

僕は唇の右端を吊りあげ、皮肉めいた笑みを浮かべた。

「ホモ、好きなんでしょ」

鈍い痛みが、頬に走った。

肉が肉を弾く甲高い音を聞き、耳がキンと痺れた。はたかれた頬が熱を持つ。はたいた三浦さんは唇を噛みしめ──叫んだ。

「ふざけないでよ！」

三浦さんが僕に背を向ける。朝顔柄の浴衣をはためかせて僕から離れて行く。その背中を見送る僕に、マコトさんが声をかけた。

「純くん」

大好きなマコトさんが僕を心配している。だけど振り返る気になれない。自分がどんな顔をしているのか怖い。今度こそ本当に、見せたくない。

「なんで」

僕ははたかれた頬を撫でながら、囁くように呟いた。

「なんで僕なんか、好きになるんだよ」

分かっている。
彼女が好きなものは僕であって、ホモではない。

Track5：Bohemian Rhapsody

大広間の佐倉さんと近藤さんに「用事ができました」と言い残し、僕は家に帰った。

マコトさんには何もしないでいてくれるよう頼んだ。僕から連絡を取るまでしばらく関わらないで欲しいとも頼んだ。頼みを聞いたマコトさんは「分かった」と頷き、「区切りがついたら必ず連絡しなよ」と僕の頭を撫でた。

日曜、スマホを修理に出しに行った。修理期間は二週間。代替機のスマホを受け取り、サーバーに保存されている確認できなかった期間のメールをチェックする。三浦さんからのメールは来ていなかった。アドレス帳は復帰できなかったから、こちらから送ることもできない。送れたとしても、送らなかっただろうけど。

ミスター・ファーレンハイトのことは考えないようにした。送られてきた住所は茨城県の海沿いの街。行こうと思えば一日で行ける。だけどどうしても行こうと思えない。相変わらず、メッセンジャーでオフラインを確認する以外には何もしなかった。

そして、月曜。

僕と三浦さんは一言も会話を交わさなかった。何度か目は合ったけれど、合った瞬間に逸らす。廊下ですれ違う時は顔を背ける。そんなことが一日中続いた。翌日も、その翌日も、それは変わることはなかった。

木曜、食堂でカレーを食べている僕の前に小野が現れた。

小野はまるで最初から約束をしていたかのように、僕の向かいにドカッと座った。それだけで愉快な話ではないのは分かった。前置きなしに話が始まる。

「お前さ、三浦と別れたの？」

僕は黙々とカレーを口に含んだ。糊になるんじゃないかと思うぐらい噛む。そうやって散々溜めてから、はぐらかす。

「三浦さんに聞いたら？」

「女に答えさせるのかよ。お前、本当にクソだな」

敵意剥き出し。嫌いじゃない。近藤さんのように悪意なしに責めてくる人間よりずっとやりやすい。

「そんなクソに構ってる時間がもったいないと思わない？」

小野が、チッと大げさに舌打ちをした。

「俺だって亮平のことがなけりゃ、お前になんか構わねえよ」

だろうな。小野は本当に友達想いだ。自分周辺が幸せならそれでいい。典型的な、世界を簡単にして理解するタイプ。

「ねえ」僕は軽い微笑みを浮かべた。「なんでそんなに亮平のことが気になるの？」

小野が「は？」と眉をひそめた。僕はさらに笑みを深める。お前をコケにしているんだとちゃんと分かるように。

「亮平のことが好きなら告白すれば？　ちんこ揉まれてるうちに好きになったって」

椅子に深く腰かけ、肩を竦め、余裕ぶりながら言い放つ。

「まあアイツ、スキンシップ激しいだけのノーマルだから、フラれるだろうけど」

小野の顔が憎々しげに歪んだ。激しい音と共に椅子から立ち上がる。動物が毛を逆立てて自分を大きく見せるように、肩をいからせて僕を見下ろす。

「お前と話しても無駄みたいだな」

そうだよ。その通りだ。分かってくれたようで、僕は嬉しい。

「気づくのが遅いよ」

小野がテーブルの脚をガンと蹴り、乱暴な足音を立てて立ち去る。ああいう風に敵味方はっきりと区分して生きられたら、それはそれで幸せなのかもしれない。そんなことを考えながら、僕はカレーを口に運んだ。

＊

放課後になったら、即座に学校を出る。

音楽プレイヤーでQUEENを聴きながら駅に向かう。駅に着くまでに流れた曲は

『セイヴ・ミー』と『アンダー・プレッシャー』。それなりに心を読んだ選曲。

駅のホームで電光掲示板を確認する。電車が到着します。メッセージを読み、白線の内側で待つ。世界をビリビリ揺らしながらやってくる電車を眺めながら、線路に身を投げる自分を想像する。それもいいかもしれないなんて、ほんの少しだけ思う。

股間が揉まれる。

「純くーん。一緒に帰ろー」

危うく、つんのめって本当に飛び込みそうになった。僕はイヤホンを外して音楽プレイヤーをポケットにしまい、口を尖らせる。

「危ないでしょ。場所を弁えてよ」

「ごめーん。二人きりだと思ったら、つい」

電車に亮平と乗り込む。車内はガラガラだった。入ってすぐのシートに二人並んで座る。

「今日、早いね。部活は？」

「今日は休み。そんで純くんと一緒に帰ろうと思ったんだけど、気づいたらいないんだもん。帰るの早すぎでしょ」

「だってやることないし」

「やることなくたって、ダラダラ話したりするもんだろー」

亮平の声のトーンが、わずかに下がった。

「特に、彼女持ちは」

僕は黙った。僕と大して仲良くない、三浦さんのことが好きというわけでもない小野が気づいたのだ。亮平だって、きっと気づいている。

電車が揺れる。ガラガラの車内に沈黙が広がる。亮平が、独り言みたいに呟いた。

「今日、いつもの公園寄ろう」

僕は頷いた。中吊り広告を見上げながら、何を話せるか考える。何を話したいかじゃなくて、何を話せるか。僕はいつだって、そういう奴だ。

＊

公園には小さな子どもがたくさんいた。砂場で砂山に木の棒を刺し、棒が倒れないよう順番に山を崩す遊びをしている子どもたちを見て、亮平が「オレらもあれよくやったなー」と呟く。「いつも亮平が倒してたよね」と僕は答える。亮平は、へへへと照れくさそうに笑った。

僕たちはベンチに座った。亮平が鞄からコンビニで買ったペットボトルのコーラを取り出して飲む。そしてわざとらしいげっぷをする。

「純くんも飲む？」

「炭酸嫌い」

「あー、そうだった」

たわいのない会話の後、亮平が身体をわずかに前に傾けた。

「あのさ。オレ、純くんに相談したいことがあるんだ」

「相談？」

「うん。今宮に告白された」

はい、お前の負けー。

砂場から男の子の声がした。木の枝がころりと砂の上に転がっている。負けと言われた男の子が公園の外周を走り始めた。どうやらそれが罰ゲームらしい。

「どうすればいいと思う？」

「どうって言われても……亮平は今宮さんのこと、好きなの？」

「好きか嫌いかで言われたら好きだけど——そういうんじゃねえよ」

でもちんぽこは勃つんだろ。だったら大丈夫。付き合えるよ。僕が保証する。

「——亮平の好きにすればいいよ」

相談した甲斐がまったくない返事を渡す。だけど亮平は「そうだな」と強く頷いた。

「確かにその通りだ。だからオレ、フっちゃった」

事後相談。亮平がまたコーラを飲み、げっぷをした。

「そしたら今宮に謝られた」

「今宮さんが亮平に謝るの？」

「ああ。オレが三浦のこと好きなの、気づいてたんだって。ひでーよな。オレの気持ちを知って、純くんと三浦が上手く行くように手伝いさせてんだから。女ってこえーわ。やっぱオレ、純くんと結婚する」

亮平が僕に抱き付いた。筋肉質な身体の硬い感触が、夏服のシャツ越しに伝わる。近くにいた女の子が「きゃー」と黄色い声を上げげた。腐女子予備軍。

「見せもんじゃねーぞ」

亮平が女の子に悪態をついた。そして僕から離れ、ベンチの背もたれに身体を預ける。

「まあ、いいけどな。オレも三浦が純くんのことを好きなのは、今宮に言われる前から分かってたし。好きな相手が何を見てるのかって、やっぱりどうしても分かるよな」

亮平が身体を起こし、僕を下から覗き込んだ。

「純くんは三浦のこと、好きなのか？」

好きだよ。

好きだ。僕は三浦さんのことが好き。今はすれ違っているだけ。だから心配するな。これ以上、僕の心に踏み込むな。お前には本当の僕を、汚くて気持ち悪い僕を見られたくないんだ。

僕は、首を横に振った。

「分からない」

強がりすら口にできない。疲れ切ったボクサーのように、腕をだらりと下げて俯く。

亮平が僕の丸まった背中を軽く叩いた。

「その純くんの分かんない感じ、三浦にもきっと伝わってると思うんだ。今宮がオレを、オレが三浦を見破ったように、三浦もきっと純くんを見破ってる」

見破っている。三浦さんが、僕を。

「だから、今の純くんを素直に丸ごと伝えればいい。どーせバレてんだから取り繕ってもしょうがねーでしょ。それでどう転んだって、それはもう運命だ」

どうせバレている。だから伝えればいい。自分を丸ごと。

仲間以外、誰にも言ったことはない。

母さんにも、亮平にも、他のどの友達にも明かしていない。僕がどういう人間なのか誰も知らない。それを三浦さんに知ってもらう。分かってもらう。

初めてのカムアウト。

「……分かった」

顔を上げる。真っ直ぐに前を見て、決意の言葉を吐く。

「やってみる」

亮平が「ガンバ！」と僕の股間を揉みしだいた。さっきの女の子がまた「きゃー」と黄色い声を上げる。僕は亮平の頭を、パンと勢いよく叩いた。

＊

話をするのは、次の日の放課後にした。

帰りのホームルームが終わり、三浦さんのところに向かう。僕に気づいた三浦さんがぷいと顔を逸らす。今までなら僕も顔を逸らす場面。だけど今日は、逃げない。

「話がある」

机に手をついて話しかける。三浦さんが僕をじっとりとねめつけた。

「なに？」

「ここじゃ話せない。どこか別のところに行こう」

三浦さんが周囲を見渡す。教室の何人かが、既に僕たちに注目している。三浦さんは軽く溜息をつき、学生鞄を持って立ち上がった。

「分かった。行こう」

僕たちは教室を出て、落ち着いて話ができる場所を探した。やがて、体育前の着替えで使っている三階の空き教室に辿り着く。教室の後方の扉を開けて中を確認。誰もいない。

「ここにしよう」

三浦さんが教室に入り、猫みたいに機敏な動きで最後列の机にひらりと飛び乗った。

机の縁に座って、足をプラプラさせながら僕を待つ。僕は教室の扉を閉めてから三浦さんのところに行き、隣の机に座った。机を椅子代わりに、僕たちは向かい合う。

「全部話してくれる気になった、ってことでいいのね？」

僕は頷いた。三浦さんが上半身を前に傾ける。

「じゃあ教えて。まず、一番の大前提から」

三浦さんが右手のひとさし指を真っ直ぐに伸ばし、僕の眉間を指さした。

「安藤くんは、ホモなの？」

全く言葉を取り繕わない質問が、ナイフみたいにぐさりと刺さる。落ち着け。こんなことで心を折られている場合じゃない。

「……うん」

「あの男の人は誰？」

「僕の恋人」

「あの後、家族っぽい人たちといるところを見たんだけど」

「あの人、ゲイだけど、結婚してるから」

「なにそれ。じゃあ安藤くん、不倫じゃん」

不倫。本当に言葉のチョイスに容赦がない。だけどそれはすべて、真実だ。

「ホモの人って、みんなそうなの？」

三浦さんの口調が厳しくなった。眉間にしわを寄せ、不快を露わにする。

「世間体のために女と付き合って、裏では本当に好きな男と付き合うなんて、女をアクセサリー扱いしてる。そうしなくちゃいけないぐらい大変なのは分かるよ。男の人を好きになるのを止められないのも分かる。それでも人はアクセサリーじゃない。騙されている女の人は、その人がただ好きなだけ。ホモの人が男の人を好きになる気持ちと、それは何も変わらない」

僕は俯く。三浦さんも俯く。制服のスカートを掴み、声を絞り出す。

「騙された女の人のそういう気持ちは、どうなっちゃうの？」

僕がマコトさんを好きなように、三浦さんは僕を好きなだけ。その想いを弄ばれた。踏みにじられた。

「ホモなんか好きになる方が悪いっていう、そういうことなの？」

三浦さんの言うことは何も間違ってはいない。僕は確実にそういうことをした。純粋に僕のことが好きな三浦さんを、僕は僕のためだけに、利用して傷つけた。

だけど――

「違う」

三浦さんが顔を上げた気配がした。僕はまだ、上げられない。

「世間体じゃない。絶対に、それは違う」

下を向いたまま、大きく首を横に振る。

「三浦さんが、男の人と愛し合って、結婚して、子どもを産んで、幸せな家庭を築きたいと思うのと同じように、僕も女の人と愛し合って、結婚して、子どもを作って、幸せな家庭を築きたいんだ。息子とキャッチボールをして、娘にかわいいお洋服を着せて、奥さんと仲良く子どもの成長を慈しみたい。お嫁さんを貰う息子とお酒を飲み交わしたり、お嫁さんに行く娘のことを思って泣いたり、産まれた孫を猫かわいがりしたり、そういうこと、全部したい。たくさんの家族に囲まれて、みんなに惜しまれながら、満ち足りた表情で死にたい」

僕の夢。僕の願い。僕の――憧れ。

「僕だって、そういう幸せが欲しいんだ」

誰も分かってくれない。

お前たちは男が好きなんだろう。周りがそうだから、イヤイヤ、仕方なく、女を抱いて家族を作ったりするんだろう。みんなそう思っている。思わされている。僕のような人間が血の繋がった家族を持つためには、騙さなくてはならない人がいるから。それは許されないから。だから僕のような人間はそういう欲望を持たない、同性のパートナーと生涯を共にすることを最高のゴールと考えているんだと、そういうことになっている。

でも違う。少なくとも僕は違う。僕は女の人を好きになりたい。女を抱いて、血の繋がった家族を手に入れたい。異性愛者が当たり前に手に入れている幸せが、喉から手が出るほど欲しい。考え方も価値観も女を愛する男と変わらない。ただちんぽが、ちんぽがどうしても勃ってくれない。本当にただそれだけの、単純な話なのに。

「だから、証明したかった。僕はいつだって女と付き合える。ただ男の方が少し好きなだけ。そういう風に自分に言い聞かせたかった。そのために三浦さんと付き合った。結果的には逆に、僕は男としか付き合えない人間だって分かっちゃったけど、そういうことなんだ」

肩を落とす。息を吐く。もう疲れた。疲れてしまった。

「分かってるよ。そういう理由があるからって女の人を、三浦さんを騙していいことにはならない。もう少し待ってくれれば自分から幕を引くつもりだったけれど、それも間に合わなかった。僕は許されないことをした。本当に申し訳ないと思ってる」

さらに深く頭を下げる。教室の床を見つめながら反応を待つ。三浦さんは何も言ってこない。時計の針が進む音だけが、沈黙に満ちた教室を揺らす。

「……なにそれ」

吐き捨てるような言い方。もう一回、目を見て謝らなきゃ。僕はゆっくりと身体を起こした。

潤んだ瞳(ひとみ)で僕を見つめる三浦さんと、視線がぶつかる。

「それを聞いて、わたしはどうすればいい？」

震える声が、耳を経由することなく心に直接届く。

「安藤くんを好きになって、そんな話を聞いて、いまさら嫌いにもなれないわたしは、どうすればいいの？」

三浦さんが、両手で自分の顔を覆った。

「絶対に振り向いてくれない人を本気で好きになったわたしは、どうすればいいのよ」

叶わない夢。

血の繋がった家族が欲しい。だけど僕は女にちんぽこが勃たない。だから叶わない。

愛する人と一つになりたい。だけど僕は女にちんぽこが勃たない。だから叶わない。

僕と三浦さんは、同じ。

「……三浦さん」

何を言うべきか分からないままに声をかける。三浦さんの肩が小さく上下する。

教室の扉が、勢いよく開いた。

＊

開いた扉の向こうから、小野が一歩、教室に足を踏み入れた。

「今の話、どういうことだよ」

三浦さんの涙が止まる。僕の思考も止まる。小野はずんずんと大股で僕の目の前まで来ると、僕のシャツの胸ぐらをグイと摑んだ。

「お前がホモで、三浦を騙してたって、どういうことなんだよ」

小野が僕のシャツを引っ張り、無理やり机の上から床に下ろした。見下ろす小野と見上げる僕。ギチギチに握り固められた拳が鎖骨に当たる。

「何とか言えよ」

怒りに満ちた目。三浦さんを騙し、亮平を裏切った。その罪を今ここで裁いてやる。そう語りかけてくる視線。

――そうか。

僕は、めいっぱい右の口角を吊り上げて笑った。

「亮平も間抜けだよな」

裁いてくれ。お前が、このどうしようもなくなったショウを終わりにしてくれ。僕を断罪して、悪を懲らしめて、めでたしめでたしで終わらせてくれ。

「ホモに女取られるとか」

左頬に、拳が振りおろされた。

三浦さんにはたかれた時とはレベルが違う衝撃に、僕は勢いよく吹っ飛んだ。椅子と机を巻き込んで倒れる。教室にガラガラと硬質な音が響く。ズボンのポケットから音楽プレイヤーが飛び出し、さーっと床の上を滑った。

小野が僕に歩み寄る。三浦さんが「止めて!」と小野を押し留める。止めなくていいのに。もっと、もっと殴られたって、文句言えないのに。

両足を投げ出したまま上半身を起こす。だらりと全身から力を抜く。殴られたところが痛い。左目が霞む。立ち上がる気力が、湧かない。

小野が床に滑り落ちた僕の音楽プレイヤーを拾った。操作して、中の曲を確認する。

「お前、ＱＵＥＥＮとか聴くんだ」

ＱＵＥＥＮ。僕とミスター・ファーレンハイトの間に横たわる、唯一の繋がり。

「ああ、そっか」

小野の顔の下半分が、嘲(あざけ)りに醜く歪(ゆが)んだ。

「ホモ仲間だもんな」

僕がＱＵＥＥＮを好きになった経緯(いきさつ)は、こうだ。

マコトさんを待って『'39』にいる時、僕の一番好きな曲が流れた。その時はまだＱＵＥＥＮについて何も知らない。歌詞も聞き取れない。なのに、泣きそうになった。

ケイトさんに詳細を聞いた。ケイトさんは自分が大好きなバンドの曲で、店の名前もこのバンドの曲名から取ったと語った。そして店に常備しているアルバムを僕に渡した。聴いた。惚(ほ)れた。ネットで調べた。ボーカルが男と肉体関係を持ってＡＩＤＳで死んだことを知った。後日、僕はケイトさんに尋ねた。「どうしてボーカルが僕らの仲間だって教えてくれなかったんですか？」。僕の質問に、ケイトさんはこう答えた。

「忘れてたわ」

「やっぱ、ホモはホモの音楽が好きなんだな」

消えた。

机が消えた。椅子が消えた。三浦さんが消えた。衝動が思考を真っ赤に塗りつぶして、これから取る行動に必要なもの以外、すべてを認識から消した。残ったものは僕と小野。これだけ。これ以外は必要ないと脳が判断した。

右手を固く、指の境目がなくなって一つの肉塊になるぐらいに固く握りしめる。素早く身を起こす。ふくらはぎに力を込めて、一足飛びに小野に飛びかかる。驚愕に目を見開く小野の顔が、僕の視界にはっきりと映る。

顔面に、ありたっけの力を込めて拳をぶつける。

指の関節に固いものがあたった。頬骨。そのまま顔面を殴りぬく。圧し固めた砂の塊を崩した時のように、拳に伝わる抵抗がサラッと溶ける。全身に射精の後みたいな痺れが走る。小野の身体が、吹っ飛ぶ。

「安藤くん！」

三浦さんが叫んだ。殴り飛ばされた小野がむくりと起き上がり、咆哮を上げる。

「てめえええええ！」

小野が僕に飛びかかる。三浦さんが悲鳴を上げる。小野は左手で僕のシャツを摑み、右手で僕を殴る。僕も小野のシャツに左手でしがみつきながら、右手でがむしゃらに殴り返す。

鼻の下が血で濡れる。口が切れて鉄の味がする。だけど痛みは感じない。身体の痛みも心の痛みも、激しい怒りに呑まれて埋もれている。

摩擦をゼロにするな。

空気抵抗を無視するな。

世界を、簡単にするな。

「先生呼んでくる！」

三浦さんが教室を出る。僕と小野は構わず殴り合う。罵詈雑言(ばりぞうごん)を交わすみたいに、お互いの拳をお互いにぶつけ合う。やがて先生が到着して無理やり引き剝(は)がされた頃、僕の意識は、うっすらと消えかかっていた。

＊

喧嘩(けんか)の原因は、女。

僕と三浦さんが付き合う。小野は三浦さんを好きな男子生徒Ａに肩入れしている。面白くない。喧嘩をふっかける。僕が買う。喧嘩になる。僕と小野が詰問を受け、そういう筋書きに落ち着いた。特に疑われることはなかった。男子生徒Ａの名前も黙秘で済んだ。

僕と小野は母親を呼び出された。小野の母親は豊満な胸が目立つ、おっとりした雰囲気の女の人で、小野の彼女に似ていると思った。僕の母さんを見て小野がどう思ったかは分からない。三浦さんに似ている。そんなことを思ったかもしれない。僕はどこも似ていないと思う。

土日で反省文を書いて提出する約束をさせられ、僕たちは解放された。母さんの運転する車で整形外科に向かう。治療はあっさりと終わった。顔にたくさんのガーゼを当てた僕を見て、母さんは「ひどい顔」と笑った。何もおかしいことなんてないのに、本当におかしそうに。

「純くん、今日、なに食べたい？」

病院からの帰り道、助手席に座る僕に母さんが問いかけた。僕は「何でもいい」と窓の外を眺めながらぶっきらぼうに答える。左目のガーゼが邪魔で景色はよく見えない。

赤信号にぶつかる。車が止まる。母さんが口を開いた。

「彼女できたら教えてって、言ったじゃない」

僕は、母さんの方を向かない。

「母親にいちいちそんなこと報告する奴いないよ」

信号が青に変わった。車が発進する。母さんが明るく話しかけてくる。ずっと黙っている僕に向かって、まるで一人芝居をするように。

「ねえ、彼女とは仲良くやってるの？」

「どこまで進んだ？」

「母さん、何やっても別に怒らないから安心して」

「でも絶対に避妊はしなさいよ」

「孫は早い方がいいけれど、限度があるからね」

ポケットで代替機のスマホが震える。取り出す。数字の羅列。アドレス帳がないから名前が出ない。でも何となく分かる。三浦さん。

電源を切る。

スマホをポケットに戻して、逆側のポケットから音楽プレイヤーを取り出す。巻き付いているイヤホンを解いて耳に挿す。拒絶の合図。母さんが口を閉じた。

音楽プレイヤーを弄り、目的の曲を探す。シャッフル再生の気分じゃない。あの曲が聴きたい。アカペラ、バラード、オペラ、ロック——バンドメンバーによるまっとうなステージ演奏が不可能なほどに入り組んだ構成を持つ意欲作にして、全英シングルチャートで九週連続一位を獲得したQUEENの代表作。

『ボヘミアン・ラプソディ』。

人殺しの男が語る灰色の物語。触れたものすべてを破壊しかねない激情と、永遠に続く枯れ果てた大地を思わせる虚無が両立した、不思議で魅力的な世界観。

歌の中で、人殺しの男は死にたくないと嘆く。そのくせ、生まれてこなければ良かったと嘯く。どうしてこんなことになったんだと自らの生を呪い、出口のない葛藤の海に沈んでいく。

まるで、今の僕のように。

＊

月曜日になった。

制服に着替え、日曜の夜に十五分で書いた反省文を学生鞄に詰め込み、家を出る。学校に着くまでの間、周囲からやたらと視線を感じた。顔にまだいくつか残っているガーゼのせいだろう。休めば良かった。そんな気分になる。

教室に着く。僕はがらりと扉を開け、小さな声で挨拶をした。

「おはよう」

道すがらすれ違った人たちと同じように、クラス中の視線が僕に集中した。そのくせ挨拶を返す人間は誰もいない。無言で席に行き、机の上に鞄を置く。

背筋を、つうと撫でられた。

くすぐったさに、思わず嬌声を上げそうになった。どうにか堪えて振り返る。亮平がいつも通りの悪戯小僧の笑顔を浮かべ、僕に明るく声をかけた。

「純くん、おはよー」

――あれ？

違和感を覚えた。亮平が僕の机に座る。椅子に座る僕を見下ろす形になる。

「純くん、今日の放課後、暇？」

「暇だけど」

「ゲーセン行かない？　久々に純くんと格ゲーしたい」

「部活は？」

「サボる」

——なんで怪我に触れないの？

違和感が強くなる。間違いない。亮平は知っている。金曜放課後の事件について、誰かから聞いている。誰から。考えるまでもない。

血管が破けそうなぐらい、鼓動が速まった。

落ち着け。あいつが全部話したとは限らない。部活に来ないクラスメイトを心配して連絡を取る。喧嘩をしたという話だけを聞く。そういう流れは十分にありえる。

でも、さっき——

「亮平」

今、一番目に聞きたくない声が聞こえた。僕と同じように顔のあちこちにガーゼを帖った小野が、腕を上げて僕を指さす。

「あんまりそいつと話さない方がいいぞ」

声が、授業中に教科書の朗読をやっている時のように大きくなった。

「惚れられたら困るだろ」

教室を見回す。

教室の全員が僕たちを——僕を見ている。男子も、女子も、一人の奴も、友達といる奴も、全員。動物園の珍しい生き物を見るように、護送中の犯罪者を見るように、僕をじっと観察している。

見て見て。

あれがホモだよ。

「お前はキモいホモ野郎とは違うんだから、気をつけないと」

小野が笑いながら亮平の肩を叩いた。亮平が珍しく、険しい声を出す。

「小野っち、止めろ」

「なんでだよ。こいつは男に興奮する変態なんだ。お前なんか幼馴染なんだから一番危ないぞ。犯されるぞ」

「止めろ！」

亮平が声を荒らげた。小野が口を閉じて僕を見る。俺を敵に回すからこういうことになるんだ。そういう風に勝ち誇った目つきで、僕を見下ろす。

亮平が机から降り、床に膝をついて僕を見上げた。

「純くん。オレ、気にしてないから」

亮平がニカッと笑う。太陽みたいな笑顔。

「本当に、全然、気にしてない。教えてくれれば相談に乗ったのにとか、そういう気持ちはあるけど、純くんのことが嫌いとか気持ち悪いとか、そういうのはまったくない。

純くんは純くんだ。オレたちは何にも変わらない。だから安心してくれ」

僕は僕。気持ち悪いなんて思わない。だから僕と亮平の関係は、何も変わらない。

でもお前、さっきちんぽこ揉まなかったよな？

「――トイレ行ってくる」

席を立つ。足早に教室の出入口に向かう。背中から、小野の弾んだ声。

「いいチンポ見つけても襲うんじゃねーぞー」

亮平がまた「小野っち！」と叫んだ。僕はほとんど走るみたいに歩く。教室を出て、扉を閉めてからは本当に走る。だけど階段から上がってきた女子生徒と鉢合わせになり、足を止めた。

今、一番に聞きたくない声が、僕の耳に届く。

「安藤くん？」

三浦さんが首を傾げ、僕の顔を覗き込んだ。

「どうしたの？　泣いてるの？」

泣いている。どうして。やっと僕は、みんなに本当の僕を知って貰えたのに。亮平はそんな僕を認めてくれたのに。何が、どうして、悲しい。

「……どいて」

「でも――」

「どけよ！」

肺の空気を全部吐き出すみたいに叫ぶ。三浦さんがビクリと身体を強張らせる。僕はその横をするりと抜け、下駄箱から外に出た。誰も居ない場所を探し求めて校舎裏に辿り着き、コンクリートの段差に腰を下ろす。

ぼうっと空を見上げる。雲一つない青空が視界を埋め尽くす。帰りたい。でも今帰ったら問題になる。先生にバレる。母さんにバレる。帰れない。

戻らなくてはならない。

あの視線を、また浴びなくてはならない。

膝を抱え、背中を丸める。生まれる前からやり直させて下さい。胎児みたいに蹲りながら、僕は神様に、そう祈った。

＊

昼休み、チャイムが鳴り終わる前に僕は教室を出た。

真っ直ぐに食堂に向かい、券売機の前に立つ。素うどんを選ぶ。カウンターでうどんを受け取った後はまだほとんど人のいない食堂を歩き、一番奥の席に座った。

一口、うどんをすする。重たい。ひどく疲れているのに、何も食べたくない。僕は食事の手を止め、ぼんやりと斜め上を見上げながら、今日最後の授業に思いを馳せる。

六限目、体育。

五限目が終わったら、三階の空き教室に行く。みんながパンツ一枚になって着替える部屋で、僕も着替える。僕が同性愛者で、男の身体に興味があると明らかになっている状況で。

行きたくない。イヤだ。でも行かないで「あいつは今まで俺たちをそういう目で見ていたんだな」と思われるのはもっとイヤだ。確かに、いい身体だなと思ったりはする。ちょっと興奮したりもする。だけど男なら誰でもいいとか、いつ襲ってやろうかと舌なめずりしているとか、そんなことはない。絶対にないのに。

「安藤くん」

女性の声。僕の目が焦点を取り戻す。黄色いナプキンで包まれたお弁当箱を手に提げた三浦さんが、僕に向かってにこりと微笑んだ。

「一緒にいい？」

三浦さんが僕の前に座った。弁当箱を包むナプキンを広げて、二段になったお弁当箱を広げる。さくらでんぶのかかったご飯を食べながら、まったく動かない僕に話しかける。

「あのね、安藤くんが心配するほど、みんな気にしてないよ」

嘘だ。気にならないわけがない。

「少なくとも女子は全員気にしてない。人の話を盗み聞きして、それを周りに言いふらしちゃった小野くんの方がボコボコかな。あ、あと小野くん、途中からしか聞いてなかったみたい。だから彼氏のことはバレてないよ。良かったね」

ありえない。むしろ、女子こそ敵に回したはずだ。

「僕は三浦さんのことを騙していたから、女子受けは悪いはずだけど」

「わたしが説明した」

三浦さんの箸が止まった。僕を真っ直ぐに見ながら、口を開く。

「安藤くんが苦しんでたこと、ちゃんと説明した。そうしたら分かって貰えた。ほら——

——」

三浦さんが、恥ずかしそうにはにかんだ。

「女子は、ホモ好きだから」

そういう問題じゃない。

絶対にそんな簡単な話じゃない。三浦さんが好きなホモと僕は違う。あれはファンタジー。こっちはリアルだ。一緒にできるものじゃない。

「それとこれとは話が違う」

「ダメなの？」

三浦さんが上半身を前に傾ける。澄んだ瞳が、少し近づく。

「わたしはホモが好き。安藤くんはホモ。二人の相性は、最高」

今まで見たこともないぐらい優しい笑顔を浮かべながら、三浦さんが語る。

「それじゃ、ダメなの？」

すべてを許すような、慈愛に満ちた微笑み。初めて見た表情なのに、なぜか懐かしい。どこかで見たことがある。ずっと昔、僕がうんと小さい頃、どこかで。

ああ、そうか。分かった。

母さん――

「なー、二年のホモの話、聞いた？」

僕の背後に座った少年二人が、楽しげに会話を始めた。

「なにそれ。知らない」

「なんか二年にホモがいて、そいつがカムフラで女と付き合って、それが最近バレたんだって。部活の先輩から聞いた」

「マジで？　ガチホモ？」

「ガチホモ」

「げー、マジかよ。トイレで会ったらどうしよ」

「おれら一年だし、会わないっしょ」

「分かんねーじゃん。年下好きかもしれないし」

三浦さんの顔がみるみる強張る。僕はどんな顔をしているのだろう。分からない。分からないけれど、笑っていないことだけは確かだ。

今までは、僕が悪かった。

僕は明かしていなかった。大多数とは違う性質を持った人間がいると、確かにここに存在するのだと主張していなかった。だから誰かから悪意なく僕の神経を逆撫でするような発言が飛び出しても、我慢しなくてはならなかった。隠している僕が悪い。嘘をついている僕が悪い。そう思うしかなかった。

でも、今は違う。

僕は明かした。同性愛者はツチノコやネッシーのような未確認生物とは違うと知らしめた。彼らはそれを知った上で語っている。同じ学校に同性愛者が存在することを認識しながら、昼下がりの食堂なんていう大量に人間の集まる場所で、堂々と世界を簡単にしている。

摩擦をゼロにするな。空気抵抗を無視するな。

僕を、消すな。

「自衛しろ、自衛」

「顔も知らないのにどうやって自衛すんだよ」

「小便してる時に隣に来てちんこガン見してくる奴がいたら警戒」

「そんな奴、言われなくても警戒するわ！」

わざと音を立て、勢いよく立ち上がる。

一口だけ食べたうどんを載せたトレーを抱え、背後を振り返る。僕から見て奥に座っている眼鏡をかけた少年が、僕の視線に気づいた。手前に座る短髪の少年も続けて僕に気づく。見覚えはない。僕のことを何にも知らないはずの一年坊主。

二人をじっと見つめる。僕の顔に貼られたガーゼを見て、少年たちが何かに気づいた表情をする。僕は、言った。

「てめえらのちんこなんか見ねえよ」

トレーを持ってテーブルから離れる。ほとんど丸々残ったうどんを食器返却口に返して食堂を出る。三浦さんは、追いかけてこなかった。

＊

六限目になる。

梅雨なのに空はカラカラの快晴。絶好の運動日和。分かっている。神様という奴はとんでもなく性格が悪い。そうじゃなきゃ僕のような人間は生まれない。

ジャージと体育着を入れた袋を持って空き教室に向かう。中のわいわいと楽しげな雰囲気が扉から漏れてくる。自然に、さりげなく。自分に言い聞かせ、深呼吸をしてから扉を開ける。

会話が、ピタリと止まった。

誰かが黙る。話している奴のボリュームが相対的に大きくなる。目立つからそいつも黙る。そういう沈黙の連鎖が一瞬で広がった。僕は誰の顔も見ないまま教室の奥に行き、みんなに背中を向けながら、夏服シャツのボタンを一つ外す。

左肩を、物凄い力で引っ張られた。仰向けに尻もちをつき、床に手をついて上半身を起こす。冷徹な目で僕を見下ろす小野と視線がぶつかった。小野は自らの要求を、端的に、分かりやすく告げる。

「出てけよ」

小野は続けて、要求の理由をこれまた分かりやすく告げる。

「ホモがいると着替えらんねえだろ」

僕はゆっくりと立ち上がり、パンパンと身体についた埃を払った。

「どうして」

「お前のオカズになる気はねえんだよ」

「そんなことしない」

「変態ホモの言うことなんて信用できるわけねえだろ」

うるせえ、ナルシスト。お前は女なら無条件でちんぽこ勃つのかよ。だいたい、仮に僕がお前をオカズにしたとして、それの何が悪いんだよ。お前だってタイプの女子をオカズにして抜いたことぐらいあるだろ。

小野が僕を睨む。僕は小野を睨み返す。緊迫した雰囲気の中、亮平が間に入った。

「小野っち！　本当にいい加減にしろよ！」

小野が、やれやれという風に肩を竦めた。

「俺はみんなが思ってるけど言えないことを代表して言ってるだけだぞ」

「ふざけんな！　オレはそんなこと思ってねえよ！」

「本当に？」

小野が亮平を見つめながら、僕を指さした。

「お前はコイツのこと、本当に気持ち悪くねえの？」

亮平が顎を引く。勢いが、明確に削がれた。

「男のチンポが好きで、男に自分のチンポ勃たせてるコイツのこと、理解しちゃうの？」

教室の全員が着替えの手を止めて諍いを眺めている。答えを待っている。亮平はわずかに俯きながら、ボソボソと答えた。

「今はそういうの、気にしない時代だろ。それに好きでそういう風になったわけでもないんだ。もちろん、病気でもない。だから——」

「質問に答えろ」

強い口調で、小野が亮平の言葉を遮った。

「時代がどうとか、好きでなったわけじゃないとか、病気じゃないとか、そんなのはどうでもいいんだよ。こっちには何の関係もない。大事なのは——」

小野が再び僕を指さす。教室中に響き渡るような大声を上げる。

「俺たちが、コイツを気持ち悪いと思うかどうかだろ！」

俺たち。「僕」と「それ以外」という風に、重複なく漏れなくクラスを分類する言葉。もちろんお前は「それ以外」の方だよな。そういう風に暗に問いかける単語。

「亮平。もう一回聞くぞ」

僕に人さし指を向けたまま、小野が亮平に迫る。

「お前はコイツが気持ち悪くないのか？」

僕と亮平が出会ったのは、僕の両親が離婚してすぐのこと。

離婚した後、母さんは古くからの友人を頼り、僕を連れて今の住まいに引っ越した。僕は探検がてら近所を散歩し、そのうち公園に辿（たど）り着いた。僕と亮平がそれから長いこと溜（た）まり場にする公園。

公園にはたくさんの子どもたちがいた。だけど僕は話しかけられなかった。ベンチに座って、砂場やブランコではしゃぎまわる子どもたちを、ルールの分からないスポーツの試合を見るようにぼうっと眺めていた。

一人、ものすごくうるさい奴がいた。

そいつは僕と同じぐらいの年の男の子で、友達と鬼ごっこをやっていた。鬼に追いかけられながら「ぴぎゃー」とか「わぎゃー」とか叫びながら公園を走り回っていた。鬼に追いかけられていない時も「うびゃー」とか「ひびゃー」とか叫びながら走り回っていた。そのうちはしゃぎ疲れたのか足を止め、僕の方を向いた。そいつ――亮平はベンチに駆け寄って僕の隣にヒョイと座り、鬼ごっこを続ける友達をまるっきり無視して僕に話しかけてきた。

「なー、お前、この辺の奴じゃないよな」

まんまるの目を輝かせて、亮平が僕を見つめる。僕は、たどたどしく質問に答えた。

「えっと、引っ越してきたばっかり」

「そーなんだ。どこから来たの？」

「千葉」

「いくつ？」

「五歳」

「同じだー。名前は？」

「大石（おおいし）……じゃなくて、安藤純」

亮平が、パチパチとまばたきを繰り返した。

「名前二つあるの？」

「変わったんだ。父さんがいなくなっちゃったから」

「そうすると名前変わるの？」

「変わるみたい」

開いた足の間に両手をつき、ぷらぷらと落ち着きなく前後に揺れながら、亮平が「そっかー」と呟（つぶや）いた。そして顔をくしゃくしゃにして、僕に笑いかける。

「じゃあ、純くんだ」

純くん。純くん。純くん。

亮平が僕を呼ぶ響きは、いつも温かかった。僕は、そういう風に僕を呼んでくれる亮平が「大好き」だった。中学生の時に五十過ぎた男の先生を好きになって、自分の性指向を自覚しても、その「大好き」は変わらなかった。やがて同じ高校の同じクラスになり、「オレと純くんは運命の赤い糸で繋がってるな」と笑う亮平に、僕は「そうかもね」と笑い返した。赤い糸ではないけれど、何かしらの運命的な繋がりはあるんだろうな。本気でそう思った。

だから、僕は分かる。

小野に迫られ、顔全体を下側に引っ張られたように眉尻も目尻も口角も下げて、申し訳なさそうな表情をしている亮平が何を考えているか、僕には分かる。

「オレは――」

いいよ。

無理しないでいい。

「分かった」

声を張る。亮平に注目していた全員が、一斉に僕を向く。

「分かった。出て行く。確かに、僕がいたら着替えづらいよな」

小野がふんと鼻を鳴らし、亮平が顔を伏せた。僕は身体中に突き刺さる視線を感じながら、悠々と、教室の奥に向かって歩き出す。

出て行くと言って奥に向かう僕を前に、視線の質が興味から困惑に変わった。やがて僕が窓際に着き、ガラリと音を立ててガラス窓を開いた時、その視線は困惑から驚愕に変わった。

亮平が、大声で叫んだ。

「純くん！」

窓枠のサッシに手をかけて、その上に乗る。背中を外側に向け、教室のみんなを見下ろすように窓枠の上に立つ。高く昇った太陽の光が首筋に当たって、皮膚がちりちりと焦げる。

「亮平」

僕は、笑った。

「今まで本当にありがとう。僕が今日まで頑張れたのは、亮平のおかげだ」

「純くん！　止めろ！　オレは――」

「僕さ、亮平とセックスする夢見たことあるんだ。すごい変態だろ」

亮平の言葉が止まった。だけどすぐ、再び口が動く。

「それが、何だよ」

真っ直ぐに僕を見つめながら、亮平が語る。

「オレだって、英語の藤センとセックスする夢見たことあるぞ。あのババアの赤いブラがシャツ越しにスケスケだった日があったんだ。その日に見た。オナ禁すれば頭良くなるって聞いたから、オナ禁チャレンジ中でさ、起きたら夢精してた。四十過ぎたデブ女とセックスする夢見て夢精だぞ。引くだろ。オレって、変態だろ」

　僕は答えない。笑顔を貼り付けたまま、穏やかに亮平を見下ろす。亮平が隣で俯く小野の背中をドンと押した。

「小野っち！　早く謝れよ！」

　小野は動かない。教室の床を見つめて微動だにしない。僕は、優しく語りかける。

「小野」

　小野の背中が、ビクリと上下した。

「大丈夫。お前のせいじゃない。ここにいるみんなが証人だ」

　誰のせいでもない。僕が悪い。僕が、こういう風に生まれてしまったから。

「僕は疲れた。こんな人生、これ以上やってもしょうがない。ここで終わらせたい。それだけなんだ。だからお前は、関係ない」

　小野がゆっくりと顔を上げた。いやに澄んだ、真摯な目で僕を見つめる。

「安藤」

　――止めろ。今更、そんな目で僕を見るな。諦めきれなくなるだろ。

「バイバイ」

　両腕を広げ、窓枠を蹴る。

　心臓がふわりと浮かび上がる感じがした。ジェットコースターでてっぺんから落ちる時と同じ感覚。うんと小さい頃に父さんと行った遊園地のことを、その時はジェットコースターなんか乗っていないのに、なぜか思い出した。

ごめん、ミスター・ファーレンハイト。

約束、守れなかった。『QueenII』を君の彼に返さないまま、僕は君と同じ地獄に行く。『アナザ・ワン・バイツァ・ダスト』。地獄へ道連れ、だ。いいだろ。君だって、僕に何の断りもなく死んでしまったんだから。

身体が宙に浮かぶ。摩擦がゼロになり、空気抵抗が強くなる。閉じた瞼（まぶた）の裏に、優しく笑う母親に見守られながら、同じように笑う父親に向かって、小さな身体を一生懸命に使ってボールを投げる男の子の姿が浮かんだ。いつか三浦さんと見た光景。

ああ。

本当に欲しかったな。

僕の、家族――

＊

頬に水滴があたった。

生温かい水。僕はうっすらと目を開ける。青空を背景に、僕を覗（のぞ）き込んでボロボロと泣き崩れる女の子の顔が視界を埋め尽くした。

「……三浦さん？」

三浦さんが大きく身体を震わせた。僕には見えない誰かに向かって声を張り上げる。

「起きた！　起きました！　生きてます！」

言葉を聞き、僕は他人事のように事態を理解する。そうか。失敗したんだ。三階程度では足りなかった。

全身が痛い。内側も外側も全部痛い。身体がまだ生きたいんだと悲鳴を上げている。心はもう、とっくに死んでしまったのに。

「どうして——」

三浦さんが僕を見つめる。大粒の涙がどんどんと落ちてくる。

「どうして、こんなことするのよぉ……」

——泣かないで。

泣かないで。僕は、ちゃんと君が好きなんだ。君が嬉しいなら僕は嬉しい。君が悲しいなら僕は悲しい。ただちんぽこが、ちんぽこがどうしても勃ってくれない。本当にたったそれだけの、単純で、どうしようもない話なんだ。

涙を拭うため、右腕を上げようと試みる。そこは使えないぞと告げるように激痛が全身に走る。肩か、腕か、とにかくどこかの骨が折れている。

身体から力を抜き、三浦さん越しに空を見上げる。鮮やかな青色が網膜に突き刺さり、僕の両目から涙を引き出す。三浦さんの涙と僕の涙が、僕の頬の上で混ざり合い、つうと乾いた地面に落ちる。

病気だと言ってくれ。
原因のある疾患なんだと、治療をすれば治る病なんだと言ってくれ。
その為なら僕は、この腕の一本ぐらい、捧げても構わない。

僕の身体は、僕が思ったより傷ついていなかった。

植え込みに背中から、受け身を取るように落ちたのが良かったようだ。右腕は完全に折れていたし、肋骨にも何本かひびが入っていたけれど、一ヶ月ほど入院すれば後は通院でどうにかなるらしい。「期末テストにも間に合うよ」。医者は、そう言って笑った。

大部屋が空いていなかったから、入院は個室になった。そのうち大部屋が空いたら移る予定。昼の仕事を早退して病院に来た母さんは、ベッド脇のソファに座りながら「個室って高いのね。あんたの進学費用が吹っ飛んだわ」と笑った。

「大学は国立しか行かせないからね。自分のせいなんだから、我慢しなさいよ」

僕は「分かった」と頷いた。会話が止まる。沈黙が生まれる。話すことが何もないから生まれる沈黙と、話したいことを塗りつぶすために生まれる沈黙は違う。僕と母さんの間に流れている沈黙は、明らかに後者。

「純くん、男の人が好きなんだってね」

ヒビの入った肋骨に、鋭い痛みが走った。

「びっくりしたけど、ちょっと納得しちゃった。アイドルとか女優とか、まったく興味なかったものね。少し変だなーとは思ってたから」

母さんが、僕に向かって弱々しい笑みを浮かべた。

「彼氏はいるの？」

首を横に振る。母さんは「そう」と呟き、俯いた。そして、ポツリと言葉をこぼす。

「間違いないの？」

何が言いたいのかは、すぐに分かった。

「誰にだって同性に憧れる時期はある。母さんも学生の頃、とても素敵な先輩の女性がいて、その人と話すことが本当に嬉しい頃があった。そういう風に人に憧れる気持ちを恋だと勘違いしている。もしかしたら、そうなんじゃないの？」

とっくの昔に僕が検討して廃棄した仮説を、母さんが語る。そうであって欲しい。そうであってくれ。昔の僕と同じ、そういう気持ちで。

「彼女だって、ちゃんといたんでしょ？」

ちゃんと。これが正しい。そう示すための言葉。

「――ふざけんなよ」

一言言ってしまえば、もう止まらない。満杯に水が入ったペットボトルを、蓋を外してひっくり返したように、次から次へと言葉が溢れてくる。

「間違いないに決まってんだろ。ずっと悩んでたんだ。なにかの間違いなんじゃないかって、そのうち僕も女の子を好きになるんじゃないかって、僕が、僕自身が一番、期待しながら生きてきたんだ。男の人が好きな自分が嫌で嫌でたまらなくて、でもやっぱり男の人しか好きになれなくて、もがき苦しみながら受け入れたんだ。そういうの、分かってんのかよ。欲しくもない彼女を欲しがらなくちゃいけない。好きでもないアイドルを好きだと言わなくちゃならない。友達は何歳までに結婚したいとか子供は何人欲しいとかぼんやりした将来の話をしているのに、一人どっかのアパートで誰にも気づかれないで孤独死するリアルな未来が頭から離れない。そういう風に生きている僕の気持ちが、母さんに分かるのかよ。だいたい、母さんにだって責任はあるかもしれないんだ。同性愛は生まれつきのもので先天的要素が強いなんて言われているけれど、実のところはまだ明確には分かってない。仮に生まれつきだとしても、同性愛因子が発現に至るのは環境の影響が大きいという説もある。だから、母さんが離婚して僕から父親を奪うから、僕は父親の愛情を求めて同性愛者になった可能性だってあるんだ。母さんが離婚しなければ、僕は同性愛者にならないで、こんな苦しみを味わわないで済んだかもしれないんだ。なんで離婚したんだよ。なんで僕から父さんを奪ったんだよ。なんで——」

両目から、ポロリと涙が溢(こぼ)れ落ちた。

「なんで、僕なんか産んだんだよ」

もう、イヤだ。

こんな人生はイヤだ。リセットしたい。なかったことにしたい。どうして僕がこんなに苦しまなくちゃならないんだ。僕は生まれてきただけ。ただそれだけなのに。

「なんで、僕は、まだ生きてるんだよ」

シーツをギュッと掴む。ポタポタ落ちる涙を見つめる。声は上げず、肩を震わせることもせず、ただひたすらにシーツに水滴を落として薄いシミを広げる。

ふんわり、柔らかい匂いが僕を包んだ。

母さんが僕の頭を守るように抱く。細い手がゆっくりと僕の頭を撫でる。子猫の毛づくろいをしてやる親猫のように、優しく撫で続ける。

「ごめんね」

穏やかな声が、頭の上から聞こえた。

「ごめんね」

視界がぼやける。もう、何も見えない。僕は母さんの胸に顔をうずめた。そして止まらない涙を服で拭いながら、小さな子どもみたいに「うん」と頷いた。

＊

入院二日目、亮平と三浦さんがお見舞いにやってきた。

クラスのみんなでお金を出し合って買ったという、フルーツゼリーの詰め合わせを持ってきた。ベッド脇の丸椅子に座って貰い、三人で三個、その場で開けて食べる。亮平は美味い美味いと言いながら一個目のオレンジのゼリーをあっという間に食べきり、物欲しそうな目で僕を見ながら言った。

「ねー、純くん。もう一個食べていい？」

「いいよ」

「ありがとー。純くん、大好き」

亮平が二個目のピーチに手を伸ばす。三浦さんが、呆れた顔で言った。

「お見舞い品を自分でおかわりする人、初めて見たわ」

「いやー、純くんの顔見たらなんか安心しちゃってさー」

あむとゼリーを頬張りながら、亮平が僕に尋ねる。

「どんぐらいで学校来れるの？」

一瞬、誤魔化すかどうか悩んだ。だけど言うことにする。

「もう行かないかも」

亮平と三浦さんが、揃って大きく目を見開いた。

「母さんの親戚の家が大阪にあるんだ。そこに身を寄せる形で転校する話が出てる。まだ決めたわけじゃないけどね」

戻りたくないなら戻らなくていい。辛いなら逃げてもいい。何があっても絶対に見捨てないから安心してくれ。

母さんはそう僕に語った。僕はすぐに答えを出せず、「考えさせて」と返事をした。

母さんは「いくらでも考えなさい」と言った。「考えているうちに考える暇もないぐらい忙しくなっちゃうのが一番いいかもね」と言いながら、笑った。

三浦さんが眉を大きく下げ、僕に語りかける。

「安藤くん。大丈夫だよ。何かあったら、わたしや高岡くんが絶対に守る」

「ありがとう。でも、そんな甘えるわけにはいかないよ」

「甘えたっていいだろ」

亮平が、少し強めに言葉を発した。

「甘えろよ。純くんはいつも、それが下手くそなんだ」

分かってるよ。僕はきっと甘えるのが下手で、だから思いきり甘えたくて、年上の恋人を選んでいる。自己分析はできている。

「そうかもね」

さらりと流す。流された亮平が不満そうに口を尖らせた。そしてゼリーを一息に食べきるといきなり椅子から立ち上がり、三浦さんに告げる。

「三浦、オレ、ちょっと席外すわ」

「え？」

「頼んだぞ」

亮平が個室から出て行った。ポカンと呆ける三浦さんが後に残される。唐突過ぎて、ついていけていない。

「……えっと」三浦さんがたどたどしく話し始めた。「わたしね、個人的に、お土産持ってきたんだ」

三浦さんが学生鞄を膝の上に置き、ごそごそと漁り出した。そしてずっしり重たい紙袋をベッドの上に置く。中を覗くと、ブックカバーのかかった本がたくさん。

「なにこれ？」

「BL本」

僕は、紙袋を覗いたまま固まった。

「入院中、暇かなと思って。安藤くんのために年の差モノ中心にセレクトしたから、良かったら読んで。読んだら感想教えてくれると嬉しいな。なかなか、本物の人にそういうこと聞く機会ないから」

三浦さんが椅子から立ち上がり、僕の左側に回った。仰々しく固められた右腕とは対照的に、何の装飾も施されていない左腕を両手で摑み、僕の左手をそのまま自分の胸の上に持っていく。

「安藤くんに知ってもらいたいの」

ぷにぷに。おっぱいの感触が伝わる。

「わたしが安藤くんを知ったように、安藤くんにもわたしを知ってもらいたい」

ドクドク。心臓の鼓動が伝わる。

「わたしのこと、分かって。どういう人間か理解して。それから、ちゃんと話をしよう」

僕の左腕から三浦さんの手が離れた。支えを失って、手がベッドに垂れる。

「高岡くん呼んでくる。BLの話は内緒にしてね」

三浦さんがBL本の紙袋をベッド脇のラックにしまい、個室の出入口に向かった。だけどその途中、何かに気づいたようにピタッと足を止めて振り返る。

「言っておくけどわたし、まだ安藤くんと別れたつもりないから」

三浦さんが右手のひとさし指と親指で銃の形を作り、僕に銃口を向けた。

「そう簡単には逃がさないよ」

バン。

銃を撃った反動みたいに、三浦さんがひとさし指を軽く上に向ける。そして個室から出ていく。撃たれた僕は、死んでいなかった。死んでいなかったけれど、確かになにか、熱い、弾丸のようなものが、胸の中に残っていることは感じていた。

＊

入院三日目、電話がかかってきた。

僕は三浦さんが置いていったBL本を読んでいた。漫画。生徒と教師もの。生徒は、僕とは似ても似つかない純粋で一途で積極的な高校生。教師は、僕の初恋の先生とちょっと似ている優しくて穏やかな国語教師。僕もあの時、これぐらいガンガン行っとけば良かったのかな。そんなことを考えながら読み進めていると、枕元のスマホが震えた。

手に取って画面を確認する。まだ代替機だから画面に出るのは番号だけ。記憶にない番号だった。とりあえず、通話にする。

「もしもし」

「もしもし。純くんかい？」

脊髄に、痺れが走った。

どうりで記憶にないわけだ。番号の交換はしたけれど一度も電話がかかってきたことはない。だから、数字の羅列を目にする機会がほとんどなかった。

——マコトさん。

「……こっちから連絡するまで待って欲しいって言ったでしょ」

「あれから何日経っていると思っているんだ。心配にもなるよ」

「せめてメールにしてよ」

「返信がこない気がしたからね」

いい勘だ。絶対に、返さない。

「大丈夫なのか？」

「うん。あの子との話はちゃんとついた。マコトさんに迷惑をかけたりは——」

「そうじゃない。純くんは、大丈夫なのか？」

俯く。視界にがっちり石膏で固められた右腕が入る。大丈夫ではない。

「……平気だよ。何ともない」

沈黙。やがてまったく流れを無視した言葉が、マコトさんから届いた。

「今度、近いうちに会おう。いつがいい？」

僕を心配してくれている。それが伝わる。だけど今は——困る。

「入院してるから、近いうちは無理」

「入院？」

「うん。駅の階段で転んで、骨折っちゃって。だから連絡できなかったんだ」

嘘をつく。マコトさんが「大変じゃないか」と驚いた。

「どこを折ったんだ？」

「右腕と、あと、色々なところにヒビ」

「そんなに派手に転んだのか？」

「うん。でも七月ぐらいには退院できる予定だから、心配しないで」

「分かった。じゃあ、退院したら会おう」

「でも完治まではまだかかるし、会っても何もできないよ」

会話が止まる。それから、少し寂しそうな声。

「構わないよ。そういうことをしたいから会いたいわけじゃない」

自分が「どうせセックスしたいだけでしょ」と言ったも同然なことに気づく。僕は「ごめん」と謝った。マコトさんは「いいよ」と許してくれた。

しばらく話してから電話を切り、BL本の読書を再開する。主人公の高校生男子に片思いしている友人（男）や、主人公が好きな国語教師に惚れている同僚教師（男）とのいざこざを経て、メイン二人が結ばれてハッピーエンド。ベタベタで甘々な結末。

本を閉じ、スマホを手に取る。代替機の間はこっちに連絡してくれと、お見舞いの時に改めて教えてもらった三浦さんのメールアドレスを呼び出す。

『本、一冊読んだよ』

短文を送る。返事はすぐに届いた。

『どうだった？』

僕は素直に、率直に、本を読んで最も強く感じた想いを三浦さんに伝えた。

『ホモ多すぎ』

＊

受け取ったBL本は三日で読み切った。それを伝えると三浦さんは翌日、別のBL本を持参して病院に現れた。二回目供給分を読み切った後も同じことをした。「在庫はまだまだあるから安心して」。僕の入院生活がBL漬けになることが確定した。

三浦さんがいつか言った「ホモなら何でもいいわけじゃない」という言葉は、びっくりするほど大嘘だった。守らなくてはならないのは「男同士である」というただ一点のみ。少年、青年、壮年、文化系、運動系、真面目系、ヤンチャ系――ありとあらゆる男たちがありとあらゆる組み合わせで絡んだ。僕が昔読んでいたスポーツ少年漫画の二次創作もあり、味方チーム全員ホモ、ライバルチーム全員ホモ、ついでに監督もホモというとんでもない事態になっていた。原作では彼女持ちのキャラクターもいたけれど、問答無用でなかったことにされていた。

ＢＬ本を読み進めて行くうちに、僕は最初に送った『ホモ多すぎ』という感想を考え直すようになった。四人は少ない。自称どこにでもいる男子高校生（まだホモじゃない）が従兄弟のお兄さん（ホモ）の紹介で、老紳士（ホモ）が経営する喫茶店で働き、そこで五人組ロックバンド（全員ホモ）のボーカルに惚れられ、ライバルの四人組バンド（全員ホモ）に襲われ、自暴自棄になるも父親（ホモ）と母親（ホモ）に慰められ――という話を読んだ時はさすがに辟易した。母親（ホモ）の意味は、僕にも分からないから説明できない。何の前フリも解説もなく男なのだ。認めるしかない。

大部屋のベッドに寝転がりながら、修理から帰ってきたスマホのＳＮＳアプリを使って三浦さんに感想を送る。

『ホモ多すぎ』

三浦さんからの返信は、思いのほか長かった。

『今まで言わなかったけれど、ＢＬ本はＢＬ星っていう架空の星が舞台なんだ。ＢＬ星人は染色体異常で女性人口が極端に少なくて、雌を獲得できないストレスから命を失う個体が後を絶たなかった。だから男性同士で性的欲求を覚えるように進化したの。興奮時に排出される潤滑性体液は進化の賜物。地域によっては妊娠可能な個体も確認されている。種の保存欲求ってすごいよね』

なるほど。ファンタジーではなくSFだったようだ。

『BL星はいいよね。ホモが前向きで』

冗談っぽく、本気のメッセージを送る。BL星人たちは年齢も職業も見た目も性格も多種多様だったけれど、男であることと、自分の性指向にやたらめったら肯定的なことだけは共通していた。たまに悩んだりもするけれど最後にはあっさり受け入れてしまう。いつも鼻先三十センチぐらいのことに全力投球していて、小難しい未来は考えていない。それはとても、羨ましかった。

『僕もBL星に行きたいな』

同情を誘うメッセージ。慰められるかな。少し、アンニュイな気分になる。

予想は外れた。

『わたしも』

笑った。笑い過ぎて肋骨がめちゃくちゃ痛んで、ナースコールを押すハメになった。

＊

退院直前、病院に訪れた三浦さんはBL本を持っていなかった。代わりにベッド脇の椅子に腰かけながら、退院祝いのクッキー缶を僕にくれた。

「退院おめでとう」

「ありがとう。三浦さんのBL本を読み尽くす前に退院できて良かったよ」

「大丈夫。まだ半分も読んでないから」

五十冊以上は読んだはずだ。僕は苦笑いを浮かべた。

「ところで、退院したら学校には来るの？」

質問に、僕は首を横に振った。

「とりあえず夏休み前は行かないことにした。ギプス外れないし、目立つから」

人目が気になるとそれとなく告げる。三浦さんが「そっか」と目を伏せた。そして口をもごもごと動かし、言いにくそうに喋りだす。

「終業式だけは、来てくれないかな」

「どうして？」

「コンクールに出す絵を描いてるって言ったの覚えてる？　あれが入賞したの。それで終業式で賞状貰うから、安藤くんに見て欲しい」

「ああ、おめでとう。でも、どうして僕に見て欲しいの？」

「……自分の晴れ舞台を彼氏に見て貰いたくない女の子がいる？」

三浦さんが頬を膨らませた。

「わたしのことを騙したの、ちゃんと悪いと思ってるなら、それぐらいはしてくれてもいいんじゃない？」

痛いところをつかれた。三浦さんが眼力を強め、引く気はないぞという意志を見せつける。僕は、押せない。

「……分かった。検討する」

「ありがとう。絶対に来てね。約束だからね」

さらっと検討が約束に格上げされた。三浦さんが「ところで」と椅子から立ち上がり、ベッドの端に手をついて僕に顔を寄せる。

「この入院期間でわたしのこと、分かってくれた？」

消毒液の臭いが、女の子の匂いに上書きされる。僕はたじろぎながら答えた。

「ホモが好きな女の子なのは分かったよ」

「他には？」

黙る。三浦さんは椅子に座り直し、不満そうに口を尖らせた。

「わたしの構成要素は『ホモ好き』が１００％なの？」

「だって、ＢＬ本読ませて貰っただけだし」

「そこから派生できるでしょ。例えば——」

三浦さんが胸を寄せるように腕を組み、少し前かがみになった。

「ホモが好きだからホモの安藤くんも好き、とか」

——わたしはホモが好き。安藤くんはホモ。二人の相性は、最高。

いつかの言葉。思い出しながら、僕は言い切る。

「BL星人と地球人は違うよ」

三浦さんの目線が、わずかに下がった。

「BL星人は環境に適応して進化したんでしょ。僕は真逆。生物が種の保存欲求に従って進化するなら、真っ先に淘汰されてしかるべき存在だ」

「……でも、淘汰されてないよ」

「そうだね。だから、もしかしたら必要な存在なのかもしれない。でもそうなると必要な理由が分からない。僕も考えてはいるんだけど、答えが出ないんだ」

ミスター・ファーレンハイトの宿題。入院中もずっと考えていた。答えが出たら『QueenII』を供えに行こうと思っていた。だけどまだ、出ていない。

神様。なぜあなたは、僕のような存在をお創りになるのですか。

必要だからですか。

それとも——

「——わたしは」

三浦さんが、何か大切なことを言うように、大きく口を開いた。

「世界からホモがなくなるのは、困るかな」

三浦さんは僕から目を逸らし、手持無沙汰に髪を弄り、何だか恥ずかしそうだった。

秘蔵のエロ本をさんざん他人に読ませておいて、いまさら恥ずかしがる。矛盾した行動が何だかおかしくて、思わず、笑った。

「そうだね」

＊

七月最初の土曜、マコトさんに会うために『’39』に出向いた。

ギプスで固めた腕を三角巾で吊った僕を見て、ケイトさんは「どうしたの？」と目を丸くした。カウンター席に座りながら「駅で転びました」と説明する。ケイトさんは「おまぬけねえ」と呆れながらカフェラテを差し出し、カウンターに頬杖をついた。

「『おまぬけ』って、素敵な日本語よね」

「そうですか？」

「そう。とてもFoolishな感じがするわ。おまぬけ」

僕をからかい、くすくすとケイトさんが笑った。マシュマロみたいに白くて柔らかい肌が優しく歪む。イギリス。日本との時差九時間。距離9000キロ以上。海を越えて、大陸を越えて、極東の島国に辿り着いた同性愛者の女性。

ほとんど無意識に、言葉が飛び出した。

「ケイトさんは、どうして日本でお店を開こうと思ったんですか？」

青色の瞳（ひとみ）がきょとんと見開かれた。カフェラテの香りが、少し強くなる。

「ケイトさんの国の方が、僕たちみたいな人間は生きやすいのに」

頬杖をつきながら、ケイトさんが「そうねえ」と天井を見上げた。ゆったりと回るシーリングファンが沈黙を掻（か）き乱す。BGMとして流れている『レディオ・ガ・ガ』がアウトロに入る。ケイトさんが僕に視線を戻した。

そして、微笑む。

「世界を股（また）にかけて旅をして、世界中の女の子を股に挟んで、日本の女の子が一番Cute だと思ったからよ」

音楽が切り替わった。

聖歌隊を思わせる分厚いコーラスが店に響く。QUEEN代表作の一つ、『サムバディ・トゥ・ラブ』。邦題、愛にすべてを。

「もし純くんが、いつかワタシの国に行こうとしているなら申し訳ないけれど——」

ケイトさんが頬杖を外し、身体（からだ）を起こした。

「国や世間が認めている認めていないって、あんまり関係ないわよ。どこにいても自分を認めている人は Happy だし、自分を認めていない人は Stress（ストレス） を溜（た）めている」

ギプスの中で、右腕がズキリと痛んだ。

「もちろん、周りが認めてくれるから自分を認められる Case（ケース） もあるし、Family の話もあるから、どこも一緒とは言わない。世界にはワタシたちのような人間に Penalty（ペナルティ） を与える国もあるしね。でもそういう国ほど Exotic(エキゾチック) な女の子が多いのよねえ。困っちゃうわ」

ケイトさんが伸びをした。そして座る僕を見下ろし、口を開く。

「何かあった？」

ビクリと肩が大きく上下した。ケイトさんが「おまぬけ」と愉快そうに呟(つぶや)く。

「安心して。聞かないから。ただ一つ Advice(アドバイス) させて」

ケイトさんが、細長いひとさし指を顔の前に立てた。

「逃げてもいい。でも自分からは絶対に逃げ切れないわよ。今じゃなくてもいいから、どこかで戦う覚悟を決めなさい」

カランコロン。

扉のベル。バッと入り口を向く。マコトさんではない、知らない女の人。

「純くん。来る前に言っておくけれど、アレには期待しないようにね。大事なことは全部はぐらかしちゃう、ズルい男なんだから」

ケイトさんがやってきた女の人のところに向かいつつ、小声で悪態をついた。

「だから息子にも嫌われるのよ」

＊

マコトさんと合流した後は、新宿御苑(ぎょえん)に向かった。

七月の陽気を全身に浴びながら、緑溢れる園内をゆったりと歩く。六つの花弁が大きく広がった白い花を見て、マコトさんが「クチナシの季節か」と呟いた。クチナシ。聞いたことはある。だけどああいう花だったとは知らなかった。

「詳しいね」

「植物に興味があるんだ。学生時代から家庭菜園をやっている」

家庭菜園。どう見ても大自然よりビル街が似合う人なのに、意外だ。含み笑いを浮かべる僕を、マコトさんが不思議そうに覗き込む。

「どうした？」

「意外だなーと思って」

「ああ、よく言われるよ」

木漏れ日に輝く林道を歩く。いつも時間に追われて、会ったらセックスして別れるというパターンばかりだから、こういうデートは珍しい。

錦鯉が泳ぎ回る大きな人工池に辿り着いた。池に臨む休憩所に並んで腰かけ、こんもりと茂る低木や石造りの灯籠をぼんやりと眺める。人は他に誰もいない。静かで穏やかな時間。マコトさんが額の汗を拭い、ふうと息を吐いた。

「疲れたな。こんなに歩いたのは久しぶりだ」

「まだそんなに歩いてないよ」

「純くんとは体力が違うんだよ。あまりおじさんをいじめないでくれ」

マコトさんが笑った。僕も笑い返す。笑いながら、さらりと言う。

「ねえ、マコトさん。一つ聞いていい？」

「なんだ？」

「奥さんのこと、愛してる？」

聖域中の聖域。

僕たちが僕たちであるために絶対に触れてはいけない場所。佐々木誠の急所。そこにナイフを突き立てる。通りすがりに、通り魔のように。

あっという間にマコトさんから笑顔が消えた。怒りながら泣いているような、複雑な顔で僕を見る。そのうちに僕から顔を逸らし、池を眺めながら独り言のように呟いた。

「愛していない」

マコトさんが薄く唇を噛む。——ごめん。もう二つ、聞かせて。

「僕のことは、愛してる？」

「ああ。愛しているよ」

「じゃあ、僕と奥さんが同時に川で溺れていたら、どっちを助ける？」

よくあるたとえ話だ。

親と恋人。息子と娘。もしも甲乙つけがたいほど愛している人たちが同時に命の危機に陥ったら、どちらを助けるか。正解のない、ただ愛情を測るためだけに存在する厭らしい質問。

じゃあもし、愛している人と愛していない人だったら？

愛せる人と愛せない人だったら？

「――純くん」

マコトさんが僕の方を向いた。

「今日はどうした。本当に大丈夫なのか？　何かあったんじゃないのか？」

心配しながらはぐらかす。ケイトさんの言う通りだ。ズルい男。

「大丈夫だよ。色々あって大変だったけれど、今は平気」

色々。言葉で靄をかける。「この先は断崖絶壁かもよ」と示して退かせる。僕もマコトさんに負けず劣らず、ズルい男。

「……そうか。純くんがそう言うなら、それでいいよ」

マコトさんの大きな手が僕の頭を撫でた。温かくて優しくて気持ちいい。こんな心地よくごまかしてくれるから、ごまかされてもいいなんて思ってしまう。

身体をマコトさんに傾ける。マコトさんが僕の肩を抱き、顔を近づける。僕は応えて振り向く。唇が重なる。舌が絡み合う。煙草の味。ちんぽこが、ビンビンになる。

マコトさんがゆっくりと僕から唇を離した。そしてまた僕の頭を撫でながら、小さな子をあやすみたいに言う。

「本当に辛くなったら、必ず言うんだぞ」

もし僕がマコトさんに相談を持ちかけたら、どうなるか。

きっとマコトさんは真摯に話を聞いてくれる。うんうんと頷いて、今みたいに僕の頭を撫でたりしながら、いつまでも聞き続けてくれる。そして話し終えた僕にキスをする。怪我が治っていればセックスをする。僕は一歩も進まないまま、一つも解決しないまま、何だかそれで満足してしまう。

「——うん」

決めた。

終業式、出よう。

＊

終業式の日は、快晴になった。

まだギプスを嵌めたままだったので、制服を着る作業を母さんに手伝って貰った。シャツに僕の腕を通しながら、母さんは「本当に行くの？」と僕に聞いた。僕は「行くよ」と答えた。母さんはそれから、何も言わなかった。

電車に乗り、学校に入り、教室に向かう。教室の扉の前に辿り着く。先生にも三浦さんにも行くと言ってある。亮平から確認もされた。話は十分に伝わっているはずだ。僕は大きく深呼吸をし、左手で扉を開いた。

「おはよう」

時間が止まった。

そうとしか表現できないぐらい、みんな見事に固まっていた。まるで何もなかったかのように受け入れてくれるなんて都合のいいことを考えていたわけではないけれど、それでもここまでの反応は辛い。

そろそろと自分の席へ行く。視線が刺さる。待ち針が刺さり過ぎてウニのようになった裁縫用の針さしを僕はイメージする。

明るい声が、時間を動かした。

「純くん、おはよー」

背後から寄ってきた亮平が、右手をポンと僕の肩にのせた。そのまま左手を僕の股間に伸ばし、だけど途中で止める。

「怪我人だから聞いとくけど、揉んでいい？」

「……揉んでいいよって言うと思う？」

「そりゃそうだ」

亮平がカラカラと楽しそうに笑った。それから僕の机に座り、椅子に座る僕に向かってほとんど一人で喋り続ける。快活な声に導かれてそこここで雑談が再開され、やがて教室の扉がガラリと開いた。

「おはよー」

再び、時間が止まった。

止めた本人——三浦さんは、突然の注目にきょとんとしていた。原因を探すように教室をぐるりと見渡す。原因を見つける。唇が、大きく綻ぶ。

「安藤くん！」

三浦さんが駆け寄ってきた。同時に亮平が机から降りる。「ごゆっくり」。亮平が含み笑いを浮かべながら、僕から離れた。

亮平がどいた僕の机に、三浦さんがひらりと飛び乗った。紺の靴下を穿いた足がすぐ目の前にくる。すべすべした女の子の足を眺めながら、まずはたわいもない話をする。そのうちに三浦さんが声を潜め、僕に提案を寄越した。

「ちょっと、二人きりになろうよ」

教室を見回す。目が合ったクラスメイトが片っ端から目を逸らす。僕は、頷いた。

僕たちは三階の空き教室に向かった。三浦さんが教室の窓を眺めて「ここ、一時期、閉鎖されてたんだよ」と呟く。飛び降りなんてどこからでもできる。部屋を閉鎖したところで何にもならない。思ったけれど、言わなかった。

前と同じように、二人で机に座って向かい合う。わざわざ二人きりになるまでもない話がしばらく続いた。そのうちに三浦さんが上体を僕に傾け、尋ねる。

「今日は、どうして来てくれたの？」

このまま逃げ続けていたら前に進むきっかけがつかめなくなると思ったんだ。だから三浦さんの頼みに託けて、一度、闘ってみようと思った。もちろん、三浦さんのことを喜ばせたいという気持ちもあるよ。安心して。

言わない。肩を竦め、おどけてみせる。

「三浦さんの頼みに応えただけだよ。彼氏だからね」

「……本当にそう思ってる？」

「思ってるよ」

間髪を容れずに答える。三浦さんは「ならいいけど」と納得したような言葉を、納得しているとは思えない表情で吐いた。そして上体を反らし、ぼんやりと天井を眺める。

「安藤くんがいない間にね、クラスで同性愛について話したんだ」

楽しい話ではない。物憂げな目が、雄弁にそう語っていた。

「安藤くんのことがあって、全クラスでディスカッションしたの。宗教とか、腐女子の話も出たりして、なかなか濃いディスカッションだったよ。同性愛は異常だなんて言う人は一人もいなかった。どんな形でも人を愛するのは素晴らしいことだ。それを咎める権利は誰にもない。そんな感じで終わった。わたしもそれはその通りだと思う。でも、帰ってから思ったの」

三浦さんが、僕を見た。

「クラスにもう一人ぐらいいても、おかしくないんじゃないかなって」

同性愛の発現率は分かっていない。分かっていないけれど、僕のクラスは男女合わせて約四十人。5%を超えていれば期待値が2を超える。5%以上の発現率を提唱している学者なら、いくらでもいる。

「男子じゃなくて女子かもしれない。先生の可能性だってある。でも、いてもおかしくないことだけは間違いない。それに気づいた時、その人はどういう気持ちでディスカッションを聞いていたのかなって考えた。おかしくない、普通だよって結論が出たのに、その人は名乗り出なかった。余計なことをするな。そっとしておいてくれ。そんな風に思ったかもしれない」

三浦さんが髪を搔き上げながら、寂しそうに呟いた。

「わたしたちの出した綺麗な結論は、所詮他人事だから上から目線で好き勝手言っているように聞こえたのかなって、考えた」

コチコチと時計が時間を刻む。三浦さんが「ねえ」と前のめりになって呟く。

「わたしは、どうすれば安藤くんに近づける?」

真摯な視線が僕を射貫く。答えを教えてくれと、僕に求める。

「わたしの言葉は、どうすれば安藤くんに届くの?」

チャイムが鳴った。

朝のホームルーム五分前を告げる予鈴。僕は「行こう」と机から降りた。不満そうな表情でしぶしぶ僕についてくる三浦さんを先導し、教室の扉を開ける。

腕を組み、廊下の窓枠にもたれかかる小野と鉢合わせになった。

僕の後ろで三浦さんが息を呑んだ。小野が窓枠から身を起こし、僕に近づく。僕は左の拳(こぶし)を固く握りしめ、胸を張った。

「盗み聞き、趣味なのかよ」

小野が足を止めた。ボソリと低い声を吐き捨てる。

「今回は聞いてねえよ」

「じゃあなんなんだよ。言いたいことがあるなら言えよ」

虚勢だ。自分が一番よく分かっている。小野は嘘発見器。みんなが僕についている嘘を暴く。その嘘を嘘と知りながら目を背ける僕の嘘も、同時に。

小野が、くるりと僕に背を向けた。

「別にねえよ」

小野が廊下の奥に消える。後をつけて、出てくるまで待っていて、言いたいことがないわけがない。だけど追いかける気にはならなかった。小さくなる背中を見つめる僕に、三浦さんが話しかけてくる。

「小野くん、さっき話したディスカッションの時、すごく印象的なこと言ってたんだ」

小野が廊下を曲がった。背中が見えなくなる。

「同性愛なんか気にしないとか口では言ったって、実際に明かされたら気になるに決まっている。同性愛者はそれを分かっているから打ち明けないんだろう。なのに、聞こえのいいことばかり言うのは卑怯(ひきょう)じゃないか。俺たちは認めている。お前らが勝手に隠しているだけ。そういう風に、責任逃れしたいだけじゃないかって」

責任逃れ。みんなは悪くない。隠している僕が悪い。そう思ってやり過ごした日々。

「俺たちは認めない。だから、お前たちは隠せ」

小野は嘘発見器。世界の嘘を暴く正直者。

「結局、そうなっちゃうものなのかな」

——そうかもね。

何も答えず、無言で歩き出す。三浦さんは無言でついてくる。小野は何を言いにきたのだろう。そんなことが無性に気になった。

＊

朝のホームルームの後は、終業式のために体育館に移動した。

教師は、体育館端に並ぶパイプ椅子に座って待機。生徒は、各クラス男女一列ずつで縦に並び、体育座りで待機。出席番号一番の僕は最前列。背後に三学年分の生徒の気配を感じる。大軍を率いているような気分だ。

やがて終業式が始まった。校歌斉唱の後、てっぺんハゲの校長がスピーチのために舞台の上に現れる。校長はスピーチを始める前、僕をちらりと見て顔をしかめた。学園の平和を乱す悪の使者め。表情がそう語っていた。

校長のスピーチの後は、生活指導の先生による夏休みの過ごし方に関する諸注意。角刈りでガタイのいい中年男性教師。見るたび、ホモ受けの良さそうな先生だなと思う。僕のタイプではないけれど。

夏休みの注意が終わった後、場を仕切る教頭先生が、僕にとってのメインイベントに触れた。銀縁の眼鏡をかけた痩(や)せぎすの初老男性教師。この人はちょっとタイプ。

「続けて、各部活動の表彰を行います」

三浦さんを含む何人かの生徒がぞろぞろと舞台に上がる。三浦さんは最後尾。舞台に上がりながら、僕に向かって軽く手を振ってきた。恥ずかしいので無視した。

教頭が表彰者の名前を呼ぶ。呼ばれた生徒はスピーチ台の奥に立つ校長のところに行き、校長はやってきた生徒に賞状やトロフィーを渡す。渡された生徒は舞台の奥へと引っ込み、最後の総括を待つ。

陸上部、剣道部、ソフトテニス部、将棋部。そして――美術部。

「二年C組、三浦紗枝」

三浦さんが「はい」と凛(りん)とした声で呼びかけに応(こた)えた。背筋を伸ばして、きびきびと校長のところまで歩く。

「表彰状。三浦紗枝。あなたは――」

校長が賞状を読み上げ、三浦さんに渡した。三浦さんはお辞儀をしながら、両手でそれをうやうやしく受け取る。パチパチとまばらな拍手の音が体育館に鳴り響く。僕も左手で右手のギプスを軽く叩(たた)いて、ファンファーレに微力ながら参加する。

──良かったね、三浦さん。

君は信じてくれないかもしれないけれど、僕は本当に君のことが好きなんだ。だから君が嬉しいならば、僕も同じように嬉しい。心からの祝福を君に贈るよ。君が──どんな絵を描いたのかは知らないけれど──

僕の左手が、止まった。

違和感。トランプの中に一枚UNOが交ざっているような、しっくりこない感覚。あるべき姿になっていないという気持ち悪さ。酷く歪なものが、目の前にある。

僕は三浦さんの恋人。祝福してくれと望まれて、それに応えるためにやってきた。彼女は僕を好いていて、僕も彼女を好いている。

なのに、どんな絵を描いたのかすら知らない。

なぜ?

──決まっている。

聞いていないからだ。

三浦さんが身を起こした。校長が、教頭が、生活指導の先生が、誰もが同じ行動を期待する。既に表彰を受けて待っている生徒たちの横に並び、最後に校長から全体への表彰をもう一度受け、舞台の上から去る。そういう式典らしい行動を。

だけど、動かない。

賞状を受け取った三浦さんは、校長の前から一歩も動かなかった。そして舞台の上から体育館の床に座る僕たちを――僕を見下ろす。大きな瞳で真っ直ぐに僕を見て、目から言葉を叩き込んでくる。

『安藤くんが悪いんだよ』

頭蓋の中に、澄んだ声が反響する。

『いつまで経ってもわたしと話をしようとしない、安藤くんが悪いの』

僕たちは付き合っていた。

僕は彼女の秘密を知った。彼女は僕を秘密の会合に誘った。彼女は僕に惚れた。彼女は僕に告白した。僕はそれを受け入れた。僕たちは、恋人になった。

デートをした。キスをした。セックスをしようとした。

だけど僕たちは――

話を、していなかった。

『わたしのこと、分かって』

病室で語られた言葉が、脳裏に蘇る。

『どういう人間か理解して』

おっぱいの柔らかさが、心臓の鼓動が、左手に蘇る。

『それから、ちゃんと話をしよう』

三浦さんがスピーチ台のマイクを摑んだ。

校長が呆ける。教頭も、生活指導の先生も、既に表彰を受けている生徒たちも同じように呆ける。壇上で呆けていないのはただ一人。

マイクを摑んで笑う、三浦さんだけ。

「わたしは」

三浦さんが大きく息を吸った。吐息がマイクを撫で、ノイズが響く。

「ホモが、大好きでーーーーす！」

＊

「知らない人もいるかもしれないので、まずは概要説明から入ります」

三浦さんがシャツの胸ポケットから紙切れを取り出し、顔の前にかざした。

「わたしは男性同性愛ものの創作物を好む女性、『腐女子』と呼ばれる存在です。腐った女子と書きます。現在は単なる女性のオタクを指して腐女子と呼称することもあるようですが、わたしは違います。純粋にホモが好きな腐女子です。腐女子が好むホモは『やおい』や『JUNE』や『BL』と呼ばれます。BLはボーイズラブの略語ですが、ホモの対象を少年には限定しません。中年男性同士の作品もたくさんあります」

校長が、三浦さんの右肩をポンと叩いた。

「君」

「すみません、まだまだかかるので待って下さい。えー、わたしがホモにハマったのは小学校五年生の時です。その時に大好きだった少年漫画があって、本屋に行った時にその漫画のキャラクターが表紙に描かれた本があったから買ってみたら、二次創作のホモ本だったのがきっかけでした。わたしは子供心に『エラいものに手を出してしまった』と感じました。そして、とんでもなくドキドキしました。わたしはホモ本を読み耽り、そして読み終わった翌日、買った本の隣にあった別のホモ本を買いに行きました。気がついたらわたしは愛読していた漫画雑誌の購読を止めて、お小遣いの八割をホモに費やす立派な腐女子になっていました」

教頭が、三浦さんの左肩をポンと叩いた。

「ちょっと」

「すみません、まだ小学生編なんで先長いです。えっと、二次創作から一次創作に手を出すようになるまではそんなに時間はかかりませんでした。インターネットの世界にはわたしと同じような趣味を持った人たちがたくさんいて、いくらでもホモを見ることができたからです。わたしもホモの絵を大量に描きました。おかげで絵がやたらと上手くなって、中学で入った美術部では一目置かれていました。ただわたしは、ホモが好きだということを公表はしませんでした。学校の男子が全員ホモだったらいいのになと思うぐらいには脳みそ腐ってましたけど、そういう趣味は隠さなくてはならないという分別ぐらいはついていました。だけどバレました。ノートに描いたホモ絵を他人に見られました。元からあまり仲が良くなかった女の子グループのボスに徹底的に責められて、わたしはクラスで孤立してしまいました。『わたしから友達を奪ったホモなんか嫌いだ』。三日間ぐらい本気でそう思いました。一週間後には『友達がいなくてもホモがあれば生きていける』に変わっていました。わたしの頭は、わたしが思う以上に腐っていました」

生活指導の先生が、三浦さんのシャツの襟を引っ張った。

「おい！　止めろ！」

「いやです！　まだたくさん話したいことがあるんです！」

「話させるか！」

先生が三浦さんを後ろから羽交い締めにする。三浦さんは「やめて！」と金切り声を上げて暴れる。それでも引きずられるようにマイクから離され、叫び声がどんどん小さくなっていく。

風が、僕の真横を通り抜けた。

風だと思ったものは、少年だった。僕の横を通って駆け出した少年は、バネみたいにぴょんと跳ねて舞台に上がった。少年は勢いを落とさず、獲物を見つけた獣のように生活指導の先生に飛びかかる。すぐに先生を三浦さんから引きはがして倒し、その上に馬乗りになる。

亮平が、起き上がろうと暴れる先生の身体(からだ)を押さえながら叫んだ。

「三浦！　続けろ！」

三浦さんが「分かった！」とまたマイクを握った。いや、握ろうとした。だけどそれより早く、教頭が三浦さんの腕を掴む。三浦さんの顔に絶望が浮かぶ。

亮平が生活指導の先生から離れ、教頭をつき飛ばした。マイクを握ろうとする三浦さんを、今度は校長が「止めなさい！」と止める。亮平が校長に飛びかかろうとする。だけど起き上がった生活指導の先生に、後ろから羽交い締めにされて止められる。つき飛ばされた教頭も復帰して、校長と一緒に三浦さんを押さえる。絶体絶命。

「ちくしょう！　離せよ！」

亮平が、もがきながら叫ぶ。

「大事な話をしようとしてるんだ！　今までずっと踏み潰してきたものと、無いことにしてきたものと、ちゃんと向き合おうとしてるんだ！　また無かったことにして終わらせるなんて、絶対にさせねえぞ！」

大きな声が体育館に響く。背後の空気が変わる。三学年分の大軍が必死な言葉に心動かされている。その気配を、背中から確かに感じる。

亮平が、壇下に向かって喚いた。

「お前ら、手伝えよ！」

嵐が起こった。

＊

まず、僕のクラスが動いた。

亮平と仲の良い男子たちが、最前列にいる僕の脇を抜けて飛び出した。誰かがすれ違いざまに僕の背中をバンと叩き、それが合図だったみたいに隣のクラスが動いた。そこから先はあっという間。生徒たちが次から次へと立ち上がり、詰まっていた栓が抜けたように、三浦さんのいる壇上を目指して溢れ出していった。

もう、風ではない。怒号と足音で体育館中をビリビリと揺らし、革命を望む群衆のように舞台に押し寄せる人々は、風なんていう生やさしいものではない。嵐だ。すべてを吹き飛ばす嵐。束ねられた意志が、同じ方向を向く想いが、世界を塗り替えていく。

名前も知らない少年少女たちが、校長や教頭や生活指導の先生に摑みかかり、動きを抑える。教頭が「先生方、来てください！」と壇下に向かって叫び、体育館脇で事態を呆然と眺めていた教師陣が慌てて動き出した。だけどそれは、風。吹きすさぶ嵐に阻まれ、壇上に到達することすら叶わない。

一人の男性教師が「お前たち止めろ！」と叫んだ。嵐は怒号を返す。別の男性教師が「内申点下げるぞ！」と叫んだ。嵐は怒号を返す。若い女性教師が「どこ触ってんの！」と叫んだ。嵐は怒号を返す。一つの塊になった群衆に、言葉は通用しない。

三浦さんがマイクを掴んだ。キッと顔を上げ、透明な声を騒乱の上に被せる。

「話します！」

嵐となった群衆に交わらず、居座って話を待っていた聴衆が、わっと声を上げた。

「高校生になったわたしは中学生の出来事を反省して、絶対に腐女子バレはしないと心に誓いました。学校のノートにホモ絵を描くのを止めて、ホモ本は必ず遠出して買うようにしました。一年間はそれで乗り切れました。だけど二年生になる前日、春休み最後の日に事件が起きました。ホモ本を買っているところを、クラスメイトの男子に目撃されてしまったのです」

三浦さんがちらりと僕を見た。再び、顔を上げる。

「わたしはその彼に、わたしが腐女子であることを秘密にしてくれるよう頼みました。彼はその頼みを了承してくれました。でもわたしは不安でした。彼とわたしはそれまでほとんど接点がなく、わたしにとって彼は何を考えているのか分からない男子だったからです。わたしは帰って、インターネットで知り合いになった年上の腐女子仲間に相談しました。その人は『仲良くなってこっち側に引きずり込んじゃえば？』とわたしに提案しました。ちょうど腐女子が集まるアニメのイベントに行く予定があり、そこで売られている一人一個限定のグッズが複数個欲しいという事情もあって、わたしはそのイベントに彼を誘うことにしました。彼は快く――という感じではなく、ひねくれた言い方をする人だったから『なんだコイツ』とか少し思いましたけど、申し出を受けてくれました。そして詳細は省きますが、わたしはそのイベントに出かけた日、彼に惚れました」

ヒューと口笛が上がった。三浦さんが恥ずかしそうにはにかむ。

「惚れたはいいけれど、わたしはどうすればいいか分かりませんでした。なにせわたしは小学校の時からホモ一筋で、男子はすべてホモであればいいと思ってきた女なのです。恋の仕方なんて分かりません。だからわたしは好きになった経緯は脚色して、友達に相談しました。友達は快く協力してくれて、わたしに色々なアドバイスをくれました。わたしは積極的に彼に話しかけ、彼はちょっとめんどくさそうにしながらも、わたしの相手をしてくれました。そしてゴールデンウィークに友達の計らいで彼と一緒に遊園地に行くことになり、わたしは観覧車の中、彼に告白をしました。彼はわたしにキスをして、告白を受けてくれました」

また口笛。さっきよりも大きい。三浦さんの頰に赤みがさす。

「わたしは絶頂期に入ります。彼と一緒に中間テストに向けた勉強をして、ちょっとひねくれた口の悪い彼と言葉を交わして、本当に幸せでした。身体中にエネルギーが満ち溢れて、今なら何をしても上手く行くと本気で思えました。全能感、とでも呼べばいいのでしょうか。今回表彰を頂いた絵もその期間中に描いたものです。でも、幸せな時期はそんなに長くは続きません。わたしと彼をギクシャクさせる一つの事件が起きました。彼は、わたしを抱けなかったのです。勃ちませんでした」

ざわっと、聴衆がどよめいた。

「ずっと恋の相談をしていた腐女子仲間の人は『高校生の男の子なんて性欲が服着て歩いているようなものよ』とか言っていたから、本当にショックでした。わたしの身体ってそんなに魅力ないのかな。そんな風に悩んで、ネットで調べた胸を大きくする体操に手を出したりしました。彼と館内を浴衣で歩く温泉施設に行く予定があったから、今度こそ湯上がり浴衣姿で悩殺よとか、阿呆みたいなことも考えていました。でも結局、彼は浴衣にも湯上がりにも嘘くさい反応しか返してくれませんでした。そしてわたしはその温泉施設で見てしまいました。彼が男の人と、キスをしているところを」

三浦さんが笑った。もう笑うしかないよね。そういう表情。

「初めて出会った、ホモであって欲しくない男の子は、ホモでした」

群衆が暴れる。聴衆が静まりかえる。嵐と凪。二つが同時に存在する奇妙な空間。

「彼は、苦しんでいました」

三浦さんの声は、わずかに震えていた。

「普通に生まれたかった。普通に生きたかった。だからわたしと付き合ったと彼は言いました。自分はいつだって普通になれる。みんなと同じように生きることができる。それを自分に証明したかったのだと。わたしは、泣きました。彼の苦しみ。わたしの想い。どうしようもないものが全部一気に襲いかかってきて、泣いてしまいました。それから先のことは、皆さんもよく知っていると思います。色々なところで、皆さんが噂話をしているのを耳にしましたから」

どんどん、三浦さんの声が弱々しくなる。自分のことを話している時と、僕のことを話している時で、まったく違う雰囲気を醸し出す。

「彼はいつも、自分の前に透明な壁を作っています」

三浦さんが開いた手を顔の前に掲げた。そして壁を撫（な）でるように、垂直に下ろす。

「その壁の向こうからわたしたちを見ている。それは自分を守っているのではなく、わたしたちを守っているのです。僕が表に出たら君たちはきっと困ってしまう。摩擦をゼロにするように、空気抵抗を無視するように、僕を無かったことにして世界を簡単にして解いている問題が解けなくなってしまう。だから、こっち側で大人しくしているよ。そう言っているんです。彼は自分が嫌いで、わたしたちが好きなんです。でも――」

三浦さんの頬を、涙がつうと伝った。

「でもわたしは、彼のことが、本当に好きで――」

言葉が途切れた。三浦さんが目元を押さえる。聴衆から「がんばれー」と声が上がる。三浦さんは声援に応（こた）えるように顔を上げて、だけどすぐに、大粒の涙をボロボロ溢（こぼ）して俯（うつむ）いてしまう。

一人の少年が、三浦さんからマイクを奪った。

「アンドオオオオオオオオオオオオ!!」

咆哮が、世界を揺らした。

三浦さんの涙が止まった。聴衆の応援が止まった。群衆の暴走が止まった。

嵐が、止まった。

「てめえ、いつまでそこでぼーっと見てんだよ！」

少年――小野が壇上から僕を指さした。険しい目つきを僕に向け、敵意剝き出しで叫ぶ。

「三浦がてめえのために泣いてんだぞ！　それをてめえは呑気に見学か！　僕はホモだから女の涙には動じませんってか！　あ⁉」

小野は嘘発見器。世界の嘘を暴く正直者。

「てめえ！　自分はホモだから、苦しんでるから、他の誰よりも自分が一番かわいそうだと思ってんだろ！」

誰も分かってくれない。そう嘯きながら膝を抱えて蹲っていた。悲劇の主人公ぶっていた。分かって貰おうとしたことなんて、一度もないくせに。

「ふざけんなよ！　てめえにてめえの都合で騙されて、好き放題された三浦の方がよっぽどかわいそうだろ！　てめえはそれにどうオトシマエをつけるんだよ！　どう責任を取るんだよ！」

オトシマエ。責任。僕は手を差し伸べられる側じゃなくて、差し伸べる側。

「さっさと出てこい！　そんで、ケリつけろ！」

小野が、叫んだ。

「男だろうが！」

世界を簡単にする。

僕は女を愛せない。だから三浦さんを愛することもできない。僕は三浦さんの想いに応えることはできない。僕と三浦さんは結ばれない。すべて無視する。

そして、一つだけ残す。

男は――

責任を取る。

「……勝手な」

僕は小野を睨み、叫び返した。

「勝手なこと、ほざいてんじゃねえよ！」

右足を踏み出す。

大げさに床板を踏み鳴らし、力強く走る。身体中にビリビリと衝撃が走る。傷ついた腕が、肋骨が痛む。それでも脚の力は緩めない。近づいていることが分かるように、きちんと伝わるように、二本の足を激しく床に叩きつける。

「急げー！」

「彼女が待ってるぞー！」

「責任取れよー！」

一つの嵐が止み、別の嵐が生まれる。聴衆と群衆が一つになって僕を囃し立て、教師たちが穏やかな目で僕を見守る。僕を同性愛者だと知り、女を愛せないと知り、それでも女のところに向かう僕を応援する。

――どうして。

どうしてお前ら、そんな世界を簡単にできるんだよ。

どうしてそんな能天気に、他人の背中を押せるんだよ。

摩擦も空気抵抗も無視しないまま問題を解こうとして、考えて、考えて、考えて、結局解けないで死にかけた僕が、これじゃあ一番の大馬鹿野郎じゃないか。

ちくしょう。

泣けてくる。

息を切らし、舞台に上がる階段を一気に駆けあがる。目を真っ赤に腫らした三浦さんが両腕を大きく広げた。僕はその腕の中に飛び込む。僕の背中に両腕を回す三浦さんの真似をするように、左手を三浦さんの背中に回す。

三浦さんが僕を抱く。僕も三浦さんを抱く。柔らかな感触と甘い香りが五感から伝わる。僕のセンサーは反応しない、女の子のフェロモン。

「ごめん。あと、ありがとう」

頭に浮かんだ言葉を、何の捻りもなく口にする。三浦さんは僕の胸に顔を押しつけ、ふるふると首を振った。そして潤んだ瞳で僕を見上げる。

「ねえ。キスして」

キス。僕は返事を言い澱んだ。

「でも――」

「安藤くん、見て」

三浦さんが僕の言葉を遮った。そして上向かせた右手を大きく伸ばし、周りをざっと示す。示されたものは、名前も知らない大勢の仲間たちによる期待の眼差し。

「こんな簡単な問題も解けないの？」

赤く腫れた目を細め、三浦さんが笑う。こんなの小学生にだって解けるよ。安藤くんはお馬鹿さんだね。そうやって僕を嘲る。

僕は、言った。

「うるさい」

唇で唇を塞ぐ。それが正解だと教えるように、体育館中から割れんばかりの歓声と拍手が上がった。

Track7 : Love of My Life

終業式後、僕と三浦さんと亮平と小野は校長室に呼び出された。

担任やら学年主任やら教頭やら校長やらが代わる代わる僕たちを尋問し、三浦さんは親に連絡までされ、まずは僕が一足先に解放された。僕の罪はなし。あえて言うならば「高校生の分際でセックスに挑もうとした」こと。特にペナルティはなかった。

みんなをどこで待とうか。考えて、三階の空き教室に向かう。扉を開けて中を覗くと幸い誰もいない。僕は三浦さんたちに自分の居場所について連絡を入れた後、自分が飛び降りた窓を開き、身を乗り出してみた。結構な高さ。よく生きてたな。生きていて良かったな。そんなことを考える。

やがて、亮平と小野が教室に現れた。亮平は僕の近くの机に飛び乗ると、馬の鞍に跨るように足で机を挟み、ふらふら前後に揺れ出した。本当に落ち着きのないやつ。

「三浦さんは？」

「家に電話してた。学校は話分かってくれて、全員反省文と夏休みのボランティア活動参加ぐらいで済んだけど、プラスアルファあるかもな」

亮平が天井を見上げ、「あーあ」とつまらなそうに呟く。

「でも反省することないのに反省文とか言われても困るよなー。小野っちはいいけど」

「なんで俺はいいんだよ」

「反省点てんこ盛りだから」

「どこが」

「純くんのことイジメまくっただろ。曖昧にしねえからな」

亮平がいつになく鋭い目つきを小野に送った。小野が目を泳がせ、やがて叱られた子どものようにしょんぼりした顔つきで僕を見る。

「安藤」

小野は首筋を掻き、僕から目線を逸らしながら、ぶっきらぼうに言い放った。

「色々、悪かったな」

──なんて雑な謝罪だ。あれもこれもそれもすべて「色々」の一言で済まされた。許せない。許さない。

「本当に悪いと思ってるなら、一つ、教えて欲しいんだけど」

「……なんだよ」

「小野の一番お気に入りのAVってなに？」

小野が固まった。攻撃成功。追い打ちに移行する。

「僕だけ一方的に隠し事を暴露されるのは不公平だろ」

「そーだな！　間違いない！　他人のそういうことを言いふらしたんだから、小野っちも同じ制裁を受けるべきだ！」

いかにも楽しいことを見つけたぞという風に、亮平が高らかに声を弾ませた。机から飛び降り、立ち竦む小野の肩に腕を回す。

「言えよ。態度によっちゃ、ここだけの話にしてやってもいいぞ」

小野がもごもごと口を動かし、助けを求める視線を僕に向けた。僕は冷ややかな視線を送り返す。小野はやがて、観念したようにポツリと呟いた。

「マジックミラー号」

亮平が「あー」と声を上げた。僕は、男女AVのジャンルに詳しくない。

「なにそれ？」

「マジックミラーっていう、一見ただの鏡だけど、逆側から見たらガラスになってるやつがあるだろ。あれで全面を覆ったトラックを街のど真ん中に停めて、その中でセックスするんだ。外側からはただ鏡張りのトラックが停まってるだけだけど、内側からはみんなに見られながらセックスしてるみたいになる。それが、すげー興奮する」

中から外が見えるトラックで街中セックス。よく考えつくものだと感心する。AVのバリエーションの多さは僕が異性愛者を羨ましく思う理由の一つだ。

「小野っち、見られたいんだー。ドM？」

「うるせーな。そーいうお前はどうなんだよ」

「あー、オレは――」

ガラッ。

教室の扉が開いた。全員が勢いよく振り向き、三浦さんが「え、わたし何かした？」という感じできょとんとする。亮平が、小野の肩に回していた腕を外した。

「彼女来たし、空気読んでオレら退散するわ。行こうぜ、マジック小野」

「クソみたいなあだ名つけんな！」

教室に入ってくる三浦さんと入れ違うように、亮平と小野が立ち去る。三浦さんは僕の近くまで来ると、亮平たちが出て行った扉を見ながら不思議そうに呟いた。

「マジックってなに？」

「こっちの話。それより親御さん、どうだった？」

「安藤くんの件は問題なし。ただ、腐女子バレがねえ」

三浦さんが、ふうと疲れたように息を吐いた。

「お母さんとか妹にはどうせバレてたからいいんだけど、今回の件でお父さんにもバレちゃってさ。男同士云々はともかく未成年がエロ本を買い漁るのは良くない的な、ごもっともなこと言われちゃった。BL禁止令出るかも」

「いい機会だし、ホモ断ちすれば？」

「無理。ビタミンBLはわたしの必須栄養素なの。安藤くんは明日から炭水化物なしで生きてねって言われてそういう風になれる？」

なれない。特異体質は大変だ。

「夏休みはコミケもあるし、イベント目白押しだもん。――そうだ」

三浦さんが、僕を上目使いに覗き込んだ。

「イベント、また一緒に行こうよ。今なら安藤くんも楽しめるかも」

「僕が楽しんだら絵的にマズいでしょ」

「大丈夫。男一人なら誰も気にしないよ。二人だと注目浴びるけど」

「なんで？」

「ホモ妄想するから」

呆れた。これみよがしに溜息をついてみせる。

「BL星じゃないんだから、そんなホモがごろごろしてるわけないでしょ」

「信じればそこがBL星なの。安藤くんだってBL星に行きたいって言ってたじゃん。信じてよ。心の宇宙船BL号で一緒にBL星に行こう」

話が無駄に壮大になってきた。僕は「そのうちね」とあしらい、話を切り替える。

「それより、僕に付き合ってよ。行きたい場所があるんだ」

デートのお誘い。三浦さんは「え」と呟き、そわそわと目線を動かした。

「嫌ならいいけど」

「嫌じゃないよ！　行く！」

力強い答え。続けて、期待に満ちた表情。

「どこ行きたいの？」

さて、どう答えれば彼女のご期待に添えるだろうか。僕は候補をいくつか考え、その中から、一番聞こえの良さそうな言葉を選んだ。

「海」

＊

昼前、僕たちは教室を出て、一緒に下校した。

僕たちは「BL星における女性の生活」について話しながら帰った。絶対数が少ないから女性向けのサービスは軒並み全滅し、ただでさえ男性社会なところに枕営業まで入るから社会進出も相当に厳しく、女性にとっては住みにくそうな星だという結論が出た。それでも三浦さんはBL星に移住したいという意志を曲げなかった。お金で買えない価値があるらしい。

一緒に電車に乗り、先に僕の降りる駅に着き、別れる。電車を降りて改札口に向かう。左手一本で財布を出す作業に手間取っていると、後ろから声をかけられた。

「手伝いましょうか？」

振り向くと、僕と同じ制服を着た短髪の少年。「いいですよ」と断ろうとして、どこかで見たことがあると気づいた。声が、脳内に再生される。

——なー、二年のホモの話、聞いた？

思い出した。僕が飛び降りた日、食堂で僕の話をしていた一年生。言葉を失い立ち竦む僕を見て、少年がその心中を察する。

「覚えていましたか。あの時は、本当にすみませんでした」

少年が深々と頭を下げた。僕は狼狽しながら、どうにか言葉を返す。

「この駅、使ってたんだ」

「いいえ。使っていません。今日は先輩の後をつけてきました」

「……謝りたいの？」

「それもあります。でも言いたいのは、それだけじゃありません」

少年の目線が下がった。だけどすぐキッと顔を上げ、胸に手を当てて口を開く。

「僕もなんです」

僕も。

それだけで言いたいことは十分に伝わった。ああ、なるほど。そういうことか。ああいう派手なことをすれば、こういうことが起きてもおかしくはない。

「僕も、ずっと悩んでいて」

少年がわずかに顔を俯かせた。

「辛くて、苦しくて、なのに同じように苦しんでいる先輩を傷つけるようなことを言ってしまって……先輩が飛び降りたと聞いてから、僕がトドメを刺したんじゃないかとずっと後悔していました。でも今日、たくさんの人に激励されて、それを真正面から受け止めた先輩を見て、すごく自分勝手な話なのは分かっているんですけど――」

少年が、深く頭を下げた。

「生きる勇気みたいなものが湧いたんです。本当に、ありがとうございました」

裏表のない賞賛。思えば中学からずっと帰宅部だったから、年下から慕われるのは初めてだ。想像以上に照れくさい。

「あのさ」左手で頬を掻く。「あの日、食堂で最初にゲイ話出したのは君だよね」

少年の肩がピクリと上下した。申し訳なさそうに答えを返す。

「……はい」

「そっか。じゃあ一緒にいた子のこと、好きなのかな？」

返事はなかった。

少年は言葉を失い、呆然と、本当に呆然としていた。驚いたふりをしてこちらを騙そうとしているんじゃないか。そういう演技を疑いたくなるほどに分かりやすい。そこまで心揺さぶるつもりはなかった。何だか申し訳なくなってくる。

「いや、僕にも覚えがあるからさ。気になる相手にゲイネタ振って反応見るの。誰もが通る道なんだろうね。ゲイあるあるっていうか」

僕は、少年の肩をポンと叩いた。

「お互い、肩の力抜いて頑張ろう。僕ら、１００望んで10返ってくればいい方だから、ゆるく生きていかないと壊れるよ。僕は今日、それを学んだ」

ぶっ壊れかけたくせに偉そうに。つい浮かびそうになる苦笑いを抑え、頼りになる先輩を装う。少年が、屈託のない笑顔を僕に向けた。

「はい」

＊

家に帰ると、リビングに母さんがいた。

鼻歌を歌いながら、上機嫌に台所でウィンナーを炒めていた。今日はパートの出勤日のはずだ。まさか、そういうことなのだろうか。僕は恐る恐る探りを入れる。

「仕事は？」

「今日は休むことにした。純くんが久しぶりに学校に行くのに、帰ってきて一人でご飯は寂しいでしょう」

そういうことじゃなかった。僕はほっと胸を撫で下ろす。母さんは続ける。

「なんか、ものすごいことがあったらしいね。先生から連絡来たよ」

そういうことでもあった。僕は「うん、まあ」とはぐらかし、部屋に向かう。扉を開けようとドアノブに手をかける僕に、母さんが声をかけてきた。

「後でちゃんと教えなさいよ」

パチパチ。拍手みたいに、油の跳ねる音が響く。

「母さん、これからもっと、純くんのこと知らなきゃならないから」

母さんは唇を軽く歪め、目尻に皺を浮かべ、どこか疲れたように笑いながら菜箸でフライパンのウィンナーを転がしていた。厄介な現実とちゃんと向き合い、僕と本当の意味で分かり合うことを決めた表情。三浦さんが、そうしてくれたように。

──話すよ。

僕を愛してくれている女の子のこと。彼女が僕に伝えようとしたもの。僕が彼女から受け取ったもの。明後日、海沿いの街に二人で旅行に出かける予定を立てていることも話す。誤魔化したりなんかしない。ちゃんとこれまでの話をして、それから、これからの話をしよう。

僕と母さんのこれまでとこれからはとても長い。ただ明るいだけの話にはならないと思う。向き合うことで改めて、受け入れがたいと感じることもあるかもしれない。

それでも僕は──母さんと話がしたい。

「分かった」

強く頷き、部屋に入った。学生鞄を床に置いて、ノートパソコンを立ち上げる。左手一本で操作しているから上手く進まない。どうにかこうにか、今はもう使っていないメッセンジャーツールを立ち上げる。

彼はオフライン。

チャットウインドウを開く。オフラインの相手でもウインドウを立ち上げるところまではできる。メッセージ欄に言葉を打ち込み、機能しない送信ボタンをクリック。

『明後日、行くよ』

ミスター・ファーレンハイト。

君に、会いに行く。

＊

ミスター・ファーレンハイトの実家へは、上野(うえの)から特急で行くことにした。待ち合わせ場所は上野駅の中央改札口。改札口に向かう途中、上野動物園に行くらしい家族連れをたくさん見かけた。僕はぼんやり、幼い頃のことを思い返す。

待ち合わせ場所に辿(たど)り着いてすぐ、ひらひらした白いワンピースを着て、小さなブラウンのハンドバッグを提げた三浦さんを見つけた。僕は歩み寄り、声をかける。

「すごく女の子っぽい服着てるね」

「イメージは高原の避暑地に訪れたお金持ちのお嬢様かな。麦わら帽子を被(かぶ)るとパーフェクトなんだけど、アホと紙一重だから止めた」

三浦さんが服を見せつけるように、スカートをつまんで広げた。

「どう？　かわいい？」

実に難しい質問だ。僕は困りながら答える。

「かわいいと思うよ」

「なに『と思う』って」

「僕は女の子に興味がないから『かわいい』が雑にしか分からないんだ」

「でも何となくは分かるんでしょ？」

「分かるけど、個体差があまりない。例えば、犬はかわいいよね。でも同じ犬種の犬がたくさんいる時、あいつが特にかわいいとかはあまり言わないよね。ブルドッグならブルドッグかわいいでまとめられちゃうよね。そんな感じで、アイドルグループの中で誰々が一番かわいいとか言われても、全員同じようにかわいい子だなとしか思えない。三浦さんだって同じぐらいかわいい子だと思う」

「……なんだろ。アイドル並にかわいいって言われてるのに、全然嬉しくない」

三浦さんがじっとりと僕を見る。そして「っていうか、なんでブルドッグなの？」と不満の声を上げる。僕は「別に理由なんかないよ」と強引に話を打ち切り、そそくさとホームに向かった。

特急に乗り、二人掛けの席に隣り合って座る。三浦さんが窓際、僕が通路側。猛スピードで切り替わる街の景色を眺めながら、三浦さんが呟いた。

「なんか、『たびーー！』って感じがするね」

「ボキャブラリーが貧困だね」

「いいねえ、その口の悪さ。やっぱり安藤くんはそうじゃないと」

僕は黙った。封殺された僕を見て、三浦さんが楽しそうに笑う。

「ところで今日、どうしてわたしを連れてきたの？」

三浦さんの笑みが、愉悦から慈愛に変わった。

「泣いてるところ、見られちゃうかもしれないのに」

泣いているところを見られる。それは多分――ない。

「僕は――」

シートに深く、背中を預ける。

「今日、泣かないと思う」

三浦さんから、笑みが消えた。

「彼は自ら死を選んだ。理由は違うけれど、僕も同じことをしようとした。だから、どうしてこんなことをした、こんなことは間違っているって素直に思えないんだ。そういうこともある、そういう人もいるって、彼の死に納得してしまう。だからきっと泣けない。そして友達の死を前に涙一つ流すことができない自分を、僕はまた嫌いになる」

列車が揺れる。呼応して、三浦さんの心が揺れているのが分かる。その揺れを抑えるように、僕は芯の通った声を発した。

「でも、三浦さんが一緒ならそうならない」

三浦さんに笑いかける。弱々しく、だけど確かに。

「三浦さんはどんな僕でも認めてくれる。全部さらけ出した僕を全部そのまま受け止めてくれる。そういう三浦さんと一緒なら、僕はどんな自分でも認めることができる。そんな気がするんだ。だから今日、三浦さんを連れてきた」

カムアウトの時、三浦さんは泣いていた。僕を好きな気持ちはどこに行けばいいのだと泣いていた。丸ごとの僕を恐れることも忌み嫌うこともせず、自分の想いが叶わないことを嘆いて、我が儘に泣いていた。

申し訳ないと思った。だけど——

嬉しかった。

「あのさ」

三浦さんが握った拳を、顔の前に掲げた。

「もし泣けなかったら、泣くまで殴ってあげようか？」

僕は開いた左手を顔の前で振り、苦笑いを浮かべた。

「遠慮しとく」

＊

プラットホームに降りた瞬間、潮の香りがした。

駅にはガラス張りの展望スペースがあり、真夏の陽光を跳ねかえしてスパンコールみたいに輝く太平洋が一望できた。三浦さんが地球を抱きしめようとするように両腕を大きく広げ、しみじみと感慨深げに呟く。

「なんか、『うみー！』って感じがするね」

「本当にボキャブラリーが貧困だね」

「じゃあ安藤くんの潤沢なボキャブラリーで代わりに表現して。さん、はい！」

「……『うみー』って感じだね」

「いい逃げ方だと思うよ。ボキャブラリーは貧困だけど、頭の回転は速いね」

手玉に取られている。僕の扱い方を心得てきている。ムズ痒い。

「いいから、早く行こう」

「はいはい」

三浦さんを先導して駅を出る。駅前のレストランで昼食を食べ、ロータリーからバスに乗り、ミスター・ファーレンハイトの家近くのバス停で降りる。ギラギラ輝く太陽の熱気にやられそうになりながら、歩くことおよそ五分。教えられた本名の苗字と同じ表札が下がった二階建ての一軒家が、僕たちの前に姿を現した。

「ここだ」

表札下の住所とメモを見比べ、最後の確認をする。二人でインターホンの前に立つ。横の三浦さんが、家を見上げながらふーと細く息を吐いた。

「三浦さん。貧困なボキャブラリーで今の気持ちを表現して」

「……『いえー』って感じ」

「ありがとう。下らなすぎて勇気出た」

インターホンを押す。

ピンポーンというどこか間の抜けた電子音の後、「はい」とくぐもった女性の声がスピーカーから届いた。母親だろうか。一人っ子だと言っていたからその可能性が高い。

「あの——」

ミスター・ファーレンハイト。仕込みはOKだね。信じるよ。

「息子さんのCDを受け取りにきました」

沈黙。言葉を付け足したい衝動を堪えながら、ギプスの中の右手に汗をにじませ、じっと相手の反応を待つ。やがてスピーカーから、声が届いた。

「分かりました。少々お待ちください」

通じた。すぐに玄関の扉が開き、中からロングスカートを穿いた女性が現れる。この人がミスター・ファーレンハイトの母親。若い。そして——

——細い。

というより、やつれている。骨に貼りついた肌。どこを見ているか分からないギョロリとした目。生気も感情もまるで感じない。人形——いや、人型の模型だ。

「ジュンさん、ですよね。ネットで知り合った友達だと、話は伺っております」

母親が深々とお辞儀をした。声も硬くて冷たい。

「隣の方は、どなたでしょうか」

　母親が三浦さんをちらりと見やる。三浦さんは堂々と答えた。

「彼女です」

「ジュンさんは同性愛者だと息子から聞いていますが」

　三浦さんが硬直した。僕は左手を額にやる。当たり前だ。知らないわけがない。

「えっと、彼女というか元彼女というか、いや、別れ話はしていないんで、わたしは彼と別れたつもりはまったくないんですけど、とにかくそういう関係で、わたしは彼が同性愛者であることもちゃんと知ってて……」

「三浦さん。ごめん。ちょっと黙って」

　しどろもどろになる三浦さんを制し、代わりに前に出る。

「僕は確かに同性愛者です。だけど異性愛者になりたくて、彼女と付き合うことで自分を変えようと試みました。結局その望みは叶わず、色々な出来事があって、僕も彼女も僕がどうしたって同性愛者であると思い知りました。それでも彼女は僕の傍にいてくれる。僕たちはそういう関係です。僕にとってとても大切な人だから今日は来て貰いました。彼女のことは、息子さんも知っています」

　真摯に真実を告げる。母親は眉一つ動かさず、淡々と呟いた。

「なぜ、望みが叶わなかったと言えるのですか」

　予想外の質問。僕はグッと怯んだ。

「女性と付き合い、それほどまでに大切な女性と思うのであれば、異性愛者になったと言ってもいいのではないですか」

異性と付き合い、異性を大切に想う。そういう僕はもう異性愛者になっている。女性を愛する気持ちを手に入れている。

「──ありえません」

僕は、強く言い切った。

「僕が好きな男性を想う気持ちと、彼女を想う気持ちは、まったく違います」

三浦さんが目を伏せた。母親は動じない。無機質な態度から無機質な言葉を放つ。

「治らなかったのですね」

来週ギプスが外れる予定の右腕に、折れた直後のような痛みが走った。

「治るとか治らないとかじゃないんです。ただそういう風に生まれてきただけ。理由も原因も無いから治療なんかできません。できるなら僕は──」

できるものなら──

「──とっくに、やっています」

言葉は力なく、囁(ささや)くようになった。三浦さんと正反対だ。この人と話していると、自分をどんどん嫌いになる。

母親が「そうですか」と平坦(へいたん)な声で呟(つぶや)いた。そして虚(うつ)ろな目で僕を見据えながら、大きく口を開いた。

「私と夫は、あの子を治そうとしました」

ざわっと、全身の毛が逆立った。

「一度感染したHIVウィルスが身体から消え去ったという話は聞かない。だけど生きているうちに自然と性的指向が変わったという話ならいくらでもある。現代の医学ならばHIVは死に至る病ではなく、体外受精で子どもすら作れる。だから今からでも十分にまっとうな人生は送れる。そう、二人揃って熱弁しました」

まっとうな人生。お前は間違っている。そういう宣言。

「息子は私たちの言葉に全く耳を貸しませんでした。『宇宙人と話しているみたいで疲れる』と私たちを邪険にしました。そんな息子に夫は『親に向かってその態度は何だ！』と怒り、私は『あなたはどうして私たちをこんなに苦しめるの』と泣きました。そんなことを、毎日のように繰り返しました」

理解のない両親、それをあしらうミスター・ファーレンハイト。やがて家族はどんどんと溝を深め――取り返しのつかない結果を呼ぶ。

「でも――」

母親の眉がほんの少し下がった。初めて見せる感情らしきもの。

「一番苦しんでいたのは、あの子だったんですよね」

重たい沈黙が流れる。母親が僕たちに背を向けた。そして玄関の扉を開いて押さえながら振り返り、僕を見つめる。

硬い声が氷の刃となって、僕の心臓に突き刺さった。

「ジュンさん」

「あの子に会ってやって下さい」

＊

目的の『Queen II』はミスター・ファーレンハイトの部屋に置いてあるということだった。部屋は仏壇を置いた以外、すべて亡くなった時のまま保存してあるらしい。片付ける気が起きない。母親は、そう言っていた。

母親の先導で二階に上がり、廊下を歩く。薄茶色の板に銀色のドアノブがついた扉の前で母親が足を止める。そしてドアノブを掴むことなく、すっとその扉の前からどいた。

「こちらです」

お前が開けろという無言の圧力。僕は促されるまま一歩前に出て、ドアノブを掴む。

ずっと、会いたいようで会いたくなかった。

僕にとって君は神様だった。誰にも言えない僕の悩みを真正面から受け止め、生きる道を示してくれる神様。だから君が息を吸い、物を食い、人と話しているところを想像したくなかった。人間の男女から生まれた普通の人間なのだと思いたくなかった。

その偶像崇拝を、今、断ち切る。

『開けるよ』

脳内にチャットウインドウを展開し、ノック代わりにメッセージを送る。返信はすぐに送られてきた。

『どうぞ』

誰にも気づかれない程度、ほんの僅か頷く。ドアノブを捻り、扉を思い切り開く。

線香の匂い。

強烈な死の香りに僕は顔をしかめた。部屋をぐるりと見回す。水色のシーツがかかったベッド。ノートパソコンの置かれた学習机。僕の部屋と大差ない。部屋の一番奥で声高に存在を主張する、黒々とした仏壇以外は。

一歩、足を進める。仏壇の遺影がよく見えるようになる。「やあ」という爽やかな呼びかけが聞こえてきそうな、屈託ない笑顔を浮かべるミスター・ファーレンハイトと視線がぶつかる。

僕は、動けなくなった。

——そんな。

部屋をもう一度見回す。質素で飾り気のない、僕の部屋によく似た雰囲気の部屋。だけど一つ、大きく違う点がある。本棚に収まっているたくさんの本。僕も同じ本を持っている。だけどもう本棚には置いていない。読まなくなったから、物置にしまった。

確かに、君はそういうところがあった。

斜に構えて、気取った物言いをして、それを僕は格好いいと感じたけれど、君に影響された僕の言葉を聞いた三浦さんは違う感想を抱いていた。僕はあの時、「言われてるぞ」なんて思った。君のことを知らない三浦さんが君を雑に理解していると思った。三浦さんの方が正しいなんて、まったく思わなかった。

『言ったはずだよ』

真っ白になった頭に、文字が浮かぶ。

『僕の言葉なんて全部嘘かもしれない、と』

僕の傍で、三浦さんが譫言のように呟いた。

「……中学生？」

遺影の少年があどけない笑顔を僕に向ける。柔らかそうな頬。まだ丸みの取れていない輪郭。本棚に収まっている中学の教科書を開き、二次方程式や素因数分解を学ぶ姿がとてもよく似合いそうな、幼さの中に賢さを感じさせる顔立ち。

「五月で、十五歳になりました」

背中から、母親の暗い声が届いた。

「息子の誕生日にも、私たち家族は喧嘩をしました。私と夫は今日を境に異性愛者に生まれ変わって欲しいと息子に頼み、息子は自分の人生最大の悲劇は私たちから生まれたことだと吐き捨てるように答えました。夫は息子を殴り、私は泣きました。泣きながら、私だって、私だって『普通』の子どもが良かったって、あの子に――」

母親がわっと声を上げて泣き出した。ずっと我慢していた。少しでも感情を漏らせばそこからすべてこぼれてしまうから抑えていた。それが分かる悲痛な泣き声。

僕は仏壇に近寄り、遺影を左手で持ち上げた。ずっと思い描いていた凜々しい青年の姿が、急速に目の前の少年に置き換えられていく。変声期特有の高さが残るかすれ声で、交わした言葉が次々と脳内に再生される。

「そういえば、言ってたね」

自分の声に促されるように、眦から涙がこぼれた。

「高校、行ったことないって」

――馬鹿野郎。

心からそう思えた。まったく納得なんてできなかった。こんな話、納得してたまるか。君は馬鹿だ。大馬鹿野郎だ。利口ぶって、差し出されたテストをさらさらと解いて時間内に提出して、まだみんながうんうん悩んでいる教室から得意気に出て行ったつもりかもしれないけれど、その解答は0点だ。

時間を使って確かめることがあった。迷うべきところがいくらでもあった。

僕にあったように、君にだってあったはずだ。

生きていて良かったと思える出来事が、絶対にあったはずなのに。

「……なんだよ」

真に恐れるべきは、人間を簡単にする肩書きが一つ増えることだ。
人間は、自分が理解できるように世界を簡単にしてしまうものなのさ。
自分だけは、自分を簡単にしても許される。

「ずっと、憧れてたのに」

女子高生から不惑を過ぎた男性まで手玉に取るなんて、君も魔性の男だな。
僕たちは優秀なセンサーを一つ、身体に備えているじゃないか。
ペニスが勃つ「好き」と、勃たない「好き」だ。

「格好いいなって、思ってたのに」

君にとって「普通のセックス」とは、いったい何なんだ？
変えるのは君自身じゃない。君の中の「普通」だ。
僕も君ほど魅力的な人間には出会ったことがないよ。フリーでないのが惜しい。

「お前――」

ジュン。

好きだよ。

「ただの、中二病かよ」

遺影を胸に抱く。溢(あふ)れ出る涙が止まらない。僕は嗚咽(おえつ)を上げながら、声にならない声で彼の本当の名前を、何度も、何度も呼び続けた。

＊

母親から『QueenⅡ』を受け取った僕たちは、すぐに家を立ち去った。僕の知らないミスター・ファーレンハイトについて、聞きたいことがないわけではない。だけど聞いてはいけない。目を真っ赤に泣き腫(は)らした母親を見て、そう思った。

家を出て、ミスター・ファーレンハイトの恋人が眠る墓地に向かう。ひどく暑いのに歩いてもあまり汗が流れなかった。肩を並べて歩く三浦さんが、俯(うつむ)き言葉を落とす。

「安藤くん、生きてて良かったね」

頷く。帰ったら母さんに謝ろう。そう思った。

目的の墓地は、近くのバス停からバスに乗り、停留所を三つ過ぎたところにあった。僕たちはまず墓地の管理所に行き、線香の束を買った。それからミスター・ファーレンハイトの恋人の名前を告げて墓地の場所を聞きだし、そこに向かう。立ち並ぶ無数の墓石を眺めながら、三浦さんが呟いた。

「なんか、『はかー』って感じだね」

「気にいったの？」

「うん」

下らない会話を交わしながら歩く。やがて、ミスター・ファーレンハイトの恋人の苗字が刻まれた墓石の前に辿り着いた。AIDSで亡くなった同性愛者が下に眠っているなんて全然分からない、何の変哲もない灰色の石碑。

「亡くなった人にこういうことを言うのもアレなんだけど」

三浦さんが、複雑な表情で口を開いた。

「この人がまだ義務教育も終わってない子に手を出してこうなったと思うとさ、ちょっと考えちゃうよね」

「BL星人の中には、生徒に手を出す中学校教師とか結構いたけど」

「……BL星の男子は十歳になると慣習的に成人と見なされるから」

「無茶苦茶な星だね。犯罪率も高そうだ」

おちょくる。三浦さんがむうと頬を膨らませた。

「安藤くんはまったく気にならないの？」

「まだ高校生なのに妻子持ちの中年男性と付き合ってる僕に、そういう倫理的なものを咎める権利があると思う？」

「……ないね」

三浦さんが口を閉じた。僕は左手で墓石を撫でる。ひんやりとした感触が伝わる。

「この人はきっと、自殺した彼のことが告白される前から好きだったんだよ」

世界は簡単じゃない。同じ同性愛者だから気持ちが分かるなんてことはない。顔すら知らない人間の想いを死後好き勝手に推察するなんて、おこがましいにもほどがある。

だけど、語らせてほしい。

「僕たちの恋愛は普通、好きになってもいい人を探すところから始まるんだ。そういう人相手じゃない、ただ気持ちが強く揺れ動くだけの恋は、たいていは実らない」

終業式の日、僕を駅まで追いかけてきた少年。あの子の恋もきっと実らない。想いの深さとか、積極性とか、そういうものとは無関係に。

「だから、ずっと密かに好きだった相手から告白されるなんて奇跡が起きたら、自分で自分を抑えきれないぐらい心が揺らぐのは、少し分かる」

そういうことですよね。墓石を撫でながら心の中で問いかける。三浦さんが髪を掻き上げながら、大人びた声でしっとりと呟いた。

「……そうだね」

三浦さんが線香にマッチで火をつけ、その半分を僕に渡した。まずは僕が線香を供えて黙禱し、その後に三浦さんが同じことをする。黙禱を終えた後、三浦さんはハンドバッグから『Queen II』を取り出し、僕に差し出した。

差し出された『Queen II』を受け取る。黒を背景に黒い服を着て目を瞑り佇むメンバー四人が、どこか幻想的な雰囲気を醸し出すジャケット。それを墓石の前に置く。

これで、約束は果たした。

「帰ろうか」

物憂げに呟く。すると三浦さんが、はあーと盛大な溜息をついた。

「それはないでしょ。ガックリきたわ」

「どうして。もう用事は終わったよ」

「ここに来る話をする時、最初、わたしをなんて言って誘ったのか忘れたの？」

温い風が吹いた。三浦さんが、僕を挑発するように笑う。

「海、行くんでしょ？」

＊

僕たちが砂浜に着いた頃、海水浴場の遊泳可能時間は終わっていた。

人気の少ない海岸を波打ち際まで歩き、砂浜の上に二人並んで座る。僕が右、三浦さんが左。背後では沈みかけた太陽がオレンジ色の光を放っている。潮風と波音の中、三浦さんが目を細めて呟いた。

「今日、お墓参りした人たちも、こんな風に一緒に夕焼けを見たりしたのかな」

「見たらしいよ。海を渡って結婚する話をしたって言ってた」

「そうなんだ。天国で一緒になれるといいね」

「――そうだね」

僕は頷いた。地獄になんか行っているものか。彼らは天国に行って、フレディのライブを聴いている。ジョン・レノンに捧げた『ライフ・イズ・リアル』を、当のジョン・レノンと共演するフレディを見て、感激に卒倒しそうになっている。僕がそう決めた。

三浦さんの頭が少し僕の方に傾いた。甘える仕草。

「ねえ、安藤くんが一番好きなＱＵＥＥＮの曲って、なに？」

一番好きな曲。僕はポケットから音楽プレイヤーを取り出し、巻き付いているイヤホンを解いた。

「聴かせてあげるよ」

イヤホンの片方を三浦さんに渡す。二人でイヤホンを分けあう形で耳に挿し、目的の楽曲を再生。ピアノとハープからなる美しい旋律の後、フレディが艶やかな声でタイトルにもなっている歌詞を口ずさむ。

三浦さんは目を瞑り、うっとりした様子で曲に聴き入っていた。僕も同じように目を瞑る。三浦さんの熱を感じる。寄せては返す波の音を背景に、優しくて切ない歌声がじんわりと身体中に染み渡る。

やがて、曲が終わった。左手一本でイヤホンを音楽プレイヤーに巻きつける僕に、三浦さんが余韻の抜け切っていないとろんとした声で尋ねる。

「今の曲、なんてタイトルなの？」

「『ラブ・オブ・マイ・ライフ』。別れの歌だよ。ちょうどフレディが恋人と別れた時期の曲だから、その人のことを歌っていると言われている」

三浦さんが、ほうと湿っぽい吐息を吐いた。

「男同士、やっぱり大変だったのかな。こんな綺麗な曲ができるぐらい好きだったのに別れちゃうなんて」

「腐女子モード入ってるなら申し訳ないけど、違うよ。この時の恋人はメアリー・オースティンっていう女の人。同棲までしてたけど別れちゃったんだ」

音楽プレイヤーをポケットにしまう。三浦さんが、今まさに口から魂が抜け出ている最中といった感じの呆けた顔で僕を見ていた。そこまで驚くことだろうか。

「フレディには彼女もいたって、前に言ったよね？」

「聞いたけど、女を抱けるゲイかもとか言ってたじゃん。そんなガチの恋人がいるなら絶対にバイでしょ」

「でもそのメアリーがフレディをゲイだって言い切ったらしいから」

三浦さんの顔に浮かぶ驚愕が、さらに濃くなった。

「どういうこと？」

「フレディがメアリーにカミングアウトしたんだって。自分は男にも興味があるバイだって。そうしたらメアリーは、貴方はバイじゃなくてゲイだって言ったらしい。まあ、僕も人に聞いた話だから、どこまで本当かは分からないけど」

好きな相手が何を見ているかは分かる。亮平の言葉を思い出しながら、僕は視線を海へと向けた。あと少しで夜が来る。誰が誰を見ていても分からない、優しい夜が。

三浦さんの声が、左の耳に届いた。

「メアリーはフレディと別れた後、どうなったの？」

緊張を感じる硬い声。僕は、海を眺めたまま答える。

「別れた後もメアリーは、フレディと仲の良い友人として付き合い続けた。ツアーにもついてきて、フレディの傍にはいつもメアリーがいたらしい。そのうちメアリーは別の人と結婚して、家庭を築いた。子どもも産んだ。その後に離婚したけどね。そしてフレディの死後、莫大な遺産がメアリーに渡った」

「どうしてフレディの遺産がメアリーに渡るの？」

「フレディの遺志だよ。ステディな関係にはなれなかったけど、魂の深いところで繋がっている親友だったんだ」

夕焼けの眩しさに目を細める。僕も三浦さんも口を噤み、長い沈黙が訪れる。だけど僕にはまだ言いたいことがある。きっと三浦さんも同じ。だから「もう帰ろう」とは、どちらも言い出さない。

先に口を開いたのは、僕だった。

「三浦さん」

三浦さんの方を向く。三浦さんも僕の方を向く。瞳と瞳をしっかり合わせて、話す。

「僕、転校することにした。夏休み中に大阪に行く」

三浦さんの眉尻が下がった。ああ、やっぱり。そういう表情。

「逃げるんじゃない。自分を試してみたいんだ。僕のことを何も知らない人たちと触れあって、自分自身の可能性を探りたい」

だから――

「安藤くん」

言葉が、強い呼びかけに遮られた。

「わたしたち、別れよう」

波音が大きくなった。

言葉を失う僕。ニコニコ笑う三浦さん。空白になった頭に、ざらざら、ノイズみたいな波音が響く。

「……は？」

「だって遠距離とか無理だもん。そろそろ潮時かなーと思ってたし。安藤くん、いくらなんでも口悪すぎだよね。愛嬌じゃ済まされないレベル」

三浦さんが大きく口角を上げて笑いながら、僕の額を指さした。

「これで、フったのはわたしだからね」

つきつけられた指先が、震えていた。

――ごめん。

浮かんだ台詞を胸に留める。それは違う。僕はフラれるのだ。身勝手の代償として愛想をつかされ、惨めに、哀れに。

「分かった。別れよう」

感情を込めず、淡々と言い切る。三浦さんが僕につきつけていた腕をだらりと下げた。そしてゆっくりと立ち上がり、僕に背を向ける。

「ちょっと、お手洗い行ってくる」

声が揺れていた。三浦さんが砂浜を駆け出す。僕は左腕と両足を広げ、ギプスで固めた右腕を腹にのせて、砂浜に寝転んだ。

薄く暗幕のかかり始めた空に、輝きの強い星がちらほらと浮かぶ。少しばかりドット抜けがある広大なモニター。そこに、チャットウインドウを展開させる。

『フラれちゃった』

『見ていたよ。当然の報いだ』

『酷いね。慰めの言葉はないの？』

『期待していたのかい？』

『まさか』

海風が砂を巻き上げ、顔の上を通り過ぎた。とっさに目を閉じ、開く。切れ味の鋭いメッセージが、ピントの合わない瞳にぼんやりと浮かぶ。

『ところで、もうすべて終わったつもりかい？』

返事に詰まる。その隙にもう一つ、諭すような言葉。

『まだ大事な仕事が残っているだろう』

僕は、ギプスの中の拳を軽く握った。

『分かっているよ』

ウインドウを消す。その後ろに隠れていた星の輝きがやけに眩しくて、僕は優しい波音に抱かれながら、眠るように瞼を下ろした。

Track8：Teo Toriatte

引っ越しの二日前、僕はいつもよりずっと早く起きた。

カーテンを開ける。真夏で日が昇るのももう随分と早いのに、まだ外は薄暗い。前の日に早く寝たわけではない。むしろ、なかなか眠れなかった。

リハビリがてらギプスが外れた右腕を軽く振る。風呂場に向かい、シャワーを浴びる。身体の洗い方が無意識に丁寧になる。今日はそんなこと、拘らなくてもいいのに。

しばらく時間を潰してから、部屋を出る。リビングでテレビを見ていた母さんが、外着にショルダーバッグを提げた僕を目にして、不思議そうに尋ねた。

「どこか行くの？」

「うん。昼ご飯は要らないよ。多分、夕飯はいるけど」

「荷造り、ちゃんとしておきなさいよ。もう明後日なんだから」

「分かってる」

家を出る。少し歩いてから、何となく振り返る。十年以上の時を過ごした安普請なアパートが淡い光に包まれ、いつもよりぼやけた輪郭で視界に映る。

あと二日で僕は、この街を離れる。

決めてしまえばあっという間だった。しつこく考え直せと言ってきた亮平も観念して、クラスの仲間を集めてお別れ会を開いてくれた。みんな、僕が同性愛者だと分かる前と同じようには接してくれなかった。それよりもずっと近い距離で僕に接し、最後には僕に寄せ書きをくれた。あやうく、少し泣くところだった。

このままここに居れば僕は幸せに暮らせる。みんな僕を認めてくれている。だけどそれは命を盾に認めさせたようなもの。きっといつか、負い目を感じる時がくる。だから僕は、僕のことを誰も知らないまっさらな場所に行って、僕という人間がどこまで通用するか試す。

今日はそのための、心の荷造りを終わらせる日だ。

電車に乗り、乗り換えを挟み、向かう先は上野。入谷(いりや)改札から外に出る。改札を出てすぐ、待ち合わせ場所にしたジャイアントパンダ像が姿を現した。やたらデカい上に頭が妙に大きくて、かわいさより不気味さを感じる。

――あの時もこいつ、いたっけ。

思い返す。思い出せない。あの人のことを思い出そうとするといつもこうだ。靄(もや)がかかって、ぼんやりとしたイメージしか浮かばない。

「純くん」

肩にポンと手が置かれた。振り返ると、ピシッとアイロンのかかった襟シャツを身に纏った男の人。僕の待ち人。

「おはよう」

男の人が笑う。僕も自然と、笑顔になる。

「おはよう、マコトさん」

＊

合流した後は真っ直ぐ、上野動物園に向かった。

動物園は家族連れで賑わっていた。エネルギーに満ちた甲高い子どもの声がのべつ幕なしに耳に入る。同じく、エネルギーの塊のような真夏の日差しが肌を刺す。入場券を買うために並んでいるだけで、だいぶ疲れてしまった。

園内に入り、人の流れに従って歩くと、すぐパンダの展示エリアに辿り着く。分厚いガラスの向こうでパンダが地面にお尻をつけて座り、笹を貪り喰っている――ようだ。あまりにも人が多すぎて、後ろから背伸びして覗くしかないので、よく見えない。

「すごい人だな」

マコトさんがふうと息を吐いた。額に汗を浮かべ、すっかり疲れた表情。

「この人ごみは、老体にはちょっとキツイな」

「まだそんな年じゃないでしょ」

「そんな年さ。ああいうお父さんを見ると感じるよ」

マコトさんがすぐ前にいる、小さい男の子を肩車している若い男性を指し示した。男の子は高みからさらに首を伸ばし、必死にパンダを見ようと頑張っている。

「最後に、あんな風に子どもを肩車したのはいつだったのか、もう思い出せない」

マコトさんが佐々木誠を語る。僕が尋ねているわけでもないのに、自分から。今日が特別な日だと、マコトさんもちゃんと理解している。

「マコトさんは、家族でここに来たことあるの？」

「あるよ。純くんは？」

「僕もある。離婚していなくなった父さんと、最後に会ったのがここ」

マコトさんの眉がピクリと動いた。マコトさんが僕の前で家族を語らないように、僕もマコトさんの前で家族を語ったことはない。

「母さん抜きで会って、二人きりで動物園を回った。その時にはもう、父さんはそうやってたまに外で会う人になってた。だけどそれも、この動物園を最後に終わっちゃった」

「再婚でもしたのかな」

「分からないよ。単純に、僕なんか要らないと思ったのかもしれないし」

パンダが動き出した。「動いた！」という幼い声がどこかから上がる。

「僕は、父さんと最後にこの動物園に来たことは覚えているけど、逆に言うとそれしか覚えてないんだ。何を見たとか、何を食べたとか、どんな会話を交わしたとか、思い出せない。父さん絡みの思い出は全部そうだけどね。顔も、もう忘れちゃった」

動物園、水族館、遊園地。色々な場所にあの人と行った記憶がある。行った記憶だけがある。はっきりとした形にはならない、薄ぼんやりとした思い出。

肩車をしていた若い男が、男の子を地面に下ろした。そして若い女と一緒にパンダの前を離れる。あの男の子は十年後、今日のことを覚えているだろうか。家族で動物園に行って、父親に肩車をして貰って、パンダを見た。そういうたわいのない記憶を、いつまでも持ち続けていられるのだろうか。

「もし――」

両手それぞれを両親と繋いだ男の子の背中を眺めながら、僕は呟く。

「あれが最後だって分かっていれば、ちゃんと覚えようとしたのかな」

家族が見えなくなった。パンダに視線を戻す。パンダはいつの間にかまた地面に腰を落とし、ひたすら笹を喰っていた。マコトさんの声が、すぐ横から鼓膜を揺らす。

「お父さんとここで会ったのは、純くんがいくつぐらいの時かな」

「うろ覚えだけど、たぶん、小学校の一年生の後半ぐらい」

「そうか。じゃあきっと、したね」

「何を？」

「肩車」

パンダから目を離して、マコトさんの方を向く。パンダなんかまったく見ないで、僕を見ていたマコトさんと目が合う。マコトさんは右手で自分の左肩を叩き、にこりと微笑んだ。

「するかい？」

僕は苦笑いを浮かべた。そして、ぷいと顔を背ける。

「要らないよ。恥ずかしい」

パンダがのっそりと立ち上がった。あちこちから歓声が上がり、場がざわつく。僕たちはその喧騒に紛れて、ほんの少しの間だけ、こっそりと手を繋いだ。

＊

動物園を回っているうちに、僕たちは『夜の森』という施設に辿り着いた。照明によって昼夜が逆転しており、夜行性の動物が活動しているところが昼間から見られるらしい。

ジャングル奥地の洞窟のような入口から施設に入ると、ひんやりした薄暗い空間が広がった。自然とヒソヒソ小さくなる声で話をしながら通路を歩いていると、やがて、大きな木の幹がでんと中央に置かれたガラス張りの展示スペースに辿り着いた。木は細い枝を触手みたいにあちこちに伸ばし、その枝と枝の間を小さな生き物が飛び回っている。

コウモリ。

近くの案内板を読む。デマレルーセットオオコウモリ。主にアジアに生息していて、フルーツが主食。くりくりした目がかわいい愛嬌(あいきょう)のある生き物だ。

「コウモリか」

天井にぶら下がるコウモリを見上げ、マコトさんが呟いた。ある時は獣。ある時は鳥。卑怯(ひきょう)な生き物。

「純くん」

呼びかけに、僕はマコトさんの方を向いた。

「彼女とはどうなったんだい？」

マコトさんの見ていたコウモリが、天井から別の天井へと飛び移った。追いかけるようにマコトさんの首が動く。暗闇に物憂げな横顔が浮かぶ。

「フラれた。遠距離は無理だって」

「そうか。残念だったね」

別に構わないよ。どうせ無理だった。僕は、コウモリにはなれない。

マコトさんは——

「僕も純くんと同じぐらいの時は、自分の性指向について本当に悩んだよ」

僕の心を読んだように、マコトさんが語り出した。

「僕の時代は、今よりもずっと同性愛に狭量だった。将来は結婚して家庭を築くのが当たり前。同性愛者なんて生き物は、笑いのネタにされて当然の失敗作。そういう風潮なのに、僕は男しか好きになれない。僕は将来どうなってしまうのか。悩んで、悩んで、悩んで、答えは出ないまま時間だけが過ぎて、社会人になって——妻に出会った」

マコトさんの唇が、僅かに綻んだ。

「彼女はとても変わった人でね。今より男と女の役割がはっきりしていたあの時代に、僕に積極的なアプローチをしかけてきた。後から話を聞くと、どうやらあまり男に慣れていなかったらしい。僕が家庭菜園をやっていると聞いた翌日に家庭菜園を始めた時は、あまりの露骨さに呆れるのを通り越して面白くなったよ。ただそういう分かりやすいアプローチが、僕にとってはとても効果的だった。直球は上手く躱すことができないからね。打ち返すか受け止めるかしかない。僕はそのどちらも選べずだらだら付き合い続け、やがて彼女は、僕に告白してきた」

マコトさんが展示ガラスにぴたっと手を当てた。横顔から笑みが消えている。

「僕はそれを受けた。自分のために受けた。彼女を袖にするのは可哀想だとか、そういう気持ちがなかったわけではない。だけどそれ以上に僕は、家族が欲しかった。伴侶を得て、子を生して、家族を作る。そういう当たり前の幸せが、どうしても欲しかった」

僕と同じ。だけど大きく違うことがある。マコトさんは、ちんぽこが勃った。

「プロポーズは彼女から。僕はそれも受けた。僕たちは大勢の人間に祝福されながら結婚式を挙げた。神の前で永遠の愛を誓った。人々の前で素敵な家庭を築くと誓った。うっすら涙を浮かべる彼女の父親に、彼女を幸せにすると誓った」

マコトさんが、ガラスに爪を立てた。

「愛そうとはした」

もういいよ。そう言ってあげたくなる辛そうな顔。同じ顔を僕もよくする。自分が嫌で嫌で堪らない顔。

「愛そうとはしたんだ」

天井のコウモリが飛んだ。マコトさんはガラスから手を離し、そのコウモリを目で追いかける。そして岩陰にかくれたそいつに視線を向け、独り言みたいに呟く。

「コウモリは、卑怯なのかな」

マコトさんは僕を見ていない。コウモリも見ていない。ガラスに映る自分自身を、きっと見ている。

「獣の鋭い牙も、鳥の硬い嘴も持っていないコウモリは、どうしようもなく弱かった。弱いから、そうしないと生き残れなかった」

弱いからやった。生きるためにやった。そうしないときっと、潰れていた。

「それでもコウモリは、卑怯と言われてしまうのかな」

岩陰からコウモリが飛び出す。マコトさんはもうそのコウモリを追わない。ガラスに背を向けて、ゆっくりと歩き出す。僕は少し立ち竦みその背中を眺めてから、上手く動いてくれない足をどうにか動かして、パタパタとマコトさんの後を追いかけた。

＊

動物園を一通り回り終えた僕たちは、園を出て、不忍池に向かった。

水際のベンチに座り、二人で池を眺める。蓮の葉にびっしりと覆い尽くされていて、水面は全くと言っていいほど見えない。だけど花はここそこにチラホラ咲いているだけ。それもほとんど蕾のような状態。

「蓮の季節じゃないのかな」

独り言を呟く。マコトさんが、僕の呟きを拾った。

「蓮の季節は夏だから、今だよ」

「こんなに葉っぱだらけなのに？」

「蓮の花は一年に四日ぐらいしか咲かないんだ。それが七月頃から順々に咲くから一気に咲き乱れることはない。それに蓮の花は、朝に咲いて昼には閉じてしまうからね」

「へー」

本当に詳しい。こういうマコトさんをもっと早く知りたかった。今更、遅すぎる。

「秋になれば蓮は枯れて、池を囲う木々が紅葉する。春は桜、夏は蓮、秋は紅葉。そういう風に、季節に応じて様々な植物がまったく違う美しい景色を見せてくれるのが、この池の特徴だ」

マコトさんが僕に向かって、にこりと笑いかけた。

「秋になったら一緒に見に来ようか。交通費は僕が出す。東京旅行だと思えばいい」

闘いの気配。

僕はまだ「引っ越す」としか言っていない。マコトさんも「寂しくなるな」としか答えていない。これからどうする。どうしたい。そういう話は一切していない。僕たちは出会ってから今までずっと、そういう未来の話を避けながらここまでやってきた。

僕は、深く息を吸った。

「マコトさん」

逃げたい。このまま全部なあなあにして、なかったことにして、鼻先三十センチの未来を見つめて生きていたい。でもそれをしたらきっと、僕は僕を一生許せない。

彼女は逃げなかった。

「僕たち、別れよう」

風が吹いた。

僕の言葉が世界を動かしたように、ざあっと勢いよく吹いた。池の水気を含んだ湿った風が頬に当たる。汗が引っ込み、背筋が伸びる。

マコトさんが僕を見る。僕もマコトさんを見る。話をしよう。遅すぎるかもしれないけれど、ちゃんとした話を。視線でそう訴えかける。

マコトさんが、寂しそうに目を細めた。

「妻と結婚してから一年後、僕に子どもができた」

マコトさんが僕から視線を外した。腿に手をのせ、池を遠い目で眺める。

「不安だった。妻を愛することができず、男遊びを止められなかった僕は、子どもを愛することができるのだろうか。僕は家族を望んではいけない人間なのではないだろうか。そんな風に自問自答した。だけどそんな不安は生まれてきた息子を前にして、あっけなく吹き飛んだ」

マコトさんの頬が、少しだらしなく緩んだ。

「この子のためなら死ねる。本当にそう思った。それから三年遅れて生まれてきた娘もかわいくて仕方がない。パパ、パパと僕を慕う二人の子どもを、僕は嘘偽りなく家族として愛していた。いつの間にか、男遊びをすることもなくなった。僕は男から父親になった。女が好きとか男が好きとか、もう関係ない生き物になれたんだ。そう思った」

思った。だけど──

「だけど、息子が中学生になってから、事件が起きた」

予想通りの逆接。マコトさんが唇を強く噛む。

「家族の共有パソコンで、息子がエッチなページを閲覧した痕跡を発見したんだ。まあ中学生にもなれば、そういうことに興味を持つのは当たり前。普通の父親ならば、過去の自分を重ねたりして、我が子の成長を愛おしむ場面だろう。でも僕は違った」

マコトさんの手が、自分の腿を強く摑んだ。

「欲情した」

肉まで摑んでいる。自分を痛めつけている。それが分かる。

「それはダメだ。同性愛とは次元が違う。絶対に許されない。ちゃんと頭では分かっているのに、息子を一人の男として見ている自分を止められなかった。息子がオナニーをしているところに偶然を装って踏み込み、僕が手ほどきする。そんな官能小説のような展開を夢想するようになった。ゲイであることを言い訳にはできない。異性愛者の父親が娘に欲情しないように、同性愛者の父親も普通は息子に欲情なんてしないはずだ。僕はただ、同性愛とか異性愛とかそういうものを越えたところで、どうしようもない変態だった」

変態。僕たちのような人間が最も恐れるレッテルを、マコトさんが自分自身に貼りつける。お前は変態だ。異常だ。なんて気持ち悪い奴なんだ。頼むから、頼むから消えてくれ。

「僕は男遊びを再開した。若い男と遊んで欲望を発散した。だけど息子は僕がそんな風に欲を持て余していることなんか知らず、僕にとってどんどん魅力的に育ってゆく。いよいよ不味(まず)いと思った僕は、息子として抱ける若い男を求めて、ネットに募集を出した」

マコトさんが僕の方を向いた。苦しそうな表情が一転、穏やかな笑顔になる。

「そして、純くんと出会った」

良い思い出を語る顔。胸が、少し痛む。

「息子と同じ年の子から連絡が来た時はさすがに驚いたよ。どうせ嘘だろうと思いながら乗せられてみたら本当だった時は更に驚いた。若くしてこっちの世界に踏み込んでくる子はそれほど珍しくないけれど、それが自分の身に降りかかればね。手を引こうかとも思ったけれど、純くんがあまりにもかわいくて、我慢できなかった」

僕は縮こまった。マコトさんがおかしそうに笑みを深める。

「純くんは僕の最高の薬になってくれた。息子がパンツ一枚で家の中をウロウロしていても何も思わない。純くんのことを思い出す。そういう風に、僕の中から息子に対する欲望はどんどんと薄れていった。今となってはどうして息子に欲情していたのか、分からないぐらいだ」

マコトさんが突然、ふうと溜息(ためいき)をつき、僕から池に視線を戻した。

「だけど少し、薬が効きすぎた」

遠い目で空を見上げる。過去を覗(のぞ)く目。

「温泉で会った時、人前でキスをしただろう。あの時、僕は、誰に――家族に見られてもいいと本気で思っていた。見られてしまえば踏ん切りがつく。家族を捨てて純くんと一緒になれる。そんなことを、冗談抜きに考えていた」

家族を捨てて僕と一緒になる。愛する人と結ばれる。甘美で魅力的な、絶対に許されない未来。

「中毒になる前に、離れないといけないんだろうな」

自分に言い聞かせるような言い方。マコトさんがゆっくりと僕の方を向いた。

「妻を助けるよ」

ずっと前の話なのに、何のことを言っているのか、すぐに分かった。

「君と妻が溺れていたら、妻を助ける」

――ああ、良かった。貴方がそういう人で。僕から逃げないで、僕が欲しかった言葉をちゃんと言ってくれる人で。

僕を捨てられる人で、本当に良かった。

「マコトさん」

ベンチから、すっと立ち上がる。

「僕、もう帰るよ。引っ越しの荷造りしなくちゃならないから」

マコトさんが、僕を見上げながら力なく笑った。

「分かった。それじゃあ、向こうに行っても元気で」

「うん。マコトさんも身体には気をつけてね。それじゃ」

くるりと背中を向ける。大股に、足早に、マコトさんから離れる。一度も振り返らないまま歩きつづけているうちに不忍池を抜け、上野公園に辿り着く。

ふらふら、誘われるように公園に足を踏み入れる。上野駅の公園口改札に向かって、園内を一人で歩く。やがて通り過ぎようとした生垣の中に、白くて厚みのある花弁を持った花が咲いているのを見つける。満開ではなく、少し枯れかけ。

ああ、この花、アレに似てるな。純白の花びらを大きく広げた、愛らしさと気高さが同居するあの花。アレの亜種なのかな。確か、名前は——

クチナシ。

「……う」

泣くな。

ここは外だ。誰が見ているか分からない。誰に見られるか分からない。みっともない。情けない。男だろ。男なんだろ。

「うっ……くっ……」

声が抑えきれない。身体全部がヒクヒクと痙攣している。立っていることすら辛い。

地面がぐらぐら揺れる。

もう——ダメだ。

「うっ、くっ、ひっ……ああああああああああああ！」

大きな泣き声を上げてしゃがみ込む。身を守るように背中を丸め、誰にも顔を見られないように頭を抱える。涙と嗚咽を垂れ流しながら、感情の大波が通り過ぎてくれるのを待つ。だけど思い出は、次から次へと溢れ出て心を掻き乱して止まらない。自分の頭と身体なのに、自分ではまったく制御できない。

そうか。

これが、恋か。

恥も外聞もなく泣き喚く。込み上げるままに感情を吐き出す。何もかもがぼやけてなくなってしまいそうな世界の中で、幼い頃同じように泣いていた時にあやしてくれた父さんの顔を、僕はほんの一瞬だけ思い出した。

＊

引っ越し前日。

僕は前の日と同じように家を出た。昨日と違って母さんは何も言わなかった。どこに行くか告げてあるからだ。ただ「頑張りなさい」とでも言いたげに、穏やかな微笑みを僕に向けた。

家を出て歩く。すぐ、亮平と溜まり場にしていた公園に着く。ここも今日で最後だな。そんなことを考えながら公園の中を覗く。

公園奥のベンチに腰かけた亮平が、僕を見て不敵に笑った。

――来いよ。

声が脳内に響いた。キャーキャーとはしゃぎまわる小さな子どもたちを脇目にベンチまで行く。「よ」と軽く手を挙げる亮平の隣に座り、話しかける。

「待ってたの？」

「ああ。今日出かける情報貰ったから、待ち伏せしてた」

「連絡くれれば良かったのに」

「予告なしでいるからいいんだろ。純くんは分かってねえなあ」

亮平が大げさに肩を竦めた。やれやれ、といった感じ。

「純くん、オレたちの最初の出会い、覚えてる？」

はしゃぐ子どもたちを眺めながら、亮平が尋ねる。僕はすぐに答えた。

「覚えてるよ。この公園の、このベンチだよね」

「あの頃から男の方が好きだったのか？」

僕の根幹に触れる質問。

亮平は僕が同性愛者と知ってから今日まで、何事もなかったかのように僕に接してくれた。だけど本当に何事もなかったわけではない。間違いなくあった。亮平はとても優しかったけれど、そこから目を逸らしてもいた。

亮平が僕を真っ直ぐに見据える。ちゃんと話をしよう。そういう目。

同じ目を亮平に返しながら、僕は首を横に振る。

「まさか。あの時はそんなことまったく思ってなかったよ」

「じゃあ、いつぐらいから自覚出たんだ？」

「小学校高学年あたりから違和感はあった。確信したのは中学で、好きな人ができてから」

「それ、誰か聞いていい？」

「現国の竹内先生」

亮平が、あんぐりと口を開いた。ハトが豆鉄砲をくらったところなんて見たことがないけれど、きっとこういう顔をするのだろう。基本的に他人を振り回す側の亮平のこんな顔を見るのは、十年来の友人である僕にとっても初めてだ。

「マジかよ！　竹内、孫いただろ！」

「そういう人が好きなんだ。同年代にはあんまり興味ない。いい身体だなーとか思ったりはするけれどね」

「はー、そっかー、奥が深いわ。こりゃ参った」

亮平がベンチの背もたれに身体を預けた。そのまま首を曲げ、空を見上げながら呟く。

「まー、でも、良かったかも」

「良かった？」

「ああ。オレ、純くんのことフらなきゃいけないのかなーって思ってたから」

言われて初めて、その視点に気がついた。

亮平は友達。付き合うなんて考えられない。僕にはそれが当たり前だから、亮平がそういう勘違いをする可能性をまったく考慮していなかった。だけど、勘違いして当たり前だ。

「純くん、オレとセックスする夢見たって言ってただろ。だから、そうなのかなと思って」

言った。そういえばあの発言に何のフォローも入れていない。深いことを聞かない亮平の態度に、つい甘えてしまった。

「恋愛対象として見られるかどうかと、抱けるか抱けないかの話は全然違う。確かに夢は見たけれど、それとこれとは関係ないよ」

「そうなのか？」

「亮平は英語の藤本先生と付き合いたいの？」

「……そう言われると、そうだな。確かに関係ねえ」

「でしょ。僕は亮平のことは『大好き』だけど、付き合いたいと思ったことは一回もない」

少し強めに言い切る。亮平が身を起こし、僕をじっと見つめながら口を開いた。

「今の、本当か？」

「本当だよ。神に誓って、僕は亮平を恋愛対象として見たことはない」

「そっちじゃない。オレのこと『大好き』ってところ」

亮平の瞳が揺れる。これだけ付き合ってきて、そんなところがまだ気になるのか。おっかなびっくりな一面に、つい噴き出しそうになる。

「本当だよ。当たり前だろ」

自然と声が大きくなった。自分にとって、絶対の自信があることを口にしているから。

「そっか」

亮平がはにかんだ。そして両腕を大きく広げ、僕に抱きつく。薄く汗ばんだ身体から、少し酸っぱい匂いが立ち上る。

「ありがとう。オレも純くんのこと『大好き』だよ」

「……よくホモに抱きつきながらそういうこと言うよね」

「言っただろ。純くんがホモでも、オレとセックスする夢を見ても、遠くに行っても、オレと純くんの関係は何にも変わらない」

亮平の左腕が僕の身体をギュウと締め付けた。同時に右手が股間に伸びる。ぐわしとちんぽこを掴み、やたら力強く揉み始める。

「ちょ、亮平。何してんの」身を捩る。振りほどけない。

「揉みおさめ」もみもみ、もみもみ。

「意味わかんないから。止めて」いつもより気持ちいい。本当にヤバい。

「ヤダ。あと十年分は揉んどく」もみもみ、もみもみ、もみもみ、もみもみ。

「止めろってば！」

僕は思いきり叫び、亮平を突き飛ばした。亮平が「うおっ！」と短い悲鳴を上げてベンチから落ち、地面に尻もちをつく。落ちた亮平はへへへといつもの人懐っこい笑みを浮かべながら、ゆっくりと立ち上がった。

「そろそろ行くわ。純くんを待ち合わせに遅れさせちゃマズいからな」

亮平がジーンズの尻についた土を払い、僕に背を向けた。だけど数歩歩いたところでピタリと足を止め、くるりと振り返る。

「そうだ。忘れてた。マジック小野から伝言があるんだ」

小野の伝言。僕は息を呑んだ。亮平が「意味わかんねえんだけど……」と前置きをしてから、おもむろに口を開く。

「『俺はシアー・ハート・アタックが一番好き』」

僕は、あんぐりと口を開いた。

ハトが豆鉄砲をくらった顔。さっきの亮平もすごかったけれど、今の僕もすごい顔をしているのだろう。たじろいでいる亮平を見れば分かる。分かるけれど、平静を装えない。

「……通じた？」

問いかける亮平に、僕は無言の頷きを返した。『シアー・ハート・アタック』。QUEEN三枚目のアルバムのタイトル。あるいは別のアルバムに収録されている楽曲のタイトル。小野が言っているのはアルバムと楽曲、どちらのことだろう。いや、そこはどうでもいい。問題はそこじゃなくて――

小野も、QUEENを聴いていたということ。

「――僕からも、伝言いいかな」

僕の音楽プレイヤーの中身を覗いた小野は、いったい何を思ったのだろう。迂闊にも親近感を覚えそうになって、そんな自分をムキになって否定して――なかなか、かわいいところがあるじゃないか。

「『僕はオペラ座の夜が一番好き』」

亮平が眉をひそめた。僕は「覚えた？」と尋ねる。亮平は頷きながら、納得いかないように首を捻る。

「純くんと小野っちって謎に通じ合ってるよな。嫉妬するわ」

亮平がまた僕に背を向けた。右手を挙げてひらひらさせながら、背中で語る。

「じゃあな。あっちでもちゃんと、いい友達見つけろよ」

――お前以上の友達なんて、いないよ。

言葉は口にしない。口にしなくても伝わっていることを信じ、黙って亮平を見送る。やがてその姿が完全に見えなくなった後、僕はベンチから立ち上がり、いつかの僕たちのように遊ぶ子どもたちを背に公園を後にした。

＊

僕が電車を降り、駅前ロータリーに着いた時、待ち合わせ相手はまだそこに居なかった。

時間はもう数分過ぎている。来たらなんて言ってやろうかと、意地悪なことを考える。

だけどその答えが出る前に、顔を赤くして息を切らした待ち合わせ相手が現れてしまった。

「お待たせ」

「遅い」

「ごめん。せっかく安藤くんに会うんだからお洒落していこうと思って、あーでもないこーでもないってやってたら、つい」

「そんなお洒落されても伝わらないってば」

「いいの。自己満足だから」

待ち合わせ相手——三浦さんが笑った。遅刻するほど悩んだ結果、服装は池袋に行った時のワンピース。原点回帰。

「そう言えば、亮平に今日のこと話したでしょ。待ち伏せされたよ」

「そうなんだ。告白された？」

「だから、亮平はホモじゃないってば」

「BL星的には絶対ホモなんだけどなあ」

いつも通り、下らない会話を交わしながら道を歩く。駅前を抜けて、大通りに出て、すぐ目的の四角い建物に辿り着く。自治会館。三浦さんの絵が展示されている場所。

案内に従って展示会場に向かう。展示会のテーマは『私の好きな景色』。会場には、煌びやかな夜景だったり、穏やかな河川敷だったり、自分の好きな人たちが笑い合っている光景だったり、そういうものを描いた絵があちこちに貼り付けられていた。僕たちはそれらを眺めながら会場を歩き、やがて、一枚の絵の前で足を止める。

少年の横顔。

儚げな目で遠くを見つめる少年を淡い色使いで描いた水彩画。彼が見ているものを僕は知っている。ペンギンだ。似合わない真面目な話をして、疲れてしまって、すいすい泳ぐペンギンをぼんやり眺めて心を癒している。そこを写真に撮られた。

タイトル。

――『恋に落ちて』。

「恥ずかしいタイトルだね」

「別れた彼氏の絵が展示されてる時点で死ぬほど恥ずかしいんだから、いまさらでしょ」

「展示されてる僕も死ぬほど恥ずかしいよ。家族だって見に来るんでしょ？」

「うん。見にきた。お父さんが『やっぱりこいつに会わせろ』『会わせないなら自分で会いに行く』とか言い出してさ。全力で止めたんだから感謝してよね」

「……それは、本当にありがとう」

「どういたしまして」

三浦さんがくすくすと笑う。僕は絵を見つめる。僕は絵を描けない。どういう絵が上手い絵なのかなんてさっぱり分からない。だけどこの絵を描いた人間が、この絵に描かれている少年のことを本当に愛していることは、しっかり伝わる。

「色々、あったよね」

そうだね。色々なことがあった。色々なところに行った。君は僕のことが好きで、僕は君のことが——やっぱり、好きだったと思う。

「濃い四ヶ月だったなあ。なんかもう、しばらく男はいいわ」

「極端な経験を一個積んだだけなのに、百戦錬磨みたいなこと言うね」

「だって疲れちゃったんだもん。しばらくはBL星で生きる」

BL星。人口比率が極端に男に偏っていて、男は老いも若きも同性愛者だらけで、同性愛者でもただ気持ちが揺れ動くだけの恋を実らせることができる。そんなハチャメチャで意味不明で夢のような星。

「僕はもうしばらく、地球で生きるよ」

返事はない。二人で黙って絵を眺め続ける。沈黙を先に破ったのは、三浦さん。

「ねえ、安藤くん」

「なに？」

「いつか安藤くんが、種の保存には不利な同性愛者がなぜこの世に生まれるのか分からない、みたいなこと言ってたでしょ。あれわたし、分かったかも」

僕はギョッと目を剝いた。三浦さんが思わせぶりに尋ねる。

「答え、聞きたい？」

僕は「聞きたい」と頷いた。三浦さんが「じゃあ教えてあげる」と前かがみになり、僕を上目使いに覗き込む。

「あのね——」

柔らかな唇を綻ばせて、三浦さんが子どもみたいに笑った。

「神様は、腐女子なんじゃないかな」

カミサマハフジョシ。

——ああ、確かにそれなら、男の方の説明はつく。神様はビタミンBLが必須栄養素の特異体質で、本当は地球をBL星にしたくて、だから僕たちのような存在を生み出した。そしてその恋模様を天界から眺め、例えば僕とマコトさんの恋愛については「年の差萌えー！」とか「切ない恋萌えー！」だとか叫びながらゴロゴロ転げまわっている。

なるほど。分かりやすい。だけど——

「……クソみたいな神様だね」

「うん、わたしも思いついた時、そう思った」

「女性の同性愛者はどうなるの？」

「百合好き男性神とホモ好き女性神のペアなんじゃない？」

「最低最悪の創造神ペアだ」

「確かに」

三浦さんがおかしそうに笑った。そして顔の下半分だけに笑顔を残したまま、目線を寂しげに横に流す。

「ねえ、安藤くん。今日はここでお別れしようか」

お別れ。三浦さんが顔を伏せた。

「綺麗にさよならできる気がするから」

本当はさよならなんてしたくない。だけどするなら今ここがいい。そういう想いが、痛いほどに伝わる。

「分かった。そうしよう」

返事を聞き、三浦さんがグッと顔を上げる。上半分も笑顔になっていた。満面の笑みを浮かべながら、僕に右手を差し出す。

「ジュン」

愛し合おうとした時、たった一度だけ呼ばれた呼び方。僕は三浦さんの右手を自分の右手で摑んだ。あの時と同じように、体温がお互いの身体を行き来する。

「今までありがとう。わたしはホモが好きで、ジュンのことが好きだよ」

「こっちこそありがとう。僕は男が好きで、サエのことが好きだ」

手を離す。きっとここは、僕から去るべき場面。僕は三浦さんから少しだけ身体を背け、そして最後に一言、ずっと気になっていたことを告げることにした。

「そういえば一つ、言っておきたいことがあるんだ」

「なに？」

「あんまり人前でホモホモ言わない方がいいよ。ゲイにした方がいい。ホモはそういう人たちにとって軽く侮蔑の意味が入った言葉なんだ。僕は気にしないけど、気にする人は気にして嫌な気分になるかも」

ハトが豆鉄砲をくらった顔。

本日二回目。自分自身も含めると三回目の顔だ。知っていて使っているのかとも思ったけれど、どうやら知らなかったらしい。僕がガンガン使うからまったくそういう発想も湧かなかったのだろう。

三浦さんが、顔を赤くして叫んだ。

「そういうの、一番最初に言ってよ！」

僕は笑った。笑いながら三浦さんに背を向けて「じゃあね」と手を振り、足早にその場を去った。

＊

自治会館を出た僕は家に帰らず、新宿二丁目に向かった。

いつものように扉を開く。いつものようにベルが鳴る。いつものようにカウンターに座りながら、いつものように「いらっしゃい」と笑うケイトさんに、いつものようにカフェラテを頼む。ケイトさんはいつものようにカフェラテを持ってきて、いつものようにカウンターに頬杖(ほおづえ)をつきながら、いつものように僕に話しかける。

「今日はいつもと違うね」

ケイトさんが、右のひとさし指を僕の額に合わせた。

「待ち合わせじゃないんでしょう?」

まだ何も言っていないのに。固まる僕を見て、ケイトさんがにんまりと笑った。

「アレから聞いたわよ。アレのこと、フったらしいじゃない。今まで見たこともないぐらいNervous(ナーバス)になっていたわ。ワタシおかしくて、お腹抱えて笑っちゃった」

ケイトさんが頬杖を外し、ずいとカウンターから身を乗り出した。

「どうしてフっちゃったの?」

言いたくないのならば聞かない。ずっとそういうスタンスだったケイトさんが、自分から話を引き出そうとしている。それはきっと、少し、認められたから。

「実は――」

僕は、話した。

三浦さんがＢＬ本を買うところを目撃してから今日までの出来事を、すべて話した。三浦さんとのセックスに挑戦しようとしたことも、自ら命を投げ捨てようとしたことも、包み隠さずに話した。ケイトさんはふんふんと相槌(あいづち)を打ちながら、僕の話を黙って聞いてくれた。途中で入ってきたお客さんのところにも行かず、ずっと僕の前に居て、言葉を受け止めてくれた。

一通り話し終えた僕は、半分ほど残っていたカフェラテを飲んだ。既にだいぶ冷めてしまっていた。ケイトさんが「色々あったのねえ」と呟き、カウンターにのせていた上半身を起こす。

「それで純くんは、これからどうやって生きるの？」

どこでじゃなくて、どうやって。僕はソーサーの上に、カップをカタンと置いた。

「分かりません」

まだまだテストは解けていない。だけど時間もまだまだある。これから僕は時間を目一杯に使って、時には敢えて摩擦や空気抵抗を無視しながら、ああでもないこうでもないと頭を悩ませ続けなくてはならない。

だけど問一の答えぐらいなら、書けている。

「ただ――」

僕は、流れるフレディの歌声に負けないように、はっきりと言い切った。

「誰に嫌われても、誰が認めてくれなくても、自分だけは自分を愛してやりたい。今は心から、そう思います」

ケイトさんをちらりと覗き見る。正解でしょうか。そう尋ねる目線。ケイトさんは模範解答なんかないわよと宣言するように、話をがらりと変えた。

「ねえ、純くん。世界を Simple にするって、考え方によっては素敵よね」

ケイトさんが、天井のスピーカーを見上げた。

「Freddie Mercury（フレディ マーキュリー）。世界で三億枚以上のＣＤを売り上げた Rock Band の Vocalist。そんな世界中から愛されている Artist が、Simple な見方をしたら——」

ケイトさんが白い肌に白い歯を輝かせて、満開の笑みを浮かべた。

「ワタシたちと『同じ』なんだから」

スピーカーから、日本語が響いた。

親日家のＱＵＥＥＮが日本のファンに向けて作った楽曲。『手をとりあって』。悲哀と希望が混ざり合う旋律と、途中のオリエンタルな日本語詞が築く、不思議な世界観。

「ワタシ、この曲好きなの。日本に来る前からずっと」

ケイトさんが、しみじみと呟いた。

「こんな素敵な曲の Inspiration（インスピレーション） を与える国なんだから、きっと日本には Cute で Pretty で Attractive（アトラクティブ） な女の子がたくさんいるんだろうなと思った。いつか日本に行って、日本の女の子と触れあいたいと思った」

９０００キロの旅を決意した原点。ケイトさんが、恥ずかしそうにはにかんだ。

「期待通りだったわ」

僕は、椅子から立ち上がった。

ポケットの財布からカフェラテの代金をぴったり取り出し、カウンターの上に置く。

ケイトさんが寂しそうな顔をしながら、寂しそうな声で僕に尋ねた。

「もう行っちゃうの？」

僕は天井を見上げながら、問いに答えた。

「この曲が流れている内に、出て行きたい気分なんです」

ケイトさんが「そう」と呟く。僕は無言で出入口に向かう。やがて扉に手をかけ、ベルがカラコロンと鳴った時、背中から呼びかけが届いた。

「純くん」

扉を押さえながら振り返る。空色の瞳で僕を見つめ、ケイトさんが優しく微笑んだ。

「また会いましょう」綺麗な声が、心を揺らす。「世界のどこかで」

僕はケイトさんに微笑み返し、力強く頷いた。

「はい」

外に出て、扉を閉める。太陽の眩しさに目を細める。さて、これからどこに行こうか。

僕は僕と同じ彼がついさっき歌っていた曲を鼻歌で歌いながら、行き先も決めず、ふらふらと足が向く方に向かって歩き出した。

Bonus Track：Don't Stop Me Now

新学期前日、三浦さんから電話がかかってきた。

僕はその時、ノートパソコンの文書作成ソフトを開き、明日の自己紹介で語りたいことを書いていた。引っ越してから初めての電話。それなりに緊張して出たのに、三浦さんは「ひさびさー」と大変ゆるい感じで話しかけてきて、一気に馬鹿馬鹿しくなった。

三浦さんは僕の近況を聞き、それから自分の近況を話した。僕に隠れゲイが接触したように、三浦さんにも隠れ腐女子が接触してきたらしい。イベントにも一緒に出かけたそうだ。

「良かったじゃん。友達いっぱいできて」

「それが手放しで喜べないんだよねー。みんな宗教が違うから」

「宗教？」

「そう。例えば高岡くんと小野くんだと、わたしは高岡無邪気攻めの小野俺様受け以外にありえないのね。でも世の中には小野不器用攻めの高岡無邪気受けがいい人もいるし、高岡腹黒攻めの小野俺様受けがいい人もいるわけ。そういう宗派が違う人たちが集まると大変なの。まとまらなくて」

「……できれば、たとえ話には縁遠い人を使ってくれないかな」

「なんで？　イメージしやすいのに」

だから複雑なんだよ。そう言おうとした僕を、三浦さんが遮る。

「そうだ。高岡くんと言えば、相談があるんだった」

「亮平のことで相談？」

「うん。告白されちゃった」

会話が、ピタリと止まった。

「どうすればいいと思う？」

三浦さんが声を弾ませる。ほら、元彼女が親友に告白されちゃってるよ。どうするの。どうしてくれるの。悪戯っぽく笑う三浦さんの顔が目に浮かぶ。

「好きにすれば？」

突き放す。それから、はっきりと言い切る。

「でも、亮平はすごくいい奴だよ。僕が保証する」

三浦さんが「うーん」と悩む。わざとらしい。結論なんて、とっくに出ているくせに。

「まあ、しばらくは保留かな。今は姐さんとBL星巡りする方が大事だし」

「亮平もBL星に連れていけば？　多分、ホイホイついてくるよ」

「乗り換え早すぎて、姐さんが困惑するでしょ」

「佐倉さんには僕のことを言っていいよ」

「あ、ごめん。それはもう言ってる」

さすがに、聞き捨てならなかった。

「どういうこと？」

「怒らないでよ。彼氏が男の人とキスしてるところを目撃して、しかもその彼氏は用事できたとか言って勝手に帰っちゃったら、パニクって全部ぶちまけるし、ぶちまけたら最後まで報告義務あるでしょ」

僕は口を噤んだ。反論できない。そういう流れならば確かに僕も悪い。というか、後処理をすべて放り投げて逃げた僕が一番悪い。

「姐さん、全然気にしてなかったよ。『今度良かったらリアルBL話聞かせて』だって」

ブレない人だ。まあ、佐倉さんはそうだろう。気になるのは――

「……近藤さんは、何か言ってた？」

悪意なく、他意なく、それでいて的確に僕を傷つける、僕の天敵。あの人は僕の正体を知ってどう思っただろう。知りたい。

「んー、姐さんからの又聞きなんだけど――」

来た。僕はごくりと唾を飲む。

「同性愛について酷いこと、安藤くんに色々言っちゃったんでしょ？　謝りたいって後悔してたらしいよ」

――いい人だ。全然、全く、粉微塵もタイプじゃないけれど。

「同性愛、分かって貰えて良かったね」

それは違う。近藤さんは同性愛に理解を示したわけではない。根っこではやっぱり理解不能だと思っているし、どちらかと言えば気持ち悪いと感じていることも変わらない。偏見だって、まだそれなりには持ち続けているはずだ。

でも今はそれでいい。同性愛は理解できなくても、僕を理解してくれた。僕はそれで十分に満足だ。

「――あのさ」

無性に、言いたくなった。

「ブログを始めようと思うんだ」

「ブログ？」

「うん。どこにでもいるホモの男子高校生が、つらつら日常のことを書き散らかすだけのつまらないブログ」

僕のような人間はどこにでもいる。どこにでもいて、だけどどこにいるんだと言えなくて、一人きりで苦しんでいる。たった一つの特徴を自分のすべてだと思い込んで、本当の自分自身を見失っている。

「食べた食事とか、聴いた音楽とか、ホモなんだからホモらしいブログ書けよって言われそうな下らない日記を、できるだけ楽しそうに書きたい。それで、悩んでいる同性愛者が僕のブログを見にきて、『なんだ、ホモなんて大したことないじゃん』とか少しでも思ってくれたら、それはすごく意味があると思うんだ」

ミスター・ファーレンハイトは言った。もう少し僕と出会うのが早ければ、結末は違ったかもしれないと。それはつまり、僕には彼を救える可能性があったということ。この世界のどこかに仲間がいる。その事実だけで命を救われる人間すらいるということ。

ならば僕は、声を上げる。

「うん。とても、いいと思う」

小川のせせらぎのように穏やかな声が、僕の鼓膜を撫でた。

「書きはじめたら教えてね。第一読者になるから」

「え、イヤだよ」

即答。小川のせせらぎが、大雨後の激流に変わる。

「ちょっと、それはなくない？」

「だって身内にプライベート覗かれたくないし」

「何それ。分かった、いいよ。検索して探すから」

「見つかるわけないでしょ。どうやって検索するの」

「ハンドルネーム」

僕の返事が止まる。三浦さんが勝ち誇ったように言った。

「それはもう、決まってるんでしょ？」

僕はノートパソコンに視線を送った。モニターの右下で輝く、無意味に起動させているメッセンジャーのアイコンを見つめながら、芯の通った声で答える。

「もちろん」

＊

翌日、僕は新しい制服を身に纏って学校に向かった。

見知らぬ通学路で出会う、見知らぬ同校生たちの会話に耳をそばだてる。TV番組で芸能人が話すようなコテコテの関西弁ではないけれど、イントネーションはやはり違う。そしてやたらとノリがいい。自己紹介、どうしようか。考えているうちに学校に着いた。

学校に着いたら真っ直ぐ職員室に向かう。担任の先生が「よお！」と爽やかな笑顔で僕を迎えてくれる。短髪と顎髭が男らしい頼りがいのありそうな先生。もっと知的でスマートな雰囲気があればタイプなのに。惜しい。

「どや、緊張するか？」

机の近くにパイプ椅子を用意して僕を座らせ、先生がきさくに話しかけてくる。僕は気取らず、強がらず、素直に答えた。

「します」

「せやろなあ。自己紹介、考えとるんか？」

「一応、二パターン考えてきました」

「ほお。しっかりしとるわ。好きなもんとか、なんて言うつもりや」

「QUEENで行こうかなと思ってます。洋楽の」

先生が、パンと自分の腿を叩いた。

「ええやん！　意外性バッチリやで！」

「でも、最近の子には通じない気がします」

「あー、そうかもしれへんな。俺らの世代やからなあ」

「先生も好きなんですか？」

「好きやで。特にあれが好きや。『どん♪　すとっぷみー♪　なーう♪』ちゅうやつ」

「それがタイトルですけど」

「ええツッコミや。それができるんならこっちでも生きてけるわ」

先生が右手の親指をグッと立てて突き出した。明るい人だ。指導者として、僕がどういう経緯を経てここに来ているか全部知っているはずなのに、それを微塵も感じさせない。

「ほんで二パターンって、どんなんとどんなんや」

「無難なやつと無難じゃないやつです」

「つまらんやつとおもろいやつやな。そんなん一択やろ」

「――そうですね」

予鈴が鳴った。先生が立ち上がり、僕を先導して職員室を出る。そのまま先生は教室前まで僕を連れていき、「出番なったら呼ぶわ」と一人で教室に入ろうとした。

「先生」

背中に声をかける。先生が振り返った。

「自己紹介、何があっても止めないで下さいね」

自分にできうる限りの真剣な眼差しを先生に向ける。冗談を言っているのではないと態度で告げる。廊下の窓が取り込む光を反射して、先生の顎髭が薄ぼんやり輝く。先生が、目尻に皺を浮かべてふっと笑った。

「好きにせえや」

とくん。

先生が教室に入った。やっぱり失恋の痛みを忘れさせるものは、次の恋だよな。僕は誰もいない廊下で胸を押さえながら、自分が思っていたよりも逞しかった自分を肯定するように、一人うんうんと頷いた。

＊

壁にもたれて腕を組みながら、僕はこの期に及んでまだ思案していた。

二パターンの自己紹介。無難なやつと無難じゃないやつ。どちらでいこうか。どちらでいくべきだろうか。どれだけ考えても答えは出てこない。

廊下の窓を開けて身を乗り出す。無人のグラウンドをぼんやり眺めながら、少し前の出来事を思い返す。隠して、暴かれて、拒まれて、だけど命を盾に認めさせた。あの時、もし僕が自分の命をカードとして切らなかったら、どうなっていたのだろう。それでも僕は認められていたのだろうか。

それとも――

ポケットが震えた。

震えの元のスマホを取り出す。SNSアプリに新着。送信元は三浦さん。送られてきたものは、チアガールがよく持っている黄色いポンポンをつけたうさぎが、軽快に踊りながら一つの言葉を告げるアニメーション。

『頑張れ！』

唇が綻ぶ。教室の扉が開き、先生がひょっこりと顔を出した。

「出番やで」

上ずった声で「はい」と答える。出来の悪いマリオネットみたいに、ギクシャクした動きで教室に入る。教室中の視線が僕に集中しているのが、痛いほどに分かった。

教卓の前に立ち、教室を見渡す。座席は六列。六人の列が四本。七人の列が二本。全部で三十八人。僕を含めて三十九人。先生を含めて四十人。

この中にも、いるかもしれない。

「ほんじゃ自己紹介、頼むわ」

先生が僕の肩を叩いた。僕はすうはあと息を整える。そして腰の後ろで手を組み、足を肩幅ぐらいに広げ、堂々と胸を張った。

「初めまして！　東京から来ました、安藤純と言います！」

決めた。

あっちにしよう。

「僕は――」

大きな声が教室を震わせる。開け放たれた後ろの窓から風が吹き込む。誰かが僕の門出を応援しにきたみたいに、白いカーテンがふわりとなびいた。

了

解説

三浦直之（劇作家・演出家）

二〇一九年に「彼女が好きなものはホモであって僕ではない」を原作としたドラマ「腐女子、うっかりゲイに告る。」のシナリオを書かせてもらった。連続ドラマのシナリオを全話書かせてもらうのは初めての機会で、緊張しながらもとても楽しく書くことができた。

僕は元来「青春」とか「ボーイ・ミーツ・ガール」という言葉に滅法弱くて、中高生の頃は本の帯に「青春」と書かれていれば問答無用でレジに持っていくような人間だった。新井陽次郎さんの余白からも儚さの漂う装画、「同性愛者の男子高生とBL好きの女子高生のボーイ・ミーツ・ガール」という一風変わった設定など「カノホモ」は、ページをめくる前から、ぼくが中高生の頃に熱狂して読んだ数々の青春小説、青春映画、青春ドラマのなつかしい香りが漂っていた。

だけど、実際に読んでみたら、その予想は半分裏切られた。もちろん、「カノホモ」は王道青春小説としての魅力もたっぷりある。主人公の純が抱える未分化な感情のもたらす痛みは、鬱々と過ごした十代のある時期の自分を思い出して苦しくなったし、

Track6の三浦による演説シーンは、僕が大好きな「3年B組金八先生　第6シリーズ」最終回での、上戸彩による名スピーチシーンのアップデートだ！　と泣きながら大興奮した。しかし、「カノホモ」は王道の青春を描きながらも、並走するようにつねに別の道も描かれつづける。

たとえば、Track2の遊園地グループデート。高速バスに乗りながら和気あいあいと過ごす様子など、起こった出来事だけを拾っていくと、コミカルで煌めいた王道な青春の1コマのようにみえる。しかし、純の一人称を通してみえてくる景色はまるで違う。当たり前のように周囲が恋バナで盛り上がるなかでも、周囲の「好き」と純の「好き」は違う。読者は、王道とそれ以外の道の狭間を常に往復しながら小説を読み進めることになる。

「僕は世界を簡単にしたくない。摩擦をゼロにして、空気抵抗を無視して、分かったフリをしたくない」

これは小説内で純が三浦に言うセリフだが、読者も「カノホモ」を読みながら、世界を簡単に模索しない方法を探していくのだ。

小説をドラマシナリオ化するにあたって、一番悩んだのはこの部分だった。純が抱える他人に言えない恋愛や家族に対する様々な葛藤をどう描くか。当たり前だけれど僕と純は違う人間だ。だけど、僕も十代のころ他人に言えない悩みを抱えていたし、それは僕だけに限らず、多くの十代だってそうだとおもう。よし、それなら当時の自分のつらい気持ちを思い出しながらシナリオを書いて、多くの人に届く普遍的なドラマをつくろう……。

　ということだけは絶対にやっちゃいけないとおもった。自分と純を安易に同一化して共感することだけはやっちゃいけない。だってそれはまさに「世界を簡単にすること」だから。純と自分は別々の人間だと自覚して（それは純だけに限らず、他のキャラクターたちに対してももちろんそう）、その上で純に寄り添うことはできるか、寄り添いたいと願いながらシナリオを書きすすめた。

　純の周囲の人物たちも、それぞれのやり方で純に寄り添っていく。その中で僕のお気に入りのキャラクターの一人が亮平(りょうへい)だ。こんなやつ実在するのかってくらいの純度100％のいいヤツで、僕はこういうキャラクターがたまらなく好きだ。実際、現実世界にも亮平みたいなキャラクターって絶対恋愛が報われないんですよね！　不憫(ふびん)すぎる。そして、亮平みたいなありえないくらいのいいヤツって存在するとおもう。小説を読みながら何度も心の中で「亮平に幸あれ！」と叫んでしまうくらい愛しいキャラクターです。終盤にむかって純と結び直す友情の形はとても美しいとおもう。

　もうひとり、純への寄り添い方がとても好きなキャラクターがいる。もちろん三浦だ。三浦は、自身が腐女子でいることを周囲に言えないでいるが、その秘密が純にだけバレてしまう。純は三浦が読んでいるBLを「ファンタジーだなあ」と言い捨てる。しかし、純はファンタジーの世界を否定しない。純は自分から遠い世界を排除しない。三浦はそんな純に惹かれていく。そしてまた、三浦も純と同じように自分とは違う世界を排除しない。三浦にはBLを読み漁って培った豊かすぎる想像力がある。三浦は想像力を使って純へ寄り添っていく。

エンパシーという言葉がある。デジタル大辞泉にはエンパシーについて、

「感情移入。人の気持ちを思いやること。［補説］シンパシーは他人と感情を共有することをいい、エンパシーは、他人と自分を同一視することなく、他人の心情をくむことをさす。」

と書かれている。

純と三浦はシンパシーでなくエンパシーでつながっている。僕とあなたはちがう。私とあなたはちがう。それでも僕たちは、私たちは、共にいることができる。二人の関係はそんな希望を灯しながら、恋愛という関係を更新していく。

作者の浅原ナオトさんと打ち合わせや打ち上げの席で少しお話をさせていただいたときも、エンパシーを感じた。浅原さんは、王道もそれ以外のいくつもの道も排除しない。いくつもの道のなかにはきっとご自身に近い道もあるだろうし、遠い道もあるだろう。しかし、どの道に対しても等しく誠実にお話をしていた。その姿は、小説にでてくるキ

ャラクターたちの誠実さにぴったりと重なっていた。

この文章の最初で「カノホモ」は王道とそれ以外の道が並走して描かれていると書いたけれど、それは間違っていたかもしれない。王道とそれ以外の道なんてわけるのはナンセンスだ。「カノホモ」はどの道も王道であると描いているのだ。道は交わることはできないかもしれないけれど、あらゆる道は等しく王道で、そして並走できるのだ。「カノホモ」はその意味でまさしく「王道青春小説」にちがいない。

青春小説好きはもちろん、青春小説嫌いにもぜひ「カノホモ」を手にとってほしい。読んだ人それぞれの道を、王道へと作り変えてくれる力がこの小説にはある。

二〇二〇年三月

本書は、二〇一八年二月に小社より刊行された
単行本を文庫化したものです。

彼女が好きなものはホモであって僕ではない

浅原ナオト

令和2年 6月25日 初版発行
令和3年 11月15日 3版発行

発行者●青柳昌行

発行●株式会社KADOKAWA
〒102-8177 東京都千代田区富士見2-13-3
電話 0570-002-301（ナビダイヤル）

角川文庫 22075

印刷所●株式会社暁印刷
製本所●本間製本株式会社

表紙画●和田三造

●お問い合わせ
https://www.kadokawa.co.jp/（「お問い合わせ」へお進みください）
※内容によっては、お答えできない場合があります。
※サポートは日本国内のみとさせていただきます。
※Japanese text only

ISBN 978-4-04-073510-8 C0193

◇◇◇

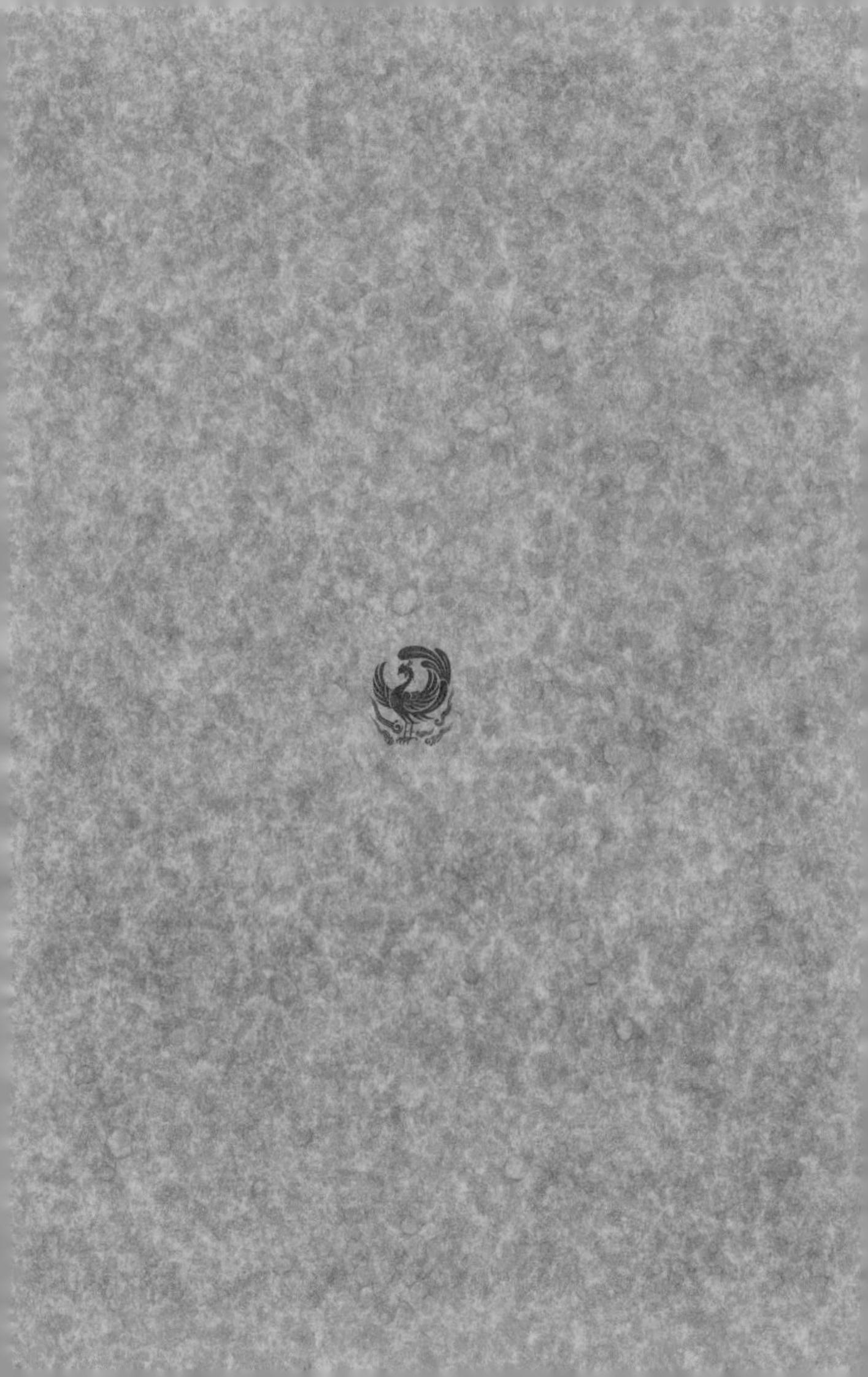